Milan Kundera

La valse
aux adieux

Traduit du tchèque
par François Kérel

NOUVELLE ÉDITION
REVUE PAR L'AUTEUR

Gallimard

Titre original :

VALČÍK NA ROZLOUČENOU

Milan Kundera est né en Tchécoslovaquie. En 1975, il s'installe en France.

A François Kérel

Première journée

1

L'automne commence et les arbres se colorent de jaune, de rouge, de brun ; la petite ville d'eaux, dans son joli vallon, semble cernée par un incendie. Sous les arcades, des femmes vont et viennent et s'inclinent vers les sources. Ce sont des femmes qui ne peuvent pas avoir d'enfants et elles espèrent trouver dans ces eaux thermales la fécondité.

Les hommes sont ici beaucoup moins nombreux parmi les curistes, mais on en voit pourtant, car il paraît que les eaux, outre leurs vertus gynécologiques, sont bonnes pour le cœur. Malgré tout, pour un curiste mâle, on en compte neuf de sexe féminin, et cela met en fureur la jeune célibataire qui travaille ici comme infirmière et s'occupe à la piscine de dames venues soigner leur stérilité !

C'est ici qu'est née Ruzena, elle y a son père et sa mère. Échappera-t-elle jamais à ce lieu, à cet atroce pullulement de femmes ?

On est lundi et la journée de travail approche de sa fin. Plus que quelques grosses bonnes femmes qu'il faut envelopper dans un drap, faire s'étendre sur un lit de repos, auxquelles il faut essuyer le visage, et sourire.

« Alors, tu vas téléphoner ? demandent à Ruzena ses collègues ; l'une est une plantureuse quadragénaire, l'autre est plus jeune et maigre.

— Et pourquoi pas ? fait Ruzena.

— Allez ! N'aie pas peur ! réplique la quadragénaire, et elle la conduit derrière les cabines du vestiaire où les infirmières ont leur armoire, leur table et leur téléphone.

— C'est chez lui que tu devrais l'appeler, observe méchamment la maigre, et elles pouffent toutes les trois.

— Je connais le numéro du théâtre », dit Ruzena quand le rire s'est apaisé.

2

Ce fut une conversation horrible. Dès qu'il entendit la voix de Ruzena dans l'appareil, il fut épouvanté.

Les femmes lui faisaient toujours peur ; aucune, pourtant, ne le croyait, et elles ne voyaient dans cette affirmation qu'une coquette boutade.

« Comment vas-tu ? demanda-t-il.

— Pas très bien, répondit-elle.

— Qu'est-ce qu'il y a ?

— Il faut que je te parle », dit-elle, pathétique.

C'était bien ce ton pathétique qu'il attendait avec effroi depuis des années.

« Quoi ? » fit-il d'une voix étranglée.

Elle répéta : « Il faut absolument que je te parle.

— Qu'est-ce qui se passe ?

— Quelque chose qui nous concerne tous les deux. »

Il était incapable de parler. Au bout d'un instant, il répéta : « Qu'est-ce qui se passe ?

— J'ai un retard de six semaines. »

Il dit en faisant un gros effort pour se maîtriser : « Ce n'est sans doute rien. Ça arrive quelquefois et ça ne veut rien dire.

— Non, cette fois-ci, c'est bien ça.

— Ce n'est pas possible. C'est absolument impossible. En tout cas, ça ne peut pas être de ma faute. »

Elle se vexa. « Pour qui me prends-tu, s'il te plaît ! »

Il avait peur de l'offenser, car, subitement, il avait peur de tout : « Non, je ne veux pas te froisser, c'est idiot, pourquoi voudrais-je te froisser, je dis seulement que ce ne peut pas être arrivé avec moi, que tu n'as rien à craindre, que c'est absolument impossible, physiologiquement impossible.

— Dans ce cas, c'est inutile, dit-elle, de plus en plus vexée. Excuse-moi de t'avoir dérangé. »

Il craignait qu'elle ne raccrochât. « Mais non, pas du tout. Tu as bien fait de me téléphoner ! Je t'aiderai volontiers, c'est certain. Tout peut certainement s'arranger.

— Que veux-tu dire, s'arranger ? »

Il se sentit gêné. Il n'osait pas appeler la chose par son vrai nom : « Eh bien... oui... s'arranger.

— Je sais ce que tu veux dire, mais n'y compte

17

pas ! Oublie cette idée. Même si je devais gâcher ma vie, je ne le ferais pas. »

De nouveau, il fut paralysé de frayeur, mais cette fois-ci il prit timidement l'offensive : « Alors, pourquoi me téléphones-tu, puisque tu ne veux pas me parler ? Veux-tu discuter avec moi ou as-tu déjà pris une décision ?

— Je veux discuter avec toi.

— Je vais venir te voir.

— Quand ?

— Je te préviendrai.

— Bon.

— Alors, à bientôt.

— A bientôt. »

Il raccrocha et regagna la petite salle où se trouvait son orchestre.

« Messieurs, la répétition est terminée, dit-il. Cette fois, je n'en peux plus. »

3

Quand elle raccrocha l'écouteur, elle était rouge d'excitation. La façon dont Klima avait accueilli la nouvelle l'offensait. D'ailleurs, elle était offensée depuis pas mal de temps.

Voici deux mois qu'ils avaient fait connaissance, un soir que le célèbre trompettiste se produisait avec sa formation dans la ville d'eaux. Le concert avait été suivi d'une bringue à laquelle elle avait été conviée. Le trompettiste l'avait distinguée entre toutes et il avait passé la nuit avec elle.

Depuis, il n'avait pas donné signe de vie. Elle lui avait adressé deux cartes postales avec ses salutations, et il ne lui avait jamais répondu. Un jour qu'elle était de passage dans la capitale, elle lui avait téléphoné au théâtre où, à ce qu'elle avait appris, il répétait avec sa formation. Le type qui avait répondu l'avait invitée à se faire connaître et lui avait dit ensuite qu'il allait chercher Klima. Quand il était revenu, quelques instants plus tard, il avait annoncé que la répétition était terminée et que le trompettiste était parti. Elle s'était demandé si ce n'était pas une façon de l'éconduire et elle en avait conçu un dépit d'autant plus vif qu'elle redoutait déjà d'être enceinte.

« Il prétend que c'est physiologiquement impossible ! C'est magnifique, physiologiquement impossible ! Je me demande ce qu'il va dire quand le petit viendra au monde ! »

Ses deux collègues l'approuvaient chaleureusement. Le jour où elle leur avait annoncé, dans la salle saturée de vapeur, qu'elle venait de vivre la nuit passée des heures indescriptibles avec l'homme célèbre, le trompettiste était aussitôt devenu le bien de toutes ses collègues. Son fantôme les accompagnait dans la salle où elles se succédaient et, prononçait-on quelque part son nom, elles riaient sous cape comme s'il s'agissait d'une personne qu'elles connaissaient intimement. Et quand elles avaient appris que Ruzena était enceinte elles avaient été envahies d'un étrange plaisir, car depuis il était physiquement présent avec elles dans les entrailles profondes de l'infirmière.

La quadragénaire lui tapotait les omoplates :
« Voyons, voyons, petite, calme-toi ! J'ai quelque chose pour toi. » Puis elle ouvrit devant elle le numéro d'un illustré, plutôt malpropre et chiffonné : « Regarde ! »

Toutes trois contemplaient la photographie d'une jeune et jolie brune campée sur une estrade avec un microphone devant les lèvres.

Ruzena tentait de déchiffrer son destin sur ces quelques centimètres carrés.

« Je ne savais pas qu'elle était si jeune, fit-elle, pleine d'appréhension.

— Allons donc ! sourit la quadragénaire. C'est une photo d'il y a dix ans. Ils ont tous les deux le même âge. Cette femme-là n'est pas une rivale pour toi ! »

4

Pendant la conversation téléphonique avec Ruzena, Klima s'était souvenu que cette épouvantable nouvelle, il l'attendait depuis longtemps. Il n'avait certes aucun motif raisonnable de penser qu'il eût fécondé Ruzena pendant la soirée fatale (au contraire, il était certain d'être injustement accusé), mais il attendait une nouvelle de ce genre depuis bien des années, et bien avant de connaître Ruzena.

Il avait vingt et un ans quand une blonde qui s'était

amourachée de lui avait eu l'idée de simuler une grossesse pour le contraindre au mariage. Ce furent de cruelles semaines, qui lui avaient donné des crampes d'estomac et au bout desquelles il était tombé malade. Il savait, depuis, que la grossesse est un coup qui peut surgir de partout et n'importe quand, un coup contre lequel il n'est point de paratonnerre et qui s'annonce par une voix pathétique dans un téléphone (oui, cette fois-là aussi la blonde lui avait d'abord appris la funeste nouvelle par téléphone). L'incident de sa vingt et unième année faisait qu'ensuite il s'était toujours approché des femmes avec un sentiment d'angoisse (avec pas mal de zèle, pourtant) et qu'après chaque rendez-vous d'amour il redoutait de sinistres conséquences. Il avait beau se persuader à force de raisonnements qu'avec sa prudence maladive la probabilité d'un tel désastre était d'à peine un millième pour cent, même ce millième-là parvenait à l'épouvanter.

Une fois, tenté par une soirée libre, il avait téléphoné à une jeune femme qu'il n'avait pas vue depuis deux mois. Quand elle avait reconnu sa voix, elle s'était écriée : « Mon dieu, c'est toi ! J'attendais ton coup de téléphone avec tant d'impatience ! J'avais tellement besoin que tu me téléphones ! » et elle disait cela avec une telle insistance, avec un tel pathos, que l'angoisse familière étreignait le cœur de Klima et qu'il sentait de tout son être que l'instant redouté était maintenant venu. Et parce qu'il voulait, le plus promptement possible, regarder la vérité en face, il prit l'offensive : « Et pourquoi me dis-tu ça d'un ton si tragique ? — Maman est morte hier », répliqua la jeune femme, et il fut soulagé, tout en sachant que, de toute manière, au malheur qu'il redoutait, un jour, il n'échappera pas.

5

« En voilà assez. Qu'est-ce que ça signifie ? » dit le batteur, et Klima reprit enfin ses esprits. Il voyait autour de lui les visages soucieux de ses musiciens et il leur expliqua ce qui lui arrivait. Les hommes posèrent leurs instruments et voulurent l'aider de leurs conseils.

Le premier conseil était radical : le guitariste, qui avait dix-huit ans, déclara qu'une femme comme celle qui venait de téléphoner à leur chef et trompettiste devait être durement repoussée. « Dis-lui de faire comme elle voudra. Le gosse n'est pas de toi et tu n'as absolument rien à voir là-dedans. Si elle insiste, un examen sanguin montrera qui est le père. »

Klima fit observer que les examens sanguins ne prouvent généralement rien et que dans ce cas les accusations de la femme l'emportent.

Le guitariste répondit qu'il n'y aurait pas d'examen sanguin du tout. La jeune femme, ainsi rabrouée, prendrait grand soin de s'épargner des démarches inutiles et quand elle aurait compris que l'homme qu'elle accusait n'était pas une femmelette, elle se débarrasserait de l'enfant à ses propres frais. « Et si elle finit quand même par l'avoir nous irons tous, tous les musiciens de l'orchestre, témoigner devant le tribunal que nous couchions tous avec elle à ce moment-là. Qu'ils aillent chercher le père parmi nous ! »

Mais Klima répliqua : « Je suis certain que vous feriez cela pour moi. Mais, en attendant, je serais depuis longtemps devenu fou d'incertitude et de terreur. Dans ces affaires-là, je suis le plus lâche des hommes qui soit sous le soleil, et j'ai avant tout besoin de certitude. »

Tout le monde était d'accord. La méthode du guitariste était bonne en principe, mais pas pour tous. Surtout, elle n'était pas indiquée pour un homme qui n'avait pas les nerfs solides. Elle n'était pas recommandée non plus dans le cas d'un homme célèbre et riche qui valait la peine qu'une femme se lançât dans une entreprise très risquée. Ils se rallièrent donc à l'opinion qu'au lieu de repousser durement la jeune femme il fallait user de la persuasion pour qu'elle consente à un avortement. Mais quels arguments choisir ? On pouvait envisager trois hypothèses fondamentales :

La première méthode faisait appel au cœur compatissant de la jeune femme : Klima parlerait à l'infirmière comme à sa meilleure amie ; il se confierait à elle avec sincérité ; il lui dirait que sa femme était gravement malade et qu'elle en mourrait si elle apprenait que son mari avait un enfant d'une autre femme ; que Klima, ni du point de vue moral ni sur le plan nerveux, ne pourrait supporter une telle situation ; et qu'il suppliait l'infirmière de lui faire grâce.

Cette méthode-là se heurtait à une objection de principe. On ne pouvait fonder toute la stratégie sur une chose aussi douteuse et mal assurée que la bonté d'âme de l'infirmière. Il lui faudrait un cœur vraiment bon et compatissant pour que ce procédé ne se retourne pas contre Klima. Elle se montrerait d'autant plus agressive qu'elle se sentirait offensée par cet excès d'égards que le père élu de son enfant manifestait envers une autre.

Une deuxième méthode faisait appel au bon sens de la jeune femme : Klima tenterait de lui expliquer qu'il n'avait pas et ne pourrait jamais avoir la certitude que l'enfant était vraiment le sien. Il ne connaissait l'infirmière que pour l'avoir rencontrée une seule fois et ne savait absolument rien d'elle. Qui d'autre fréquentait-elle, il n'en avait aucune idée. Non, non, il ne la soupçonnait pas de vouloir délibérément l'induire en erreur, mais elle ne pouvait pourtant lui affirmer qu'elle ne fréquentait pas d'autres hommes ! Et le lui affirmerait-elle, où Klima pouvait-il trouver l'assurance qu'elle disait la vérité ? Et serait-il raisonnable de donner le jour à un enfant dont le père ne serait jamais certain de sa paternité ? Klima pourrait-il abandonner sa femme pour un enfant dont il ne savait même pas s'il était le sien ? Et Ruzena voulait-elle d'un enfant auquel il ne serait jamais permis de connaître son père ?

Cette méthode-là aussi s'avérait douteuse : le contrebassiste (qui était l'homme le plus âgé de la formation) fit observer qu'il était encore plus naïf de tabler sur le bon sens de la jeune femme que de se fier à sa compassion. La logique de l'argumentation atteindrait une cible béante, tandis que le cœur de la jeune femme serait bouleversé par ce refus de l'homme aimé de croire à sa sincérité. Ce qui l'inciterait à persévérer plus opiniâtrement encore, avec une larmoyante obstination, dans ses affirmations et dans ses desseins.

Enfin, il y avait encore une troisième possibilité : A la future mère, Klima jurerait qu'il l'avait aimée et qu'il l'aimait. Quant à la possibilité que l'enfant fût de quelqu'un d'autre, il ne devait pas y être fait la moindre allusion. Klima allait au contraire plonger la jeune femme dans un bain de confiance, d'amour et de tendresse. Il allait tout lui promettre, y compris de divorcer. Il allait lui dépeindre leur magnifique avenir. Et c'était au nom de cet avenir qu'il la prierait ensuite de bien vouloir interrompre sa grossesse. Il lui expliquerait que la naissance de l'enfant serait prématurée et les priverait des premières, des plus belles années de leur amour.

Il manquait à ce raisonnement ce qui se trouvait en abondance dans le précédent : la logique. Comment Klima pouvait-il être si vivement épris de l'infirmière, alors qu'il l'avait évitée pendant deux mois ? Mais le contrebassiste affirmait que les amoureux ont toujours un comportement illogique et qu'il n'était rien de plus simple que de l'expliquer d'une manière ou d'une autre à la jeune femme. Finalement, tous convinrent que cette troisième méthode était probablement la plus satisfaisante, car elle faisait appel au sentiment d'amour de la jeune femme, seule certitude relative dans les circonstances présentes.

25

6

Ils sortirent du théâtre et se séparèrent au coin de la rue, mais le guitariste raccompagna Klima jusqu'à sa porte. Il était le seul à désapprouver le plan proposé. Ce plan lui paraissait en effet indigne du chef qu'il vénérait : « Quand tu vas trouver une femme, arme-toi d'un fouet ! disait-il, citant Nietzsche dont il ne connaissait, parmi les œuvres complètes, que cette unique phrase.

— Petit, se lamenta Klima, c'est elle qui le tient, le fouet. »

Le guitariste proposa à Klima de l'accompagner en voiture dans la ville d'eaux, d'attirer la jeune femme sur la route et de l'écraser.

« Personne ne pourra prouver qu'elle ne s'est pas précipitée elle-même sous mes roues. »

Le guitariste était le plus jeune musicien de la formation, il aimait beaucoup Klima qui était touché par ses paroles : « Tu es extrêmement gentil », lui dit-il.

Le guitariste exposa son plan en détail et il avait les joues en feu.

« Tu es extrêmement gentil, mais ce n'est pas possible, dit Klima.

— Pourquoi hésites-tu, c'est une salope !

— Tu es vraiment très gentil, mais ce n'est pas possible », dit Klima et il prit congé du guitariste.

7

Quand il se retrouva seul, il réfléchit à la proposition du jeune homme et aux raisons qui le conduisaient à la repousser. Ce n'était pas qu'il fût plus généreux que le guitariste, c'était parce qu'il était moins courageux. La crainte d'être accusé de complicité d'assassinat était aussi grande que la crainte d'être déclaré père. Il vit l'automobile renverser Ruzena, il vit Ruzena étendue sur la route dans une mare de sang et il en éprouva un éphémère soulagement qui le combla d'aise. Mais il savait qu'il ne sert à rien de s'abandonner aux mirages des illusions. Et il avait maintenant une grave préoccupation. Il pensait à sa femme. Mon dieu, c'était demain son anniversaire !

Il était six heures moins quelques minutes, et les magasins fermaient à six heures précises. Il entra à la hâte dans une boutique de fleuriste pour acheter un gigantesque bouquet de roses. Quelle pénible soirée d'anniversaire l'attendait ! Il faudrait feindre d'être auprès d'elle, et par le cœur, et par la pensée, il faudrait se consacrer à elle, se montrer tendre envers elle, la divertir, rire avec elle, et pendant tout ce temps-là il ne cesserait pas une seconde de penser à un ventre lointain. Il ferait un effort pour prononcer des paroles aimables, mais son esprit serait loin, emprisonné dans l'obscure cellule de ces entrailles étrangères.

Il comprit qu'il serait au-dessus de ses forces de

passer cet anniversaire à la maison et décida de ne pas retarder davantage le moment d'aller voir Ruzena.

Mais ce n'était pas non plus une perspective souriante. La ville d'eaux, au milieu des montagnes, lui faisait l'effet d'un désert. Il n'y connaissait personne. A l'exception peut-être de ce curiste américain qui se conduisait comme les riches bourgeois de l'ancien temps et qui, après le concert, avait invité toute la formation dans l'appartement qu'il occupait à l'hôtel. Il les avait comblés d'alcools excellents et de femmes choisies parmi le personnel de la station, de sorte qu'il était indirectement responsable de ce qui s'était passé ensuite entre Ruzena et Klima. Ah, pourvu que cet homme, qui lui avait manifesté alors une sympathie sans réserve, se trouve encore dans la ville d'eaux ! Klima s'accrocha à son image comme à une planche de salut, car dans les moments comme ceux qu'il était en train de vivre il n'est rien dont un homme ait autant besoin que l'amicale compréhension d'un autre homme.

Il retourna au théâtre et s'arrêta dans la loge du gardien. Il demanda l'interurbain. Peu après, la voix de Ruzena se fit entendre dans l'écouteur. Il lui dit qu'il viendrait la voir dès le lendemain. Il ne fit pas une seule allusion à la nouvelle qu'elle lui avait annoncée quelques heures plus tôt. Il lui parlait comme s'ils avaient été des amants insouciants.

Entre deux phrases, il demanda :

« L'Américain est toujours là-bas ?

— Oui ! » dit Ruzena.

Se sentant soulagé, il répéta d'un ton un peu plus désinvolte qu'il se réjouissait de la voir.

« Comment es-tu habillée ? dit-il ensuite.

— Pourquoi ? »

C'était une ruse dont il usait avec succès depuis des années dans ses badinages téléphoniques : « Je veux savoir comment tu es habillée en ce moment. Je veux pouvoir t'imaginer.

— J'ai une robe rouge.

— Le rouge doit t'aller très bien.

— Ça se peut, dit-elle.

— Et sous ta robe ? »

Elle rit.

Oui, elles riaient toutes quand il leur posait cette question-là.

« De quelle couleur est ton slip ?

— Rouge aussi.

— Je me réjouis de te voir dedans », dit-il et il prit congé. Il pensait avoir trouvé le ton juste. Un instant, il se sentit mieux. Mais rien qu'un instant. Il venait en effet de comprendre qu'il était incapable de penser à autre chose qu'à Ruzena et qu'il lui faudrait limiter au plus strict minimum la conversation de la soirée avec son épouse. Il s'arrêta à la caisse d'un cinéma où l'on jouait un western américain et prit deux billets.

8

Bien qu'elle fût beaucoup plus belle qu'elle n'était malade, Kamila Klima était quand même malade. A cause de sa santé fragile, elle avait dû, quelques années plus tôt, renoncer à la carrière de chanteuse qui l'avait conduite dans les bras de son actuel mari.

Cette belle jeune femme qui avait l'habitude d'être admirée eut soudain la tête pleine de l'odeur de formol de l'hôpital. Il lui semblait qu'entre l'univers de son époux et le sien s'étendait une chaîne de montagnes.

Alors, quand Klima voyait son triste visage, il sentait son cœur se déchirer et il tendait vers elle (à travers cette chaîne de montagnes fictive) des mains aimantes. Kamila comprit qu'il y avait dans sa tristesse une force qu'elle ne soupçonnait pas auparavant, et qui attirait Klima, l'attendrissait, lui faisait monter les larmes aux yeux. Il n'est pas surprenant qu'elle ait commencé à se servir (inconsciemment peut-être, mais d'autant plus souvent) de cet instrument inopinément découvert. Car c'était seulement lorsqu'il posait les yeux sur son visage douloureux qu'elle pouvait être plus ou moins certaine qu'aucune autre ne rivalisait avec elle dans la tête de Klima.

Cette femme très belle avait en effet peur des femmes et elle en voyait partout. Jamais, nulle part, elles ne lui échappaient. Elle savait les découvrir dans l'intonation de Klima, quand il lui disait bonsoir en rentrant à la maison. Elle savait les dépister à l'odeur de ses vêtements. Elle avait trouvé récemment une bande de papier arrachée au bord d'un journal ; une date y était inscrite de la main de Klima. Bien entendu, il pouvait s'agir d'événements les plus divers, de la répétition d'un concert, d'un rendez-vous avec un impresario, mais elle n'avait fait, pendant tout un mois, que se demander quelle femme Klima allait retrouver ce jour-là et, pendant tout un mois, elle avait mal dormi.

Si le monde perfide des femmes l'effrayait à ce point, ne pouvait-elle trouver un réconfort dans le monde des hommes ?

Difficilement. La jalousie possède l'étonnant pouvoir d'éclairer l'être unique d'intenses rayons et de maintenir la multitude des autres hommes dans une totale obscurité. La pensée de Mme Klima ne pouvait suivre une autre direction que celle de ces rayons douloureux, et son mari était devenu le seul homme de l'univers.

A présent, elle venait d'entendre la clé dans la serrure et elle voyait le trompettiste avec un bouquet de roses.

Elle en éprouva d'abord du plaisir, mais les doutes se firent entendre aussitôt : pourquoi lui apporte-t-il des fleurs dès ce soir, alors que c'est seulement demain son anniversaire ? Qu'est-ce que cela peut encore signifier ?

Et elle l'accueillit en disant : « Tu ne seras pas ici demain ? »

9

Qu'il lui ait apporté des roses ce soir n'implique pas nécessairement qu'il va s'absenter demain. Mais les antennes méfiantes, éternellement vigilantes, éternellement jalouses, savent deviner bien à l'avance la moindre intention cachée de l'époux. Chaque fois que Klima s'aperçoit de l'existence de ces terribles antennes, qui le mettent à nu, l'épient, le démasquent, il succombe à une désespérante sensation de fatigue. Il les déteste, ces antennes, et il est persuadé que si son mariage est menacé, c'est par elles. Il a toujours été convaincu (et il a sur ce point la conscience agressivement pure) que s'il lui arrive de mentir à sa femme, c'est uniquement parce qu'il veut l'épargner, la mettre à l'abri de toute déconvenue, et que c'est elle, par sa suspicion, qui se fait elle-même souffrir.

Il se penchait sur son visage et y lisait le soupçon, la tristesse et la mauvaise humeur. Il eut envie de jeter à terre le bouquet de roses, mais il se maîtrisa. Il savait qu'il lui faudrait, dans les jours prochains, se maîtriser dans des situations beaucoup plus difficiles.

« Est-ce que ça te contrarie que je t'aie apporté des fleurs ce soir ? » dit-il. Sentant de l'irritation dans sa voix, sa femme le remercia et alla mettre de l'eau dans un vase.

« Ce foutu socialisme ! dit ensuite Klima.

— Pourquoi ?

— Écoute ! Ils nous obligent à jouer tout le temps

gratis. Une fois c'est au nom de la lutte contre l'impérialisme, une autre fois c'est pour commémorer la révolution, une autre fois encore c'est pour l'anniversaire d'un haut dignitaire, et si je ne veux pas qu'ils suppriment l'orchestre, je suis obligé de tout accepter. Tu ne peux pas imaginer comme je me suis encore énervé aujourd'hui.

— A quel sujet ? dit-elle, sans intérêt.

— Pendant la répétition nous avons reçu la visite de la présidente d'une commission du Conseil municipal, et elle a commencé à nous expliquer ce que nous devons jouer et ce que nous ne devons pas jouer et, pour finir, elle nous a obligés à organiser gratuitement un concert pour l'Union de la jeunesse. Mais le pire, c'est qu'il faut que je passe toute la journée de demain à une conférence grotesque où l'on va nous parler du rôle de la musique dans l'édification du socialisme. Encore une journée de gâchée, totalement gâchée ! Et justement le jour de ton anniversaire !

— Ils ne vont quand même pas te retenir jusqu'à la nuit !

— Sans doute pas. Mais tu vois d'ici dans quel état je vais rentrer à la maison ! Alors, j'ai pensé qu'on pourrait passer ensemble un petit moment tranquille dès ce soir, dit-il, saisissant les deux mains de son épouse.

— Tu es gentil », dit Mme Klima, et Klima comprit, au ton de sa voix, qu'elle ne croyait pas un seul mot de ce qu'il venait de dire au sujet de la conférence du lendemain. Mme Klima n'osait évidemment pas lui montrer qu'elle ne le croyait pas. Elle savait que sa méfiance le mettait en fureur. Mais Klima avait depuis longtemps cessé de croire à la crédulité de sa femme. Qu'il dît la vérité ou qu'il mentît, il la soupçonnait toujours de le soupçonner. Pourtant, les dés étaient jetés, il devait continuer sur sa lancée en feignant de croire qu'elle le croyait et elle (avec un visage triste et étranger), elle le questionnait sur la conférence du lendemain pour lui démontrer qu'elle ne doutait pas de sa réalité.

Puis elle alla à la cuisine préparer le dîner. Elle mit trop de sel. Elle faisait toujours la cuisine avec plaisir et fort bien (la vie ne l'avait pas gâchée et elle n'avait pas perdu l'habitude de s'occuper de son intérieur) et Klima savait que si, ce soir-là, le repas n'était pas réussi, c'était uniquement parce qu'elle se tourmentait. Il la voyait en pensée verser dans les aliments, d'un geste douloureux, violent, une dose excessive de sel, et son cœur se serrait. Il lui semblait, dans les bouchées trop salées, reconnaître la saveur des larmes de Kamila, et c'était sa propre culpabilité qu'il avalait. Il savait que Kamila était torturée par la jalousie, il savait qu'elle passerait encore une nuit sans sommeil et il avait envie de la caresser, de l'étreindre, de la consoler, mais il comprenait aussitôt que ce serait superflu parce que, dans cette tendresse, les antennes de sa femme n'auraient trouvé que la preuve de sa mauvaise conscience.

Finalement, ils allèrent au cinéma. Klima puisait un certain réconfort dans le spectacle du héros qu'on voyait sur l'écran échapper avec une contagieuse assurance à de perfides dangers. Il s'imaginait dans sa peau et se disait parfois que convaincre Ruzena d'avorter serait une bagatelle qu'il accomplirait en un tournemain grâce à son charme et à sa bonne étoile.

Puis ils s'étendirent côte à côte dans le grand lit. Il la regardait. Elle était allongée sur le dos, la tête enfoncée dans l'oreiller, le menton légèrement levé et les yeux fixés au plafond et, dans cette extrême tension de son corps (elle le faisait toujours songer à la corde d'un instrument de musique, il lui disait qu'elle avait « l'âme d'une corde »), il vit soudain, en un seul instant, toute son essence. Oui, il lui arrivait parfois (c'étaient des moments miraculeux) de saisir soudain, dans un seul de ses gestes ou de ses mouvements, toute l'histoire de son corps et de son âme. C'étaient des instants de clairvoyance absolue mais aussi d'émotion absolue ; car cette femme l'avait aimé quand il n'était encore rien, elle avait été prête à tout sacrifier pour lui, elle comprenait en aveugle toutes ses pensées, de sorte qu'il pouvait lui parler d'Armstrong ou de Stravinski, de vétilles et de choses graves, elle était pour lui le plus proche de tous les êtres humains... Puis il imagina que ce corps adorable, ce visage adorable étaient morts, et il se dit qu'il ne pourrait pas lui survivre un seul jour. Il savait qu'il était capable de la protéger jusqu'à son dernier souffle, qu'il était capable de donner sa vie pour elle.

Mais cette sensation d'amour étouffant n'était qu'une faible lueur éphémère, parce que son esprit était occupé tout entier par l'angoisse et l'effroi. Il était étendu à côté de Kamila, il savait qu'il l'aimait infiniment, mais il était mentalement absent. Il lui caressait le visage, comme s'il la caressait d'une distance incommensurable de plusieurs centaines de kilomètres.

Deuxième journée

1

Il était environ 9 heures du matin quand une élégante voiture blanche s'arrêta sur le parc de stationnement à la périphérie de la ville d'eaux (les automobiles n'avaient pas le droit d'aller plus loin) et quand Klima en descendit.

Au centre de la rue principale de la station, s'étendait un jardin public tout en longueur, avec ses bouquets d'arbres clairsemés, sa pelouse, ses allées sablées et ses bancs de couleur. De chaque côté se dressaient les bâtiments du centre thermal, et parmi eux le foyer Karl-Marx, où le trompettiste avait passé l'autre nuit deux heures fatales dans la petite chambre de l'infirmière Ruzena. En face du foyer Karl-Marx, de l'autre côté du jardin public, s'élevait le plus bel édifice de la station, immeuble de style Art nouveau du début du siècle, couvert d'ornements en stuc et à l'entrée surmontée d'une mosaïque. Lui seul avait eu le privilège de pouvoir conserver sans changement son nom d'origine : hôtel Richmond.

« M. Bertlef est-il encore à l'hôtel ? » demanda Klima au concierge et, ayant obtenu une réponse affirmative, il monta en courant sur le tapis rouge jusqu'au premier étage et frappa à une porte.

En entrant, il vit Bertlef qui venait à sa rencontre en pyjama. Il s'excusa avec gêne de sa visite inopinée, mais Bertlef l'interrompit :

« Mon ami ! ne vous excusez pas ! Vous venez de me faire le plus grand plaisir qu'on m'ait jamais fait ici en ces heures matinales. »

Il serra la main de Klima et poursuivit : « Dans ce pays, les gens ne respectent pas le matin. Ils se font réveiller brutalement par un réveil qui rompt leur sommeil d'un coup de hache et ils s'abandonnent aussitôt à une hâte funeste. Pouvez-vous me dire ce que peut être ensuite une journée qui a débuté par cet acte de violence ? Que peut-il advenir de gens à qui leur réveil administre quotidiennement un petit choc électrique ? Ils s'accoutument chaque jour à la violence et désapprennent chaque jour le plaisir. Ce sont, croyez-moi, ses matinées qui décident du tempérament d'un homme. »

Bertlef prit délicatement Klima par l'épaule, le fit asseoir dans un fauteuil et poursuivit : « Et dire que j'aime tant ces heures matinales d'oisiveté que je franchis lentement comme un pont bordé de statues pour passer de la nuit au jour, du sommeil à la vie éveillée. C'est le moment de la journée où je serais tellement reconnaissant d'un petit miracle, d'une rencontre soudaine qui me persuaderait que les rêves de ma nuit continuent et que l'aventure du sommeil et l'aventure du jour ne sont pas séparées par un précipice. »

Le trompettiste observait Bertlef qui arpentait la

chambre vêtu de son pyjama et qui lissait d'une main ses cheveux grisonnants, et il trouvait à la voix sonore un accent américain ineffaçable et au vocabulaire quelque chose de délicieusement suranné, aisément explicable puisque Bertlef n'avait jamais vécu dans sa patrie d'origine et que seule la tradition familiale lui avait enseigné sa langue maternelle.

« Et personne, mon ami, expliquait-il maintenant en se penchant sur Klima avec un sourire confiant, personne dans cette ville d'eaux ne peut me comprendre. Même les infirmières, à part cela plutôt complaisantes, ont l'air indignées quand je les invite à partager avec moi d'agréables moments pendant mon petit déjeuner, de sorte que je dois remettre tous mes rendez-vous jusqu'au soir, donc à une heure où je suis quand même un peu fatigué. »

Ensuite il s'approcha de la petite table du téléphone et demanda : « Quand êtes-vous arrivé ?

— Ce matin, dit Klima. En voiture.

— Vous avez certainement faim », dit Bertlef, et il souleva l'écouteur. Il commanda deux petits déjeuners :

« Quatre œufs pochés, du fromage, du beurre, des croissants, du lait, du jambon et du thé. »

Pendant ce temps, Klima examinait la pièce. Une grande table ronde, des chaises, un fauteuil, une glace, deux divans, la porte qui menait à la salle de bains et à une pièce contiguë où, il s'en souvenait, se trouvait la petite chambre à coucher de Bertlef. C'était ici, dans ce luxueux appartement, que tout avait commencé. C'était ici qu'avaient pris place les musiciens éméchés de son orchestre pour le plaisir desquels le riche Américain avait convié quelques infirmières.

« Oui, dit Bertlef, le tableau que vous regardez n'était pas ici la dernière fois. »

A ce moment seulement, le trompettiste aperçut une toile montrant un homme barbu dont la tête était ceinte d'un étrange disque bleu pâle et qui tenait à la main un pinceau et une palette. Le tableau paraissait maladroit, mais le trompettiste savait que bien des tableaux qui paraissent maladroits sont des œuvres célèbres.

« Qui a peint ce tableau ?

— Moi, répondit Bertlef.

— Je ne savais pas que vous faisiez de la peinture.

— J'aime beaucoup peindre.

— Et qui est-ce ? s'enhardit le trompettiste.

— Saint Lazare.

— Comment ? Saint Lazare était peintre ?

— Ce n'est pas le Lazare de la Bible, mais saint Lazare, un moine qui vivait au IXe siècle de notre ère à Constantinople. C'est mon patron.

— Ah bon ! dit le trompettiste.

— C'était un saint très curieux. Il n'a pas été martyrisé par les païens parce qu'il croyait au Christ, mais par de mauvais chrétiens parce qu'il aimait trop la peinture. Comme vous le savez peut-être, au VIIIe et au IXe siècle la branche grecque de l'Église était en proie à un ascétisme rigoureux, intolérant à l'égard de toutes les joies profanes. Même les peintures et les statues étaient considérées comme des objets de jouissance impie. L'empereur Théophile donna l'ordre de détruire des milliers de belles peintures et il interdit à mon cher Lazare de peindre. Mais Lazare savait que ses tableaux glorifiaient Dieu, et refusa de céder. Théophile le jeta en prison, le fit torturer, exigea que Lazare renonce au pinceau, mais Dieu était miséricordieux et lui donna la force de supporter de cruels supplices.

— C'est une belle histoire, dit poliment le trompettiste.

— Splendide. Mais ce n'est certainement pas pour regarder mes tableaux que vous êtes venu me voir. »

A ce moment, on frappa à la porte et un serveur entra avec un grand plateau. Il le posa sur la table et mit pour les deux hommes le couvert du petit déjeuner.

Bertlef pria le trompettiste de s'asseoir et dit :

« Ce petit déjeuner n'a rien de si remarquable que nous ne puissions poursuivre notre entretien. Dites-moi ce que vous avez sur le cœur ? »

C'est ainsi que le trompettiste, tout en mâchant, raconta sa mésaventure qui incita Bertlef à lui poser, à divers moments de son récit, de pénétrantes questions.

2

Il voulait surtout savoir pourquoi Klima avait laissé sans réponse les deux cartes postales de l'infirmière, pourquoi il s'était dérobé au téléphone et pourquoi il n'avait lui-même jamais fait un seul geste amical qui eût prolongé leur nuit d'amour d'un écho tranquille et rasséréant.

Klima reconnut que sa conduite n'était ni raisonnable ni courtoise. Mais, à l'en croire, c'était plus fort que lui. Tout nouveau contact avec la jeune femme lui faisait horreur.

« Séduire une femme, dit Bertlef mécontent, c'est à la portée du premier imbécile. Mais il faut aussi savoir rompre ; c'est à cela qu'on reconnaît un homme mûr.

— Je sais, avoua tristement le trompettiste, mais chez moi cette répugnance, cet insurmontable dégoût sont plus forts que toutes les bonnes intentions.

— Dites-moi, s'écria Bertlef avec surprise, seriez-vous misogyne ?

— C'est ce qu'on dit de moi.

— Mais comment est-ce possible ? Vous n'avez l'air ni d'un impuissant, ni d'un homosexuel.

— Il est vrai que je ne suis ni l'un ni l'autre. C'est quelque chose de bien pire, avoua mélancoliquement le trompettiste. J'aime ma femme. C'est mon secret érotique que la plupart des gens trouvent tout à fait incompréhensible. »

C'était un aveu si émouvant que les deux hommes gardèrent un instant le silence. Puis le trompettiste poursuivit : « Personne ne le comprend, et ma femme moins que quiconque. Elle s'imagine qu'un grand amour nous fait renoncer aux aventures. Mais c'est une erreur. Quelque chose me pousse à tout moment vers une autre femme, pourtant dès que je l'ai possédée j'en suis arraché par un puissant ressort qui me catapulte auprès de Kamila. J'ai quelquefois l'impres-

44

sion que si je recherche d'autres femmes c'est uniquement à cause de ce ressort, de cet élan et de ce vol splendide (plein de tendresse, de désir et d'humilité) qui me ramène à ma propre femme que chaque nouvelle infidélité me fait aimer encore davantage.

— De sorte que l'infirmière Ruzena n'a été pour vous qu'une confirmation de votre amour monogame ?

— Oui, dit le trompettiste. Et une confirmation extrêmement agréable. Car l'infirmière Ruzena a un grand charme quand on la voit pour la première fois, et il est aussi très avantageux que ce charme soit totalement épuisé au bout de deux heures, ce qui fait que rien ne vous incite à persévérer et que le ressort vous lance sur une splendide trajectoire de retour.

— Cher ami, un amour excessif est un amour coupable, et vous en êtes sans doute la meilleure preuve.

— Je croyais que mon amour pour ma femme était la seule bonne chose qu'il y a en moi.

— Et vous vous trompiez. L'amour excessif que vous portez à votre femme n'est pas le pôle opposé et compensateur de votre insensibilité, il en est la source. Du fait que votre femme est tout pour vous, toutes les autres femmes ne sont rien pour vous, autrement dit, ce sont pour vous des putains. Mais c'est un grand blasphème et un grand mépris envers des créatures qui ont été faites par Dieu. Mon cher ami, cette sorte d'amour-là est une hérésie. »

45

3

Bertlef écarta sa tasse vide, se leva de table et se retira dans la salle de bains, d'où Klima entendit d'abord le bruit de l'eau courante puis, au bout d'un instant, la voix de Bertlef : « Croyez-vous qu'on ait le droit de mettre à mort un enfant qui n'a pas encore vu le jour ? »

Tout à l'heure, en voyant le portrait du barbu à l'auréole, il avait été déconcerté. Il avait gardé de Bertlef le souvenir d'un bon vivant jovial et il ne lui serait jamais venu à l'esprit que cet homme pût être croyant. Il sentit son cœur se serrer à l'idée qu'il allait entendre une leçon de morale et que son unique oasis dans le désert de cette ville d'eaux allait se recouvrir de sable. Il répondit d'une voix étranglée : « Êtes-vous de ceux qui appellent ça un meurtre ? »

Bertlef tardait à répondre. Il sortit enfin de la salle de bains, en costume de ville et soigneusement coiffé.

« Meurtre est un mot qui sent un peu trop la chaise électrique, dit-il. Ce n'est pas ce que je veux dire. Vous savez, je suis persuadé qu'il faut accepter la vie telle qu'elle nous est donnée. C'est le premier commandement, avant le décalogue. Tous les événements sont entre les mains de Dieu et nous ne savons rien de leur devenir. Je veux dire par là qu'accepter la vie telle qu'elle nous est donnée, c'est accepter l'imprévisible. Et un enfant, c'est la quintessence de l'imprévisible. Un enfant, c'est l'imprévisibilité même. Vous ne savez pas ce qu'il deviendra, ce qu'il vous apportera, et c'est justement pour cela qu'il faut l'accepter. Autrement vous ne vivez qu'à moitié, vous vivez comme quelqu'un qui ne sait pas nager et qui patauge près de la rive, bien que l'océan ne soit vraiment l'océan que là où l'on perd pied. »

Le trompettiste fit observer que l'enfant n'était pas le sien.

« Admettons-le, dit Bertlef. Seulement, reconnaissez franchement, à votre tour, que vous insisteriez tout autant pour convaincre Ruzena de se faire avorter si l'enfant était de vous. Vous le feriez à cause de votre femme et de l'amour coupable que vous lui portez.

— Oui, je le reconnais, dit le trompettiste. Je l'obligerais à se faire avorter quelles que soient les circonstances. »

Bertlef s'était adossé à la porte de la salle de bains et souriait : « Je vous comprends et je n'essaierai pas de vous faire changer d'avis. Je suis trop vieux pour vouloir amender le monde. Je vous ai dit ce que je pensais et c'est tout. Je resterai votre ami même si vous agissez contre ma conviction, et je vous apporterai mon aide même si je vous désapprouve. »

Le trompettiste examinait Bertlef qui venait de prononcer cette dernière phrase de la voix de velours d'un sage prédicateur. Il le trouvait admirable. Il avait le sentiment que tout ce que disait Bertlef pourrait être une légende, une parabole, un exemple, un chapitre tiré d'un évangile moderne. Il avait envie (comprenons-le, il était ému et porté aux gestes excessifs) de s'incliner profondément devant lui.

« Je vous aiderai de mon mieux, reprit Bertlef.

Nous irons dans un moment trouver mon ami, le docteur Skreta, qui réglera pour vous l'aspect médical de l'affaire. Mais expliquez-moi comment vous allez amener Ruzena à prendre une décision qui lui répugne ? »

4

Ce fut le troisième sujet qui retint leur attention. Quand le trompettiste eut exposé son plan, Bertlef dit :

« Cela me rappelle une histoire qui m'est arrivée personnellement au temps de mon aventureuse jeunesse quand je travaillais comme débardeur dans les docks où une fille nous apportait notre casse-croûte. Elle avait exceptionnellement bon cœur et ne savait rien refuser à personne. Hélas, cette bonté de cœur (et de corps) rend les hommes plus brutaux que reconnaissants, de sorte que j'étais le seul à lui témoigner une respectueuse attention, tout en étant aussi le seul à n'avoir jamais couché avec elle. A cause de ma gentillesse elle est tombée amoureuse de moi. Je lui aurais fait de la peine et je l'aurais humiliée si je n'avais fini par lui faire l'amour. Mais ce n'est arrivé qu'une fois et je lui ai expliqué aussitôt que je continuerais de l'aimer d'un grand amour spirituel mais que nous ne pouvions plus être amants. Elle a éclaté en sanglots, elle est partie en courant, elle a cessé de me dire bonjour et elle s'est donnée plus ostensiblement encore à tous les autres. Puis deux mois ont passé et elle m'a annoncé qu'elle était enceinte de moi.

— Vous avez donc été dans la même situation que moi ? s'écria le trompettiste.

— Ah, mon ami, dit Bertlef, ne savez-vous pas que ce qui vous arrive est le lot commun de tous les hommes de l'univers ?

— Et qu'avez-vous fait ?

— Je me suis conduit exactement comme vous comptez vous conduire, mais avec une différence. Vous voulez faire semblant d'aimer Ruzena, tandis que moi, j'aimais vraiment cette fille. Je voyais devant moi une pauvre créature, humiliée et offensée par tous, une pauvre créature à qui un seul être au monde avait jamais témoigné de l'amabilité, et cette amabilité elle ne voulait pas la perdre. Je comprenais qu'elle m'aimait et je n'arrivais pas à lui en vouloir de le manifester comme elle le pouvait, avec les moyens que lui offrait son innocente bassesse. Écoutez ce que je lui ai dit : " Je sais très bien que tu es enceinte d'un autre. Mais je sais aussi que tu as usé de cette ruse par amour et je veux te payer de ton amour avec de l'amour. Peu m'importe de qui est l'enfant, si tu veux, je t'épouse. "

— C'était de la folie !

— Mais sans doute plus efficace que votre manœuvre soigneusement préparée. Quand j'ai plusieurs fois répété à la petite putain que je l'aimais et que je voulais l'épouser avec son enfant, elle a fondu en larmes et m'a avoué qu'elle m'avait trompé. En face de ma bonté, elle avait compris, disait-elle, qu'elle n'était pas digne de moi et qu'elle ne pourrait jamais se marier avec moi. »

Le trompettiste se taisait, songeur, et Bertlef ajouta :

« Je serais heureux que cette histoire pût vous servir de parabole. N'essayez pas de faire croire à Ruzena que vous l'aimez, mais essayez de l'aimer vraiment. Essayez d'avoir pitié d'elle. Même si elle vous induit en erreur, essayez de voir dans ce mensonge une forme de son amour. Je suis certain qu'ensuite elle ne résistera pas à la force de votre bonté et qu'elle prendra d'elle-même toutes ses dispositions pour ne pas vous faire de tort. »

Les paroles de Bertlef produisirent une grande impression sur le trompettiste. Mais dès qu'il se représenta Ruzena sous un éclairage plus vif, il comprit que la voie de l'amour, que lui suggérait Bertlef, était impraticable pour lui ; que c'était la voie des saints et pas celle des hommes ordinaires.

5

Ruzena était assise à une petite table, dans la grande salle de l'établissement de bains où des femmes, après le traitement, se reposaient sur des lits alignés le long des murs. Elle venait de recevoir les cartes de deux nouvelles patientes. Elle y inscrivit la date, remit aux femmes la clé de leur vestiaire, une serviette et un grand drap blanc. Puis elle regarda sa montre et se dirigea dans la salle du fond (elle ne portait qu'une blouse blanche directement sur la peau car les salles carrelées étaient pleines de vapeur brûlante) vers la piscine où une vingtaine de femmes nues pataugeaient dans l'eau de source miraculeuse. Elle en désigna trois par leur nom pour leur annoncer que le temps prévu pour le bain était écoulé. Les dames sortirent docilement de la piscine, secouèrent leurs gros seins d'où l'eau s'égouttait et suivirent Ruzena qui les reconduisit vers les lits où les dames s'allongèrent. Elle les couvrit l'une après l'autre d'un drap, leur essuya les yeux avec un bout du tissu et les enveloppa encore dans une couverture chaude. Les dames lui souriaient, mais Ruzena ne leur rendait pas leur sourire.

Il n'est certainement pas agréable de venir au monde dans une petite ville où passent chaque année dix mille femmes mais où il ne vient pratiquement pas un seul homme jeune ; une femme peut s'y faire dès l'âge de quinze ans une idée précise de toutes les possibilités érotiques qui lui sont données pour sa vie entière si elle ne change pas de résidence. Et comment changer de résidence ? L'établissement où elle travaillait ne se privait pas volontiers des services de son personnel, et les parents de Ruzena protestaient vivement dès qu'elle faisait allusion à un déménagement.

Non, cette jeune femme, qui s'efforçait, somme toute, d'accomplir soigneusement ses obligations professionnelles, n'éprouvait guère d'amour pour les curistes. On peut trouver à cela trois raisons :

L'envie : ces femmes venaient ici après avoir quitté des époux, des amants, un univers qu'elle imaginait foisonnant de mille possibilités qui lui étaient inaccessibles bien qu'elle eût de plus jolis seins, de plus longues jambes et les traits plus réguliers.

Outre l'envie, l'impatience : ces femmes arrivaient ici avec leurs lointains destins, et elle était ici sans destin, la même l'an dernier que cette année ; elle s'effrayait à la pensée qu'elle vivait dans cette petite localité une durée sans événements et, malgré sa jeunesse, elle pensait sans cesse que la vie lui échapperait avant qu'elle n'ait commencé à vivre.

Troisièmement, il y avait la répugnance instinctive que lui inspirait leur multitude qui diminuait la valeur de toute femme en tant qu'individu. Elle était entourée d'une triste inflation de poitrines féminines parmi lesquelles même une aussi jolie poitrine que la sienne perdait de sa valeur.

Elle venait d'envelopper sans sourire la dernière des trois dames quand sa collègue maigre avança la tête dans la salle et lui cria : « Ruzena ! téléphone ! »

Elle avait une expression si solennelle que Ruzena sut immédiatement qui lui téléphonait. Le visage cramoisi, elle passa derrière les cabines, souleva l'écouteur et dit son nom.

Klima s'annonça et lui demanda quand elle aurait le temps de le voir.

« Je termine mon service à 3 heures. On peut se voir à 4 heures. »

Il fallut ensuite convenir d'un lieu de rendez-vous. Ruzena proposa la grande brasserie de la station, qui était ouverte toute la journée. La maigre, qui était restée à côté d'elle et ne quittait pas ses lèvres des yeux, fit un signe de tête approbateur. Le trompettiste répondit qu'il préférait voir Ruzena dans un endroit où ils pourraient être seuls et proposa de l'emmener quelque part en voiture en dehors de la station.

« C'est inutile. Où veux-tu que nous allions ! dit Ruzena.

— On sera seuls.

— Si tu as honte de moi, ce n'est pas la peine de venir, dit Ruzena, et sa collègue approuva.

— Ce n'est pas ce que je voulais dire, dit Klima. Je t'attendrai à 4 heures devant la brasserie.

— Parfait, dit la maigre quand Ruzena eut raccroché l'écouteur. Il voudrait te voir quelque part en cachette, mais il faut que tu t'arranges pour que vous soyez vus du plus grand nombre de gens possible. »

Ruzena était encore très énervée et ce rendez-vous lui donnait le trac. Elle n'était plus capable de se représenter Klima. Quel était son physique, son sourire, son maintien ? De leur unique rencontre, il ne lui était resté qu'un très vague souvenir. Ses collègues l'avaient alors pressée de questions sur le trompettiste, elles voulaient savoir comment il était, ce qu'il disait, de quoi il avait l'air une fois déshabillé et comment il faisait l'amour. Mais elle était incapable de rien dire et elle se contentait de répéter que c'était *comme un rêve*.

Ce n'était pas un simple cliché : l'homme avec lequel elle avait passé deux heures dans un lit était descendu des affiches pour la rejoindre. Sa photographie avait acquis pour un instant une réalité tridimensionnelle, de la chaleur et du poids, pour redevenir ensuite une image immatérielle et incolore, reproduite à des milliers d'exemplaires et d'autant plus abstraite et plus irréelle.

Et, parce qu'il lui avait alors si vite échappé pour retourner à son signe graphique, elle en avait gardé le sentiment désagréable de sa perfection. Elle ne pouvait se raccrocher à un seul détail qui l'eût rabaissé et l'eût rendu plus proche. Quand il était loin, elle était pleine d'une énergique combativité, mais maintenant qu'elle sentait sa présence, le courage l'abandonnait.

« Tiens bon, lui dit la maigre. Je garderai mes doigts croisés. »

6

Quand Klima eut terminé sa conversation avec Ruzena, Bertlef le prit par le bras et le conduisit au foyer Karl-Marx où le docteur Skreta avait son cabinet et où il habitait. Plusieurs femmes étaient assises dans la salle d'attente, mais Bertlef frappa sans hésiter quatre coups brefs à la porte du cabinet. Au bout d'un instant, apparut un grand type en blouse blanche, à lunettes et au long nez. « Un moment s'il vous plaît », dit-il aux femmes assises dans la salle d'attente, et il conduisit les deux hommes dans le couloir et de là dans son appartement qui se trouvait à l'étage au-dessus.

« Comment allez-vous, maître ? dit-il, s'adressant au trompettiste, quand ils furent assis tous les trois. Quand allez-vous donner un nouveau concert ici ?

— Plus jamais de ma vie, répondit Klima, parce que cette ville d'eaux me porte la guigne. »

Bertlef expliqua au docteur Skreta ce qui était arrivé au trompettiste, puis Klima ajouta :

« Je voulais vous demander de m'aider. Je voudrais d'abord savoir si elle est vraiment enceinte. Ce n'est peut-être qu'un retard. Ou bien elle me fait du cinéma. Ça m'est déjà arrivé une fois. C'était aussi une blonde.

— Il ne faut jamais rien commencer avec les blondes, dit le docteur Skreta.

— Oui, approuva Klima, les blondes sont ma perte. Docteur, c'était atroce, cette fois-là. Je l'avais obligée à se faire examiner par un médecin. Seulement, tout au début d'une grossesse, on ne peut encore rien savoir avec certitude. Alors, j'ai exigé qu'on lui fasse le test de la souris. On injecte l'urine à une souris et quand la souris a les ovaires qui enflent...

— La dame est enceinte... compléta le docteur Skreta.

— Elle avait apporté son urine du matin dans un flacon, je l'accompagnais et elle a fait tomber le flacon sur le trottoir devant la polyclinique. Je me suis précipité sur les éclats pour sauver au moins quelques gouttes ! A me voir, on aurait juré qu'elle avait fait tomber le Saint Graal. Elle l'avait fait exprès, de casser le flacon, parce qu'elle savait qu'elle n'était pas enceinte et elle voulait faire durer mon supplice le plus longtemps possible.

— Typique comportement de blonde, dit le docteur Skreta sans surprise.

— Pensez-vous qu'il y ait une différence entre les blondes et les brunes ? dit Bertlef, visiblement sceptique sur l'expérience féminine du docteur Skreta.

— Je vous crois ! dit le docteur Skreta. Les cheveux blonds et les cheveux noirs, ce sont les deux pôles de la nature humaine. Les cheveux noirs signifient la virilité, le courage, la franchise, l'action, tandis que les cheveux blonds symbolisent la féminité, la tendresse, la faiblesse et la passivité. Donc une blonde est en réalité doublement femme. Une princesse ne peut être que blonde. C'est aussi pour cette raison que les femmes, pour être aussi féminines que possible, se teignent en jaune et jamais en noir.

— Je serais très curieux de savoir comment les pigments exercent leur influence sur l'âme humaine, dit Bertlef d'un ton dubitatif.

— Il ne s'agit pas des pigments. Une blonde s'adapte inconsciemment à ses cheveux. Surtout si cette blonde est une brune qui se fait teindre en jaune. Elle veut être fidèle à sa couleur et se comporte comme un être fragile, une poupée frivole, elle exige de la tendresse et des services, de la galanterie et une pension alimentaire, elle est incapable de rien faire par elle-même, toute délicatesse au-dehors et au-dedans toute grossièreté. Si les cheveux noirs devenaient une mode universelle, on vivrait nettement mieux en ce monde. Ce serait la réforme sociale la plus utile que l'on ait jamais accomplie.

— Il est donc fort possible que Ruzena aussi me joue la comédie, intervint Klima, cherchant dans les paroles du docteur Skreta une raison d'espérer.

— Non. Je l'ai examinée hier. Elle est enceinte », dit le médecin.

Bertlef remarqua que le trompettiste était devenu livide et dit : « Docteur, c'est vous qui présidez la commission responsable des avortements.

— Oui, dit le docteur Skreta. Nous siégeons vendredi prochain.

— C'est parfait, dit Bertlef. Il n'y a pas de temps à perdre, parce que les nerfs de notre ami pourraient lâcher. Je sais que dans ce pays vous n'autorisez pas volontiers les avortements.

— Pas volontiers du tout, dit le docteur Skreta. Il y a avec moi, dans cette commission, deux bonnes femmes qui représentent le pouvoir populaire. Elles sont d'une laideur repoussante et haïssent toutes les femmes qui viennent nous trouver. Savez-vous qui sont les plus virulents misogynes ici-bas ? Les femmes. Messieurs, pas un seul homme, même M. Klima à qui deux femmes ont déjà tenté de faire endosser leur grossesse, n'a jamais éprouvé envers les femmes autant de haine que les femmes elles-mêmes à l'égard de leur propre sexe. Pourquoi pensez-vous qu'elles s'efforcent de nous séduire ? Uniquement pour pouvoir défier et humilier leurs consœurs. Dieu a inculqué dans le cœur des femmes la haine des autres femmes parce qu'il voulait que le genre humain se multiplie.

— Je vous pardonne vos propos, dit Bertlef, parce que je veux en revenir à l'affaire de notre ami. C'est quand même vous qui décidez dans cette commission, et ces hideuses bonnes femmes font ce que vous dites.

— C'est sans doute moi qui décide, mais de toute façon je ne veux plus m'en occuper. Ça ne me rapporte pas un sou. Vous, par exemple, maître, combien gagnez-vous en un seul concert ? »

La somme que mentionna Klima captiva le docteur Skreta :

« Je pense souvent, dit-il, que je devrais arrondir mes fins de mois en faisant de la musique. Je ne suis pas mauvais à la batterie.

— Vous jouez de la batterie ? dit Klima, manifestant un intérêt forcé.

— Oui, dit le docteur Skreta. Nous avons un piano et une batterie à la maison du peuple. Je joue de la batterie à mes moments de loisir.

— C'est merveilleux ! s'écria le trompettiste, heureux de cette occasion de flatter le médecin.

— Mais je n'ai pas de partenaires pour fonder un véritable orchestre. Il n'y a que le pharmacien qui joue très gentiment du piano. Nous avons essayé plusieurs fois tous les deux. » Il s'interrompit et parut réfléchir. « Écoutez ! Quand Ruzena se présentera devant la commission... »

Klima poussa un profond soupir. « Si seulement elle y vient... »

Le docteur Skreta eut un geste d'impatience :

« Elle se fera un plaisir de venir, comme les autres. Mais la commission exige que le père se présente aussi, et il faudra que vous l'accompagniez. Et pour que vous ne veniez pas ici uniquement à cause de cette bagatelle, vous pourriez arriver la veille et nous donnerions un concert dans la soirée. Une trompette, un piano, une batterie. *Tres faciunt orchestrum.* Avec votre nom sur l'affiche, on fera salle comble. Qu'en dites-vous ? »

Klima était toujours extrêmement pointilleux sur la qualité technique de ses concerts et, deux jours plus tôt, la proposition du médecin lui aurait paru complètement insensée. Mais maintenant il ne s'intéressait qu'aux entrailles d'une infirmière et il répondit à la question du médecin avec un enthousiasme poli :

« Ce serait splendide !

— C'est vrai ? Vous êtes d'accord ?

58

— Évidemment.

— Et vous, qu'en dites-vous ? demanda Skreta, s'adressant à Bertlef.

— L'idée me paraît excellente. Seulement, je ne sais pas comment vous arriverez à tout préparer en deux jours. »

En guise de réponse, Skreta se leva et se dirigea vers le téléphone. Il composa un numéro, mais personne ne prit la communication. « Le plus important, c'est de commander les affiches immédiatement. Malheureusement la secrétaire doit être partie déjeuner, dit-il. Pour ce qui est d'obtenir la salle, c'est un jeu d'enfant. La société d'éducation populaire y organise jeudi une réunion antialcoolique, et c'est un de mes collègues qui doit prononcer la conférence. Il sera ravi que je lui demande de se faire excuser pour raison de santé. Mais évidemment, il faudrait que vous arriviez jeudi matin pour qu'on puisse répéter tous les trois. A moins que ce ne soit inutile ?

— Non, non, dit Klima. C'est indispensable. Il faut se préparer d'avance.

— Je suis aussi de cet avis, approuva Skreta. Nous allons leur jouer le répertoire le plus efficace. Je suis excellent à la batterie dans *Saint Louis' Blues* et dans *When the Saints go marching in*. J'ai quelques solos de prêts, je suis curieux de savoir ce que vous en penserez. D'ailleurs, êtes-vous pris cet après-midi ? Vous ne voulez pas qu'on fasse un essai ?

— Malheureusement, cet après-midi, il faut que je persuade Ruzena de consentir au curetage. »

Skreta eut un geste d'impatience : « Oubliez cela ! Elle y consentira sans se faire prier.

— Docteur, dit Klima d'un ton suppliant, plutôt jeudi. »

Bertlef intercéda :

« Je pense aussi que vous feriez mieux d'attendre jeudi. Aujourd'hui, notre ami ne pourrait pas se concentrer. Je crois d'ailleurs qu'il n'a pas apporté sa trompette.

— C'est une raison ! » reconnut Skreta et il conduisit ses deux amis au restaurant d'en face. Mais ils furent rejoints dans la rue par l'infirmière de Skreta qui supplia le médecin de regagner son cabinet. Le docteur pria ses amis de l'excuser et se laissa reconduire par l'infirmière auprès de ses patientes stériles.

7

Il y avait environ six mois que Ruzena avait quitté la maison de ses parents, qui habitaient dans un village voisin, pour s'installer dans une petite chambre du foyer Karl-Marx. Elle se promettait Dieu sait quoi de cette chambre indépendante, mais elle avait bientôt compris qu'elle profitait de sa chambre et de sa liberté beaucoup moins agréablement et beaucoup moins intensément qu'elle ne l'avait rêvé.

Cet après-midi-là, en revenant vers 3 heures de l'établissement de bains, elle eut la désagréable surprise de trouver dans sa chambre son père qui l'attendait vautré sur le divan. Ça ne l'arrangeait guère, car elle voulait se consacrer entièrement à sa garde-robe, se coiffer et choisir soigneusement la robe qu'elle allait mettre.

« Qu'est-ce que tu fais ici ? » demanda-t-elle avec mauvaise humeur. Elle en voulait au concierge qui connaissait son père et qui était toujours prêt à lui ouvrir la porte de sa chambre quand elle n'y était pas.

« J'avais un moment de libre, dit le père. Nous avons un exercice en ville aujourd'hui. »

Son père était membre de l'Association des volontaires de l'ordre public. Comme le corps médical se moquait de ces vieux messieurs qui arpentaient les rues avec un brassard sur la manche et des airs importants, Ruzena avait honte des activités paternelles.

« Si ça t'amuse ! grommela-t-elle.

— Estime-toi heureuse d'avoir un papa qui n'a jamais été et ne sera jamais un tire-au-flanc. Nous autres retraités, nous allons encore montrer aux jeunes ce que nous savons faire ! »

Ruzena jugea préférable de le laisser parler tout en se concentrant sur le choix de sa robe. Elle ouvrit l'armoire.

« Je voudrais bien savoir ce que vous savez faire, dit-elle.

— Pas mal de choses. Cette ville est une station thermale internationale, ma petite. Et de quoi a-t-elle l'air ! Les gosses courent sur les pelouses !

— Et alors ? » fit Ruzena, cherchant parmi ses robes. Aucune ne lui plaisait.

« S'il n'y avait que les gosses, mais aussi les chiens ! Le conseil municipal a depuis longtemps ordonné que les chiens ne sortent que tenus en laisse et avec une muselière ! Mais ici, personne n'obéit. Chacun en fait à sa tête. Tu n'as qu'à regarder le jardin public ! »

Ruzena sortit une robe et commença à se déshabiller, dissimulée derrière la porte entrouverte de l'armoire.

« Ils pissent partout. Même sur le tas de sable du terrain de jeux ! Imagine qu'un gosse fasse tomber sa tartine dans le sable ! Et après, on s'étonne qu'il y ait tant de maladies ! Tiens, il suffit de regarder, ajouta le père en s'approchant de la fenêtre. Rien qu'en ce moment, il y a quatre chiens qui courent en liberté. »

Ruzena venait de reparaître et s'examinait dans la glace. Mais elle n'avait qu'un petit miroir mural où elle se voyait à peine jusqu'à la ceinture.

« Ça ne t'intéresse pas, hein ! lui demanda le père.

— Mais si, ça m'intéresse, dit Ruzena en s'éloignant du miroir sur la pointe des pieds pour tenter de deviner de quoi ses jambes pouvaient avoir l'air dans cette robe. Seulement, ne te fâche pas, j'ai un rendez-vous et je suis pressée.

— Je n'admets que les chiens policiers ou les chiens de chasse, disait le père. Mais je ne comprends pas les gens qui ont un chien chez eux. Bientôt les femmes cesseront de mettre des enfants au monde et il y aura des caniches dans les berceaux ! »

Ruzena était mécontente de l'image que lui renvoyait le miroir. Elle revint à l'armoire et se mit en quête d'une robe qui lui irait mieux.

« Nous avons décidé que les gens ne pourraient avoir un chien chez eux que si tous les autres locataires y consentaient à la réunion d'immeuble. En plus, nous allons augmenter l'impôt sur les chiens.

— Je vois que tu as de graves soucis », dit Ruzena, e᠎ elle se réjouit de ne plus habiter chez ses parents. Depuis l'enfance, son père lui répugnait avec ses leçons de morale et ses injonctions. Elle avait soif d'un univers où les gens parleraient une autre langue que lui.

« Il n'y a pas de quoi rire. Les chiens, c'est vraiment un très grave problème, et je ne suis pas le seul à le penser, les plus hautes autorités politiques le pensent aussi. On a sans doute oublié de te demander ce qui est important et ce qui ne l'est pas. Tu répondrais évidemment que la chose la plus importante du monde, ce sont tes robes, dit-il, constatant que sa fille se cachait à nouveau derrière la porte de l'armoire et se changeait.

— Mes robes sont certainement plus importantes que tes chiens », répliqua-t-elle, et elle était encore une fois sur la pointe des pieds devant le miroir. Et encore une fois, elle se déplaisait. Mais ce mécontentement vis-à-vis d'elle-même se changeait lentement en révolte : elle pensait méchamment que le trompettiste devrait l'accepter telle qu'elle était, même dans cette robe bon marché, et elle en éprouvait une étrange satisfaction.

« C'est une question d'hygiène, poursuivait le père. Nos villes ne seront jamais propres tant que les chiens feront leur crotte sur le trottoir. Et c'est aussi une question de morale. Il est inadmissible que l'on puisse dorloter des chiens dans des logements construits pour des gens. »

Une chose était en train de se produire, dont Ruzena ne se doutait pas : sa révolte se confondait, mystérieusement et imperceptib'ement, avec l'indignation de son père. Elle n'éprouvait plus envers lui cette vive répugnance qu'il lui inspirait tout à l'heure ; au contraire, dans ses paroles véhémentes, elle puisait à son insu de l'énergie.

« Nous n'avons jamais eu de chien à la maison et ça ne nous a pas manqué », disait le père.

Elle continuait de se regarder dans la glace et elle sentait que sa grossesse lui donnait un avantage sans précédent. Qu'elle se trouve belle ou pas, le trompettiste avait fait le voyage exprès pour la voir et l'invitait le plus aimablement du monde à la brasserie. D'ailleurs (elle regarda sa montre), en ce moment même, il l'y attendait déjà.

« Mais nous allons donner un coup de balai, petite, tu vas voir ça ! » dit en riant le père et, cette fois, elle réagit avec douceur, presque avec un sourire :

« Ça me fait plaisir, papa. Mais maintenant, il faut que je parte.

— Moi aussi. L'exercice va reprendre dans un instant. »

Ils sortirent ensemble du foyer Karl-Marx et se séparèrent. Ruzena se dirigea lentement vers la brasserie.

8

Klima ne parvenait jamais à s'identifier entièrement à son personnage mondain d'artiste en vogue que tout le monde connaît et, surtout en ce moment de soucis personnels, il le ressentait comme un handicap et comme une tare. Quand il entra avec Ruzena dans le hall de la brasserie et qu'il vit au mur, en face du vestiaire, sa photographie grand format sur une affiche qui était restée là depuis le dernier concert, il se sentit gêné. Il traversa la salle avec la jeune femme, cherchant machinalement à deviner parmi les clients ceux qui le reconnaissaient. Il avait peur des regards, il croyait voir des yeux l'épier et l'observer de partout, lui dictant son expression et son comportement. Il sentait plusieurs regards curieux fixés sur lui. Il s'efforça de ne pas y prêter attention et se dirigea, au fond de la salle, vers une petite table près d'une grande baie vitrée d'où l'on découvrait le feuillage des arbres du jardin public.

Quand ils furent assis, il sourit à Ruzena, lui caressa la main et dit que sa robe lui allait bien. Elle protesta modestement, mais il insista et tenta de parler pendant quelques instants sur le thème du charme de l'infirmière. Il était, disait-il, surpris de son physique. Il avait pensé à elle pendant deux mois, au point que l'effort pictural de la mémoire avait façonné d'elle une image éloignée de la réalité. Ce qu'il y avait d'extraordinaire, disait-il, c'était que son apparence réelle, bien qu'il l'eût beaucoup désirée en pensant à elle, l'emportât pourtant sur l'imaginaire.

Ruzena fit observer que le trompettiste ne lui avait pas donné de ses nouvelles pendant deux mois et qu'elle en déduisait qu'il n'avait guère pensé à elle.

C'était une objection à laquelle il s'était soigneusement préparé. Il eut un geste de lassitude et dit à la jeune femme qu'elle ne pouvait avoir idée des deux mois atroces qu'il venait de passer. Ruzena lui demanda ce qui lui était arrivé, mais le trompettiste ne voulait pas entrer dans les détails. Il se contenta de répondre qu'il avait souffert d'une grande ingratitude et qu'il s'était soudain retrouvé entièrement seul au monde, sans amis, sans personne.

Il craignait un peu que Ruzena ne se mît à l'interroger en détail sur ses soucis, parce qu'il risquait de s'embrouiller dans les mensonges. Ses craintes étaient superflues. Ruzena venait certes d'apprendre avec grand intérêt que le trompettiste était passé par des moments difficiles et elle acceptait volontiers cette justification de ses deux mois de silence. Mais l'exacte nature de ses ennuis lui était tout à fait indifférente. De ces mois tristes qu'il venait de vivre, seule cette tristesse l'intéressait.

« J'ai beaucoup pensé à toi et j'aurais été tellement heureuse de t'aider.

— J'étais tellement écœuré que j'avais même peur de rencontrer des gens. Un triste compagnon est un mauvais compagnon.

— Moi aussi, j'étais triste.

— Je sais, dit-il en lui caressant la main.

« — Je pensais depuis longtemps que j'avais un enfant de toi. Et tu ne donnais pas signe de vie. Mais j'aurais gardé l'enfant, même si tu n'étais pas venu me voir, même si tu ne voulais plus jamais me voir. Je me disais que même si je restais toute seule, j'aurais au moins cet enfant de toi. Je n'accepterais jamais de me faire avorter. Non, jamais... »

Klima en perdit l'usage de la parole ; une terreur muette s'emparait de son esprit.

Heureusement pour lui le garçon qui servait nonchalamment les clients venait de s'arrêter à leur table pour prendre la commande.

« Un cognac, fit le trompettiste, et il rectifia aussitôt : Deux cognacs. »

Il y eut une nouvelle pause, et Ruzena répéta à mi-voix : « Non, jamais je ne me ferais avorter.

— Ne dis pas cela, répliqua Klima, retrouvant ses esprits. Tu n'es pas seule en cause. Un enfant, ce n'est pas seulement l'affaire de la femme. C'est l'affaire du couple. Il faut que les deux soient d'accord, sinon, ça risque de finir très mal. »

Quand il eut achevé, il comprit qu'il venait indirectement d'admettre qu'il était le père de l'enfant. Chaque fois qu'il parlerait à Ruzena, ce serait désormais sur la base de cet aveu. Il avait beau savoir qu'il agissait selon un plan et que cette concession était prévue d'avance, il était épouvanté de ses propres paroles.

Mais le garçon leur apportait déjà les deux cognacs :

« Vous êtes bien M. Klima, le trompettiste ?

— Oui, dit Klima.

— Les filles de cuisine vous ont reconnu. C'est bien vous, sur l'affiche ?

— Oui, dit Klima.

— Il paraît que vous êtes l'idole de toutes les femmes de douze à soixante-dix ans ! » dit le garçon et il ajouta à l'intention de Ruzena : « Toutes les femmes vont te crever les yeux d'envie ! » Pendant qu'il s'éloignait, il se retourna plusieurs fois et leur sourit avec une impertinente familiarité.

« Non, jamais je n'accepterais de m'en débarrasser, répétait Ruzena. Et toi aussi, un jour, tu seras heureux de l'avoir. Parce que, comprends-tu, je ne te demande absolument rien. J'espère que tu n'imagines pas que je veux quelque chose de toi. Tu peux être tout à fait tranquille. Ça ne regarde que moi et, si tu veux, tu ne t'occuperas de rien. »

Rien n'est plus inquiétant pour un homme que ces paroles rassurantes. Klima avait soudain l'impression qu'il n'avait plus de force pour sauver quoi que ce soit et qu'il vaudrait mieux abandonner la partie. Il se taisait et Ruzena se taisait aussi, de sorte que les paroles qu'elle venait de prononcer s'enracinaient dans le silence et que le trompettiste se sentait devant elles de plus en plus misérable et désarmé.

Mais l'image de sa femme surgit dans son esprit. Il savait qu'il ne devait pas renoncer. Il déplaça donc la main sur la plaque de marbre du guéridon jusqu'à ce qu'il touche les doigts de Ruzena. Il les serra et dit :

« Oublie une minute cet enfant. L'enfant n'est pas du tout le plus important. Crois-tu que nous n'ayons rien à nous dire, tous les deux ? Crois-tu que c'est uniquement à cause de cet enfant que je suis venu te voir ? »

Ruzena haussa les épaules.

« Le plus important, c'est que je me suis senti triste sans toi. Nous ne nous sommes vus qu'un très court moment. Et pourtant, il n'y a pas un seul jour où je n'aie pensé à toi. »

Il se tut et Ruzena fit observer : « Tu ne m'as pas donné de tes nouvelles une seule fois pendant deux mois, et moi je t'ai écrit deux fois.

— Il ne faut pas m'en vouloir, dit le trompettiste. J'ai fait exprès de ne pas te donner de mes nouvelles. Je ne voulais pas. J'avais peur de ce qui se passait en moi. Je résistais à l'amour. Je voulais t'écrire une longue lettre, j'ai même noirci plusieurs feuilles de papier, mais, finalement, je les ai toutes jetées. Ça ne m'est jamais arrivé, d'être aussi amoureux, et j'en étais effrayé. Et pourquoi ne pas l'avouer ? Je voulais aussi m'assurer que mon sentiment était autre chose qu'un envoûtement passager. Je me disais : si je continue d'être comme ça pendant encore un mois, ce que j'éprouve pour elle n'est pas une illusion, c'est la réalité. »

Ruzena dit doucement : « Et que penses-tu maintenant ? N'est-ce qu'une illusion ? »

Après cette phrase de Ruzena, le trompettiste comprit que son plan commençait à réussir. Il ne lâchait donc plus la main de la jeune femme et continuait de parler, et la parole lui était de plus en plus facile : à présent qu'il était devant elle, il comprenait qu'il serait vain de soumettre ses sentiments à de plus longues épreuves, parce que tout était clair. Et il ne voulait pas parler de cet enfant, parce que le plus important, pour lui, ce n'était pas l'enfant, mais

Ruzena. Ce qui donnait un sens à l'enfant qu'elle portait, c'était justement de l'avoir appelé, lui Klima, auprès de Ruzena. Oui, cet enfant qu'elle portait en elle l'avait appelé ici, dans cette petite ville d'eaux, et lui avait fait découvrir à quel point il aimait Ruzena et c'était pour cela (il leva son verre de cognac) qu'ils allaient boire à cet enfant.

Bien entendu, il s'effraya aussitôt de ce toast épouvantable auquel son exaltation verbale venait de l'entraîner. Mais les paroles étaient prononcées. Ruzena leva son verre et chuchota : « Oui, à notre enfant », et elle but d'un trait son cognac.

Le trompettiste s'efforça bien vite de faire oublier par de nouveaux discours ce toast malencontreux et affirma encore une fois qu'il avait pensé à Ruzena chaque jour et à chaque heure du jour.

Elle dit que dans la capitale le trompettiste était certainement entouré de femmes plus intéressantes qu'elle.

Il lui répondit qu'il en avait par-dessus la tête de leur raffinement et de leur prétention. Il donnait la préférence à Ruzena devant toutes ces femmes, il regrettait seulement qu'elle habitât si loin de lui. N'avait-elle pas envie de venir travailler dans la capitale ?

Elle répondit qu'elle préférerait la capitale. Mais il n'était pas facile d'y trouver un emploi.

Il sourit avec condescendance et dit qu'il avait beaucoup de relations là-bas dans les hôpitaux et qu'il pourrait lui procurer du travail sans difficulté.

Il lui parla ainsi pendant un long moment, sans cesser de lui tenir la main, et ne remarqua même pas qu'une jeune inconnue s'était approchée d'eux. Sans craindre d'être importune, elle dit avec enthousiasme : « Vous êtes M. Klima ! Je vous ai tout de suite reconnu ! Je voudrais seulement vous demander un autographe ! »

Klima rougit. Il tenait la main de Ruzena et lui faisait une déclaration d'amour dans un lieu public sous les yeux de toutes les personnes présentes. Il songea qu'il était ici comme sur la scène d'un amphithéâtre et que le monde entier, métamorphosé en spectateurs amusés, suivait avec un rire mauvais sa lutte pour la vie.

La petite jeune fille lui tendait un bout de papier et Klima voulait y tracer sa signature le plus vite possible, mais il n'avait pas de stylo, et elle n'en avait pas non plus.

« Tu n'as pas de stylo ? » dit-il à Ruzena dans un chuchotement, et il est vrai qu'il chuchotait de peur que la fillette ne s'aperçût qu'il tutoyait Ruzena. Pourtant, il comprit aussitôt que le tutoiement faisait beaucoup moins intime que sa main dans celle de Ruzena, et il répéta plus fort sa question : « Tu n'as pas de stylo ? »

Mais Ruzena hocha la tête et la petite revint à la table qu'elle occupait avec plusieurs jeunes gens et jeunes filles qui profitèrent aussitôt de l'occasion et se précipitèrent avec elle sur Klima. Ils lui tendirent un stylo et arrachèrent d'un petit bloc-notes des feuillets sur lesquels il devait tracer sa signature.

Du point de vue du plan, tout allait bien. Ruzena se persuaderait d'autant plus aisément qu'elle était aimée que les témoins de leur intimité seraient plus nombreux. Pourtant, il avait beau raisonner, l'irrationalité de l'angoisse jetait le trompettiste dans la panique. L'idée lui vint que Ruzena était de connivence avec tous ces gens-là. Dans une vision confuse, il les imaginait tous en train de déposer contre lui dans un procès en paternité : *Oui, nous les avons vus, ils étaient assis l'un en face de l'autre comme des amants, il lui caressait la main et il la regardait amoureusement dans les yeux...*

L'inquiétude était encore aggravée par la vanité du trompettiste ; en effet, il ne pensait pas que Ruzena fût assez belle pour qu'il pût se permettre de lui tenir la main. C'était faire un peu injure à Ruzena. Elle était beaucoup plus jolie qu'elle ne le paraissait à ses yeux en ce moment. De même que l'amour nous fait trouver plus belle la femme aimée, l'angoisse que nous inspire une femme redoutée donne un relief démesuré au moindre défaut de ses traits...

« Je trouve cet endroit très déplaisant, dit Klima, quand ils furent enfin seuls. Tu ne veux pas faire un tour en voiture ? »

Elle était curieuse de voir sa voiture et elle accepta. Klima paya et ils sortirent de la brasserie. En face se trouvait un square avec une large allée recouverte de sable jaune. Une rangée d'une dizaine d'hommes y avait pris position, tournés vers la brasserie. C'étaient pour la plupart de vieux messieurs, ils portaient un brassard rouge sur la manche de leurs vêtements fripés et tenaient à la main de longues perches.

Klima était stupéfait : « Qu'est-ce que c'est que ça... »

Ruzena répondit : « Ce n'est rien, montre-moi

où est ta voiture », et elle l'entraîna d'un pas rapide.

Mais Klima ne pouvait détacher son regard de ces hommes. Il ne comprenait pas à quoi pouvaient servir ces longues perches à l'extrémité desquelles se trouvait une boucle en fil de fer. On aurait dit des allumeurs de becs de gaz, des pêcheurs à l'affût de poissons volants, une milice équipée d'armes mystérieuses.

Tandis qu'il les examinait, il crut qu'un des hommes lui souriait. Il eut peur, il eut même peur de lui-même et se dit qu'il commençait à souffrir d'hallucinations et à voir dans tout homme quelqu'un qui le suivait et l'observait. Il se laissa entraîner par Ruzena jusqu'au parking.

9

« Je voudrais partir loin avec toi », disait-il. Il avait passé un bras autour des épaules de Ruzena et tenait le volant de la main gauche. « Quelque part dans le Midi. On roulerait sur de longues routes en corniche au bord de la mer. Connais-tu l'Italie ?

— Non.

— Alors, promets-moi d'y aller avec moi.

— Tu n'exagères pas un peu ? »

Ruzena n'avait dit cela que par modestie, mais le trompettiste fut aussitôt sur ses gardes, comme si ce *tu n'exagères pas* visait toute sa démagogie qu'elle venait soudain de percer à jour. Pourtant, il ne pouvait plus reculer :

« Si, j'exagère. J'ai toujours des idées folles. Je suis comme ça. Mais à la différence des autres, je réalise mes idées folles. Crois-moi, il n'est rien de plus beau que de réaliser des idées folles. Je voudrais que ma vie ne soit qu'une suite d'idées folles. Je voudrais que nous ne retournions plus dans la ville d'eaux, je voudrais continuer de rouler sans arrêt jusqu'à la mer. Là-bas, je trouverais une place dans un orchestre et nous irions le long de la côte d'une station balnéaire à une autre. »

Il arrêta la voiture à un endroit d'où l'on découvrait un beau panorama. Ils sortirent et il proposa une promenade en forêt. Ils marchèrent et, au bout de quelques instants, s'assirent sur un banc de bois qui datait de l'époque où l'on circulait moins en voiture et où l'on appréciait davantage les excursions en forêt. Il tenait toujours Ruzena par les épaules et il dit soudain d'une voix triste :

« Tout le monde se figure que j'ai la vie très gaie. C'est la plus grave erreur. En réalité, je suis très malheureux. Pas seulement depuis ces derniers mois, mais depuis plusieurs années. »

Si Ruzena jugeait excessive l'idée d'un voyage en Italie et la considérait avec une vague méfiance (bien peu de ses compatriotes pouvaient voyager à l'étranger), la tristesse qui émanait des dernières phrases de Klima avait pour elle un agréable parfum. Elle la reniflait comme du rôti de porc.

« Comment peux-tu être malheureux ?

— Comment puis-je être malheureux... soupira le trompettiste.

— Tu es célèbre, tu as une belle voiture, tu as de l'argent, tu as une jolie femme...

— Jolie peut-être, oui... dit amèrement le trompettiste.

— Je sais, dit Ruzena. Elle n'est plus jeune. Elle a le même âge que toi, n'est-ce pas ? »

Le trompettiste constata que Ruzena s'était sans doute renseignée à fond au sujet de sa femme, et il en éprouva de la colère. Mais il poursuivit : « Oui, elle a le même âge que moi.

— Mais toi, tu n'es pas vieux. Tu as l'air d'un gamin, dit Ruzena.

— Seulement, un homme a besoin d'une femme plus jeune, dit Klima. Et un artiste plus que quiconque. J'ai besoin de jeunesse, tu ne peux pas savoir, Ruzena, à quel point j'apprécie ta jeunesse. Il m'arrive de penser que je ne peux plus continuer comme ça. J'éprouve un désir frénétique de me libérer. De tout recommencer de nouveau et autrement. Ruzena, ton coup de téléphone, hier... j'ai eu subitement la certitude que c'était un message que m'envoyait le destin.

— Vraiment ? dit-elle doucement.

— Et pourquoi crois-tu que je t'ai rappelée immédiatement ? D'un seul coup, j'ai senti que je ne pouvais plus perdre de temps. Qu'il fallait que je te voie tout de suite, tout de suite, tout de suite... » Il se tut et la regarda longuement dans les yeux :

« M'aimes-tu ?

— Oui. Et toi ?

— Je t'aime follement, dit-il.

— Moi aussi. »

Il se pencha sur elle et posa sa bouche sur la sienne.

C'était une bouche fraîche, une bouche jeune, une jolie bouche aux lèvres molles joliment découpées et aux dents soigneusement brossées, tout y était à sa place, et c'est un fait qu'il avait succombé à la tentation, deux mois plus tôt, de baiser ces lèvres. Mais, justement parce que cette bouche le séduisait alors, il la percevait à travers le brouillard du désir et ne savait rien de son aspect réel : la langue y ressemblait à une flamme et la salive était une liqueur enivrante. C'est seulement maintenant, après avoir perdu sa séduction, que cette bouche était soudain la bouche telle quelle, la bouche *réelle*, c'est-à-dire cet orifice assidu par lequel la jeune femme avait déjà absorbé des mètres cubes de knödels, de pommes de terre et de potage, les dents avaient de minces plombages, et la salive n'était plus une liqueur enivrante mais la sœur germaine des crachats. Le trompettiste avait la bouche pleine de sa langue qui lui faisait l'effet d'une bouchée peu appétissante qu'il lui était impossible d'avaler et qu'il eût été malséant de rejeter.

Le baiser s'acheva enfin, ils se levèrent et repartirent. Ruzena était presque heureuse, mais elle se rendait bien compte que le motif pour lequel elle avait téléphoné au trompettiste et pour lequel elle l'avait contraint à venir restait étrangement à l'écart de leur conversation. Elle n'avait pas envie d'en discuter longuement. Au contraire, ce dont ils parlaient maintenant lui paraissait plus agréable et plus important. Elle voulait pourtant que ce motif, qui était maintenant passé sous silence, fût présent, même secrètement, discrètement, modestement. C'est pourquoi, lorsque Klima, après diverses déclarations d'amour, annonça qu'il ferait tout pour pouvoir vivre avec Ruzena, elle fit observer :

« Tu es bien gentil, mais il faut aussi nous rappeler que je ne suis plus toute seule.

— Oui, dit Klima, et il sut que c'était le moment qu'il appréhendait depuis la première minute, le maillon le plus vulnérable de sa démagogie.

— Oui, tu as raison, dit-il. Tu n'es pas seule. Mais ce n'est pas du tout le principal. Je veux être avec toi, parce que je t'aime et pas parce que tu es enceinte.

— Oui, fit Ruzena.

— Il n'y a rien de plus affreux qu'un mariage qui n'a d'autre raison d'être qu'un enfant conçu par erreur. Et même, ma chérie, si je peux te parler franchement, je veux que tu sois de nouveau comme avant. Qu'il n'y ait que nous deux et personne d'autre entre nous. Me comprends-tu ?

— Mais non, ce n'est pas possible, je ne peux pas accepter, je ne pourrai jamais », protesta Ruzena.

Si elle disait cela, ce n'était pas qu'elle en fût convaincue en son for intérieur. L'assurance définitive qu'elle avait reçue deux jours plus tôt du docteur Skreta était si nouvelle qu'elle en était encore décontenancée. Elle ne suivait pas un plan minutieusement calculé, mais elle était tout occupée à l'idée de sa grossesse qu'elle vivait comme un grand événement et plus encore comme une chance et une occasion qui ne se retrouveraient pas si facilement. Elle était comme au jeu d'échecs le pion qui vient d'arriver à l'extrémité de l'échiquier et qui est devenu reine. Elle se délectait à la pensée de son pouvoir inopiné et sans précédent. Elle constatait qu'à son appel les choses se mettaient en branle, l'illustre trompettiste venait la voir depuis la capitale, la promenait dans une splendide automobile, lui faisait des déclarations d'amour. Elle ne pouvait douter qu'il y eût un rapport entre sa grossesse et cette puissance soudaine. Si elle ne voulait pas renoncer à la puissance, elle ne pouvait donc pas renoncer à la grossesse.

C'est pourquoi le trompettiste dut continuer de rouler son rocher : « Ma chérie, ce que je veux, ce n'est pas une famille, c'est l'amour. Tu es pour moi l'amour, et avec un enfant l'amour cède la place à la famille. A l'ennui. Aux soucis. A la grisaille. Et l'amante cède la place à la mère. Pour moi, tu n'es pas une mère mais une amante et je ne veux te partager avec personne. Même pas avec un enfant. »

C'étaient de belles paroles, Ruzena les entendait avec plaisir, mais elle hochait la tête : « Non, je ne pourrai pas. C'est quand même ton enfant. Je ne pourrai pas me débarrasser de ton enfant. »

Il ne trouvait plus d'arguments nouveaux, il répétait toujours les mêmes mots et il redoutait qu'elle ne finît par en deviner l'hypocrisie.

« Tu as quand même plus de trente ans. Tu n'as jamais eu envie d'avoir un enfant ? »

C'était vrai, il n'avait jamais eu envie d'avoir un enfant. Il aimait trop Kamila pour ne pas être gêné par la présence auprès d'elle d'un enfant. Ce qu'il venait d'affirmer à Ruzena n'était pas une simple invention. Depuis bien des années en effet, il disait exactement les mêmes phrases à sa femme, sincèrement et sans artifice.

« Tu es marié depuis six ans et vous n'avez pas

78

d'enfant. Je me réjouissais tellement de te donner un enfant. »

Il voyait que tout se retournait contre lui. Le caractère exceptionnel de son amour pour Kamila persuadait Ruzena de la stérilité de sa femme et donnait à l'infirmière une audace déplacée.

Il commençait à faire frais, le soleil baissait à l'horizon, le temps passait et Klima continuait de répéter ce qu'il avait déjà dit, et Ruzena répétait son *non, non, je ne pourrai pas*. Il sentait qu'il était dans une impasse, ne savait plus comment s'y prendre et pensait qu'il allait tout perdre. Il était si nerveux qu'il oubliait de lui tenir la main, qu'il oubliait de l'embrasser et de mettre de la tendresse dans sa voix. Il s'en aperçut avec effroi et fit un effort pour se ressaisir. Il s'arrêta, lui sourit et la prit dans ses bras. C'était l'étreinte de la fatigue. Il la serrait contre lui, la tête pressée contre son visage, et c'était une façon de prendre un appui, du repos, sa respiration, car il lui semblait avoir encore à parcourir une longue route pour laquelle il manquait de forces.

Mais Ruzena aussi avait le dos au mur. Comme lui, elle était à bout d'arguments et elle sentait qu'on ne peut longtemps se contenter de répéter *non* à l'homme que l'on veut conquérir.

L'étreinte dura longtemps et quand Klima laissa Ruzena glisser d'entre ses bras, elle baissa la tête et dit d'une voix résignée : « Eh bien, dis-moi ce qu'il faut que je fasse. »

Klima ne pouvait pas en croire ses oreilles. C'étaient des paroles soudaines et inattendues et c'était un soulagement immense. Tellement immense qu'il dut faire un gros effort pour se maîtriser et ne pas le montrer trop clairement. Il caressa la jeune femme sur la joue et dit que le docteur Skreta était un de ses amis et que tout ce que Ruzena aurait à faire c'était de se présenter devant la commission dans trois jours. Il l'accompagnerait. Elle n'avait rien à craindre.

Ruzena ne protestait pas et il retrouva l'envie de continuer à jouer son rôle. Il lui enlaçait les épaules, s'arrêtait à tout moment pour l'embrasser (son bonheur était si grand que le baiser était de nouveau recouvert d'un voile de brume). Il répéta que Ruzena devait venir s'installer dans la capitale. Il répéta même ses phrases sur le voyage au bord de la mer.

Puis le soleil disparut derrière l'horizon, l'obscurité s'épaissit dans la forêt et une lune ronde apparut au-dessus du faîte des sapins. Ils retournèrent vers la voiture. Au moment où ils approchaient de la route, ils se retrouvèrent tous les deux pris dans un faisceau de lumière. Ils crurent d'abord qu'une voiture passait à proximité avec ses phares allumés, mais il fut bientôt évident que le phare ne les quittait pas. Le faisceau provenait d'une motocyclette stationnée de l'autre côté de la route ; un homme était assis sur la machine et les observait.

« Dépêche-toi, je t'en prie ! » fit Ruzena.

Quand ils furent près de la voiture, l'homme qui était assis sur la moto se leva et s'avança à leur rencontre. Le trompettiste ne distinguait qu'une silhouette sombre parce que la motocyclette stationnée éclairait l'homme par-derrière, tandis que le trompettiste avait la lumière dans les yeux.

« Viens ici ! dit l'homme, s'élançant vers Ruzena.

Il faut que je te parle. Nous avons des choses à nous dire ! Beaucoup de choses ! » Il criait d'une voix nerveuse et confuse.

Le trompettiste aussi était nerveux et confus, et tout ce qu'il éprouvait n'était qu'une sorte d'irritation devant le manque de respect : « Mademoiselle est avec moi, pas avec vous, déclara-t-il.

— Vous aussi, j'ai à vous parler, vous savez ! vociférait l'inconnu, s'adressant au trompettiste. Vous croyez que, parce que vous êtes célèbre, tout vous est permis ! Vous vous figurez que vous allez l'embobiner ! Que vous pourrez lui tourner la tête ! C'est très simple pour vous ! Moi aussi je pourrais en faire autant à votre place ! »

Ruzena profita du moment où le motocycliste s'adressait au trompettiste et se glissa dans la voiture. Le motocycliste bondit vers la portière. Mais la vitre était fermée et la jeune femme pressa le bouton de la radio. La voiture retentit d'une musique bruyante. Puis le trompettiste se glissa à son tour dans la voiture et claqua la portière. La musique était assourdissante. On ne distinguait à travers la vitre que la silhouette d'un homme hurlant et ses bras qui gesticulaient.

« C'est un fou qui me suit partout, dit Ruzena. Vite, s'il te plaît, démarre ! »

81

10

Il gara la voiture, raccompagna Ruzena au foyer Karl-Marx, lui donna un baiser et, quand elle disparut derrière la porte, il éprouva la même fatigue qu'après quatre nuits d'insomnie. Il était déjà tard. Klima avait faim et ne se sentait pas la force de se mettre au volant et de conduire. Il avait envie d'entendre les paroles apaisantes de Bertlef et se rendit au Richmond par le jardin public.

En arrivant devant l'entrée, il fut frappé par une grande affiche sur laquelle tombait la lumière d'un réverbère. On pouvait y lire son nom en grosses lettres maladroites et, au-dessous, en plus petits caractères, les noms du docteur Skreta et du pharmacien. L'affiche était faite à la main et on y voyait un dessin d'amateur représentant une trompette dorée.

Le trompettiste jugeait de bon augure la promptitude avec laquelle le docteur Skreta avait organisé la publicité du concert, car cette célérité lui semblait indiquer que Skreta était un homme sur lequel on pouvait compter. Il monta l'escalier en courant et frappa à la porte de Bertlef.

Personne ne répondit.

Il frappa de nouveau et ce fut de nouveau le silence.

A peine eut-il le temps de penser qu'il arrivait mal à propos (l'Américain était connu pour ses nombreuses relations féminines), sa main pressait la poignée de la porte. La porte n'était pas fermée à clé. Le trompettiste entra dans la chambre et s'arrêta. Il ne voyait rien. Il ne voyait qu'une clarté qui provenait d'un angle de la pièce. C'était une étrange clarté ; elle ne ressemblait ni à la blanche luminescence du néon, ni à la lumière jaune d'une ampoule électrique. C'était une lumière bleutée, et elle emplissait toute la pièce.

A ce moment, une pensée tardive atteignit les doigts étourdis du trompettiste et lui suggéra qu'il commettait peut-être une indiscrétion en pénétrant chez autrui à une heure aussi avancée et sans la moindre invite. Il eut peur de son impolitesse, recula dans le couloir et referma promptement la porte.

Mais il était dans une telle confusion qu'au lieu de partir il restait planté devant la porte, s'efforçant de comprendre cette étrange lumière. Il pensa que l'Américain était peut-être nu dans sa chambre et prenait un bain de soleil avec une lampe à ultraviolets. Mais la porte s'ouvrit et Bertlef parut. Il n'était pas nu, il portait le costume qu'il avait mis le matin. Il souriait au trompettiste : « Je suis content que vous soyez passé me voir. Entrez. »

Le trompettiste entra dans la pièce avec curiosité, mais la pièce était éclairée par un lustre ordinaire suspendu au plafond.

« J'ai peur de vous avoir dérangé, dit le trompettiste.

— Allons donc ! répondit Bertlef, en montrant la fenêtre d'où le trompettiste avait cru voir surgir la source de lumière bleue. Je réfléchissais. C'est tout.

— Quand je suis entré, excusez-moi d'avoir fait

irruption comme ça, j'ai vu une lumière tout à fait extraordinaire.

— Une lumière ? fit Bertlef, et il éclata de rire. Il ne faut pas prendre cette grossesse trop au sérieux. Ça vous donne des hallucinations.

— Ou bien, c'est peut-être parce que je venais du couloir qui était plongé dans l'obscurité.

— Ça se peut, dit Bertlef. Mais racontez-moi comment ça s'est terminé ! »

Le trompettiste commença son récit, et Bertlef l'interrompit au bout d'un instant : « Vous avez faim ? »

Le trompettiste acquiesça et Bertlef sortit d'une armoire un paquet de biscuits et une boîte de jambon en conserve qu'il ouvrit aussitôt.

Et Klima continuait à raconter, il avalait goulûment son dîner et regardait Bertlef d'un air interrogatif.

« Je crois que tout finira bien, dit Bertlef, réconfortant.

— Et, à votre avis, qu'est-ce que c'est que ce type qui nous attendait près de la voiture ? »

Bertlef haussa les épaules : « Je n'en sais rien. De toute façon, ça n'a plus aucune importance.

— C'est exact. Il faut plutôt que je réfléchisse pour savoir comment expliquer à Kamila que cette conférence a duré si longtemps. »

Il était déjà très tard. Réconforté et rassuré, le trompettiste monta dans sa voiture et partit pour la capitale. Pendant tout le trajet, il fut accompagné d'une grosse lune ronde.

Troisième journée

1

On est mercredi matin et la station thermale vient
encore une fois de s'éveiller pour une journée allègre.
Des torrents d'eau ruissellent dans les baignoires, les
masseurs pressent les dos nus, et une voiture de
tourisme vient de s'arrêter sur le parking. Non pas la
luxueuse limousine qui était stationnée hier au même
endroit, mais une voiture ordinaire comme on en voit
tant dans ce pays. L'homme qui est au volant peut
avoir dans les quarante-cinq ans et il est seul. La
banquette arrière est encombrée de valises.

L'homme descendit, verrouilla les portières, remit
une pièce de cinq couronnes au gardien du parking et
se dirigea vers le foyer Karl-Marx ; il longea le couloir
jusqu'à la porte où était inscrit le nom du docteur
Skreta. Il entra dans la salle d'attente et frappa à la
porte du cabinet. Une infirmière parut, l'homme se
présenta et le docteur Skreta vint l'accueillir :

« Jakub ! Quand es-tu arrivé ?

— A l'instant !

— C'est merveilleux ! Nous avons tant de choses à
discuter. Écoute... dit-il après avoir réfléchi. Je ne

peux pas m'absenter maintenant. Viens avec moi dans la salle d'examen. Je vais te prêter une blouse. »

Jakub n'était pas médecin et n'avait encore jamais pénétré dans un cabinet gynécologique. Mais le docteur Skreta l'empoignait déjà par le bras et le conduisait dans une pièce blanche où une femme dévêtue aux jambes écartées était étendue sur la table d'examen.

« Prêtez une blouse au docteur », dit Skreta à l'infirmière, et celle-ci ouvrit une armoire et tendit à Jakub une blouse blanche. « Viens voir, je voudrais que tu confirmes mon diagnostic », dit-il à Jakub, l'invitant à s'approcher de la patiente visiblement très satisfaite à l'idée que le mystère de ses ovaires, d'où nulle descendance n'était encore issue malgré bien des efforts, allait être exploré par deux sommités médicales.

Le docteur Skreta se remit à palper les entrailles de la patiente, articula quelques mots latins auxquels Jakub réagit par des grognements approbateurs, puis il demanda : « Combien de temps vas-tu rester ?

— Vingt-quatre heures.

— Vingt-quatre heures ? C'est ridiculement court, on ne pourra rien discuter !

— Quand vous me touchez comme ça, ça me fait mal, dit la femme aux jambes levées.

— Il faut que ça fasse un petit peu mal, ce n'est rien, dit Jakub pour amuser son ami.

— Oui, le docteur a raison, dit Skreta. Ce n'est rien, c'est normal. Je vais vous prescrire une série de piqûres. Vous viendrez ici tous les matins à 6 heures pour que l'infirmière vous fasse votre piqûre. Vous pouvez vous rhabiller maintenant.

« — En réalité, je suis venu pour te dire adieu, dit Jakub.

— Comment cela, adieu ?

— Je pars pour l'étranger. J'ai obtenu l'autorisation d'émigrer. »

Entre-temps, la femme s'était rhabillée, et elle prit congé du docteur Skreta et de son collègue.

« En voilà une surprise ! Je ne m'y attendais pas ! s'étonnait le docteur Skreta. Je vais renvoyer ces bonnes femmes chez elles puisque tu es venu me dire adieu.

— Docteur, intervint l'infirmière, vous les avez déjà renvoyées hier. Nous aurons un gros arriéré à la fin de la semaine !

— Alors, appelez la suivante », dit le docteur Skreta et il soupira.

L'infirmière appela la suivante, sur laquelle les deux hommes jetèrent un regard distrait en constatant qu'elle était plus jolie que la précédente. Le docteur Skreta lui demanda comment elle se sentait après les bains puis l'invita à se déshabiller.

« Ça a pris une éternité pour qu'on me délivre mon passeport. Mais ensuite, en deux jours, j'étais prêt pour le départ. Je ne voulais voir personne avant de partir.

— Je suis d'autant plus heureux que tu te sois arrêté ici », dit le docteur Skreta et il invita la jeune femme à monter sur la table d'examen. Il enfila un gant de caoutchouc et plongea la main dans les entrailles de la patiente.

« Je ne voulais voir que toi et Olga, dit Jakub. J'espère qu'elle va bien.

— Tout va bien, tout va bien », dit Skreta, mais au son de sa voix il était évident qu'il ne savait pas ce qu'il répondait à Jakub. Il concentrait toute son attention sur la patiente : « Nous allons procéder à une petite intervention, dit-il. Soyez sans crainte, vous ne sentirez absolument rien. » Puis il se dirigea vers une petite armoire vitrée et il en sortit une seringue à injection où l'aiguille était remplacée par un petit manchon en matière plastique.

« Qu'est-ce que c'est ? demanda Jakub.

— Au cours de longues années de pratique, j'ai mis au point quelques méthodes nouvelles qui sont extrêmement efficaces. Tu me trouveras peut-être égoïste, mais pour l'instant, je les considère comme mon secret. »

D'une voix plus coquette que craintive, la femme qui était allongée avec les jambes écartées demanda : « Ça ne va pas faire mal ?

— Pas du tout », répondit le docteur Skreta en plongeant la seringue à injection dans une éprouvette qu'il traitait avec une méticuleuse sollicitude. Puis il s'approcha de la femme, lui introduisit la seringue entre les jambes et appuya sur le piston.

« Ça fait mal ?

— Non, dit la patiente.

— Si je suis venu, c'est aussi pour te rendre le comprimé », dit Jakub.

Le docteur Skreta n'accorda guère d'attention à la dernière phrase de Jakub. Il était toujours occupé par sa patiente. Il l'examinait de la tête aux pieds d'un air sérieux et pensif et disait : « Dans votre cas, ce serait vraiment dommage de ne pas avoir d'enfant. Vous avez de longues jambes, le bassin bien développé, une belle cage thoracique et le visage tout à fait agréable. »

Il toucha le visage de la patiente, lui tâta le menton et dit : « Jolie mâchoire, tout est fort bien modelé. »

Ensuite il prit la cuisse : « Et vous avez les os magnifiquement fermes. On croirait les voir briller sous vos muscles. »

Il continua encore quelques instants à faire l'éloge de la patiente tout en palpant son corps, et elle ne protestait pas, elle ne riait pas non plus d'un rire frivole, car le sérieux de l'intérêt que lui portait le médecin plaçait ses attouchements bien au-delà des limites de l'impudeur.

Il lui fit enfin signe de se rhabiller et se tourna vers son ami :

« Qu'est-ce que tu disais ?

— Que je suis venu te rendre le comprimé.

— Quel comprimé ? »

La femme se rhabillait et disait : « Alors, docteur, vous croyez que je peux avoir de l'espoir ?

— Je suis extrêmement satisfait, dit le docteur Skreta. Je pense que les choses évoluent favorablement et que nous pouvons tous deux, vous et moi, compter sur une réussite. »

La femme quitta le cabinet en remerciant et Jakub dit : « Il y a des années, tu m'as donné un comprimé que personne d'autre ne voulait me donner. Maintenant que je pars, je crois que je n'en aurai jamais plus besoin et que je devrais te le rendre.

— Garde-le donc ! Ce comprimé peut servir ailleurs autant qu'ici.

— Non, non. Ce comprimé fait partie de ce pays.

Je veux laisser à ce pays tout ce qui lui appartient, dit Jakub.

— Docteur, je vais appeler la suivante, dit l'infirmière.

— Renvoyez ces bonnes femmes chez elles, dit le docteur Skreta. J'ai bien travaillé aujourd'hui. Vous verrez que la dernière aura certainement un enfant. Ça suffit pour une journée, non ? »

L'infirmière regardait le docteur Skreta avec attendrissement, mais pourtant sans la moindre intention d'obéir.

Le docteur Skreta comprit ce regard : « Bon, ne les renvoyez pas, mais dites-leur que je suis de retour dans une demi-heure.

— Docteur, hier aussi c'était une demi-heure, et il a fallu que je vous coure après dans la rue.

— Soyez sans crainte, ma petite, je serai de retour dans une demi-heure », dit Skreta et il invita son ami à rendre la blouse blanche à l'infirmière.

Puis ils sortirent du bâtiment et, par le jardin public, ils allèrent en face au Richmond.

2

Ils montèrent au premier étage et, suivant le long tapis rouge, gagnèrent l'extrémité du couloir. Le docteur Skreta ouvrit une porte et pénétra avec son ami dans une chambre exiguë mais agréable.

« C'est chic de ta part, dit Jakub, d'avoir toujours une chambre pour moi ici.

— Maintenant j'ai des chambres réservées à mes patients privilégiés à cette extrémité du couloir. A côté de ta chambre, il y a un bel appartement d'angle où logeaient autrefois les ministres et les industriels. J'y ai logé mon malade le plus précieux, un riche Américain, dont la famille est originaire d'ici. C'est un petit peu mon ami.

— Et où Olga habite-t-elle ?

— Comme moi, au foyer Karl-Marx. Elle n'y est pas mal, ne t'inquiète pas.

— Le principal, c'est que tu te sois occupé d'elle. Comment va-t-elle ?

— Les troubles habituels des femmes aux nerfs fragiles.

— Je t'ai expliqué dans ma lettre la vie qu'elle a eue.

— La plupart des femmes viennent ici pour trouver la fécondité. Dans le cas de ta pupille, il vaudrait mieux qu'elle n'abuse pas de la fécondité. L'as-tu vue toute nue ?

— Mon Dieu ! Jamais de ma vie ! dit Jakub.

— Eh bien, regarde-la ! Elle a des seins minuscules qui pendent de sa poitrine comme deux prunes. On lui voit toutes les côtes. A l'avenir, regarde plus attentivement les cages thoraciques. Un vrai thorax doit être agressif, tourné vers l'extérieur, il faut qu'il se déploie comme s'il voulait absorber le plus d'espace possible. En revanche, il y a des cages thoraciques qui sont sur la défensive et qui reculent devant le monde extérieur ; on dirait une camisole de force qui se resserre de plus en plus autour du sujet et qui finit par l'étouffer complètement. C'est le cas de la sienne. Dis-lui de te la montrer.

— Je m'en garderai bien, dit Jakub.

— Tu crains, si tu la vois, de ne plus vouloir la considérer comme ta pupille.

— Au contraire, dit Jakub, je crains d'en avoir encore davantage pitié.

— Mon vieux, dit Skreta, cet Américain est vraiment un type extrêmement curieux.

— Où est-ce que je peux la trouver ? demanda Jakub.

— Qui ça ?

— Olga.

— Tu ne la trouveras pas en ce moment. Elle suit son traitement. Elle doit passer toute la matinée dans la piscine.

— Je ne voudrais pas la manquer. Est-ce qu'on peut l'appeler ? »

Le docteur Skreta souleva l'écouteur et composa un numéro sans interrompre sa conversation avec son ami : « Je vais te le présenter et il faut que tu me l'étudies à fond. Tu es un excellent psychologue. Tu vas le percer à jour. J'ai des visées sur lui.

— Lesquelles ? » demanda Jakub, mais le docteur Skreta parlait déjà dans le téléphone :

« C'est Ruzena ? Comment ça va ?... Ne vous en faites pas, ces malaises-là sont chose courante dans votre état. Je voulais vous demander si vous n'avez pas en ce moment dans la piscine une de mes patientes, votre voisine de chambre... Oui ? Eh bien, annoncez-lui qu'elle a une visite de la capitale, surtout qu'elle

94

n'aille nulle part... Oui, on l'attendra à midi devant l'établissement thermal. »

Skreta raccrocha. « Alors, tu as entendu. Tu vas la retrouver à midi. Nom d'une pipe, de quoi parlions-nous ?

— De l'Américain.

— Oui, dit Skreta. C'est un type extrêmement curieux. Je lui ai guéri sa femme. Ils ne pouvaient pas avoir d'enfant.

— Et lui, qu'est-ce qu'il soigne ici ?

— Le cœur.

— Tu disais que tu avais des visées sur lui.

— C'est humiliant, s'indignait Skreta, ce qu'un médecin est forcé de faire dans ce pays pour pouvoir vivre décemment ! Klima, l'illustre trompettiste, vient ici. Il faut que je l'accompagne à la batterie ! »

Jakub ne prenait pas au sérieux les paroles de Skreta, mais il feignit la surprise : « Comment, tu joues de la batterie ?

— Oui, mon ami ! Que puis-je faire, maintenant que je vais avoir une famille !

— Comment ! s'écria Jakub, vraiment surpris cette fois. Une famille ? Tu ne veux pas dire que tu t'es marié ?

— Si, dit Skreta.

— Avec Suzy ? »

Suzy était une doctoresse de la station thermale qui était l'amie de Skreta depuis des années, mais jusqu'ici il avait toujours réussi, à l'ultime moment, à échapper au mariage.

« Oui, avec Suzy, dit Skreta. Tu sais bien que je montais tous les dimanches avec elle au belvédère.

— Alors, tu t'es quand même marié, dit Jakub d'un ton mélancolique.

— Chaque fois que nous montions, poursuivait Skreta, Suzy essayait de me convaincre qu'il fallait nous marier. Et j'étais tellement harassé par la montée que je me sentais vieux et que j'avais l'impression qu'il ne me restait plus qu'à me marier. Mais finalement, je restais toujours maître de moi, et quand nous redescendions du belvédère je retrouvais ma vigueur et je n'avais plus envie de me marier. Mais un jour, Suzy nous a fait faire un détour et la montée a duré si longtemps que j'ai consenti à me marier bien avant d'arriver au sommet. Et à présent, nous attendons un enfant et il faut que je pense un peu à l'argent. Cet Américain peint aussi des images pieuses. On pourrait faire un argent fou avec ça. Qu'en dis-tu ?

— Crois-tu qu'il y ait un marché pour les images pieuses ?

— Un marché fantastique ! Mon vieux, il suffirait d'installer un stand à côté de l'église, les jours de pèlerinage et, à cent couronnes pièce, on ferait fortune ! Je pourrais les vendre pour lui et on partagerait moitié moitié.

— Et lui, il serait d'accord ?

— Ce type a de l'argent à ne pas savoir qu'en faire, et je ne réussirai certainement pas à le convaincre de faire des affaires avec moi », dit Skreta avec un juron.

3

Olga voyait bien que l'infirmière Ruzena lui faisait signe au bord du bassin, mais elle continuait à nager et faisait semblant de ne pas la voir.

Ces deux femmes ne s'aimaient pas. Le docteur Skreta logeait Olga dans une petite chambre contiguë à celle de Ruzena. Ruzena avait l'habitude de mettre très fort la radio et Olga aimait le calme. Elle avait plusieurs fois donné des coups dans le mur et, pour toute réponse, l'infirmière avait encore augmenté le volume du son.

Ruzena faisait signe avec persévérance et réussit enfin à annoncer à la patiente qu'un visiteur de la capitale l'attendrait à midi.

Olga comprit que c'était Jakub et en éprouva une immense joie. Et aussitôt elle fut surprise de cette joie : comment puis-je éprouver un tel plaisir à l'idée de le revoir ?

Olga était en effet de ces femmes modernes qui se dédoublent volontiers en une personne qui vit et en une personne qui observe.

Mais même Olga qui observait se réjouissait. Car elle comprenait fort bien qu'il était complètement démesuré qu'Olga (celle qui vivait) se réjoût avec une telle impétuosité, et parce qu'elle était malveillante cette démesure lui faisait plaisir. Elle souriait à l'idée que Jakub serait épouvanté s'il connaissait la violence de sa joie.

L'aiguille de l'horloge, au-dessus de la piscine, indiquait midi moins le quart. Olga se demandait comment Jakub réagirait si elle se jetait à son cou et l'embrassait amoureusement. Elle regagna à la nage le bord du bassin, sortit de l'eau et alla se changer dans une cabine. Elle regrettait un peu de ne pas avoir été avertie dès le matin de la visite de Jakub. Elle se serait mieux habillée. A présent, elle n'avait qu'un petit tailleur gris sans intérêt qui lui gâchait sa bonne humeur.

Il y avait des moments, par exemple quelques instants plus tôt quand elle nageait dans la piscine, où elle oubliait totalement son apparence. Mais maintenant, elle était campée devant le petit miroir de la cabine et elle se voyait dans un tailleur gris. Quelques minutes plus tôt, elle souriait méchamment à l'idée qu'elle pourrait se jeter au cou de Jakub et l'embrasser avec passion. Seulement, quand elle avait eu cette idée, elle était dans la piscine, où elle nageait sans corps, semblable à une pensée désincarnée. Mais maintenant qu'elle était soudain pourvue d'un corps et d'un costume tailleur, elle était à cent lieues de cette joyeuse fantaisie, et elle savait qu'elle était exactement telle qu'à sa grande colère Jakub la voyait toujours : une petite jeune fille touchante qui avait besoin d'aide.

Olga eût-elle été un peu plus sotte, elle se serait trouvée tout à fait jolie. Mais comme c'était une fille intelligente, elle se jugeait beaucoup plus laide qu'elle ne l'était en réalité car, à vrai dire, elle n'était ni laide ni jolie et tout homme aux exigences esthétiques normales eût volontiers passé la nuit avec elle.

Mais comme Olga prenait plaisir à se dédoubler, celle qui observait interrompit à ce moment celle qui vivait : qu'importait qu'elle fût comme ceci ou comme cela ? Pourquoi se faire souffrir à cause d'un reflet dans une glace ? N'était-elle pas autre chose qu'un objet pour les yeux des hommes ? Qu'une marchandise qui se met elle-même sur le marché ? N'était-elle pas capable d'être indépendante de son apparence, tout au moins dans la mesure où peut l'être n'importe quel mâle ?

Elle sortit de l'établissement de bains et elle vit un visage ému plein de bonhomie. Elle savait qu'au lieu de lui tendre la main il allait lui caresser les cheveux comme à une gentille petite fille. Bien sûr, c'est ce qu'il fit.

« Où allons-nous déjeuner ? » demanda-t-il.

Elle lui proposa d'aller déjeuner au réfectoire des curistes où il y avait une place libre à sa table.

Le réfectoire était une immense salle encombrée de tables et de gens qui déjeunaient, serrés les uns contre les autres. Jakub et Olga s'assirent et attendirent longtemps qu'une serveuse leur verse du potage dans des assiettes creuses. Deux autres personnes étaient assises à leur table et elles tentèrent d'engager la conversation avec Jakub qu'elles rangèrent aussitôt dans la famille sociable des curistes. Ce fut donc seulement par bribes, au milieu des propos de table, que Jakub put interroger Olga sur quelques détails pratiques : Était-elle satisfaite de la nourriture, était-elle satisfaite du médecin, était-elle satisfaite du traitement ? Quand il lui demanda où elle était logée, elle répondit qu'elle avait une voisine détestable. Elle indiqua d'un signe de tête une table toute proche où Ruzena était en train de déjeuner.

Leurs compagnons de table se retirèrent après les avoir salués et Jakub dit, tout en regardant Ruzena : « Il y a chez Hegel une curieuse réflexion sur le profil grec, dont la beauté, selon lui, tient au fait que le nez forme avec le front une ligne unique, ce qui met en relief la moitié supérieure de la tête, siège de l'intelligence et de l'esprit. En regardant ta voisine, je constate que chez elle tout le visage est en revanche concentré sur la bouche. Regarde comme elle mâche avec conviction et comme elle parle fort en même temps. Hegel serait écœuré de cette importance accordée à la partie inférieure, à la partie animale du visage et pourtant cette fille qui m'est, je ne sais pourquoi, antipathique, est tout à fait jolie.

— Tu trouves ? » demanda Olga, et sa voix trahissait son hostilité.

C'est pourquoi Jakub s'empressa de dire : « En tout cas, j'aurais peur d'être haché menu par cette bouche de ruminante. » Et il ajouta : « Hegel serait plus satisfait de toi. La dominante de ton visage, c'est le front, qui renseigne immédiatement tout le monde sur ton intelligence.

— Ces raisonnements-là me mettent hors de moi, dit vivement Olga. Ils tendent à démontrer que la physionomie d'un être humain est l'empreinte de son âme. C'est un non-sens absolu. J'imagine mon âme avec un menton en galoche et des lèvres sensuelles, et pourtant j'ai un petit menton et aussi une petite bouche. Si je ne m'étais jamais vue dans la glace et si je devais décrire mon apparence extérieure d'après ce que je connais intérieurement de moi, le portrait ne ressemblerait pas du tout à ce que tu vois quand tu me regardes ! »

4

Il est difficile de trouver un mot pour caractériser l'attitude de Jakub à l'égard d'Olga. C'était la fille d'un de ses amis qui avait été exécuté quand elle avait sept ans. Jakub avait alors décidé de prendre sous sa protection la petite orpheline. Il n'avait pas d'enfant et cette sorte de paternité sans contrainte le séduisait. Par jeu, il appelait Olga sa pupille.

Ils étaient maintenant dans la chambre d'Olga. Elle brancha un réchaud, y posa une petite casserole remplie d'eau et Jakub comprit qu'il ne pourrait se résoudre à lui révéler le motif de sa visite. Il n'osait pas lui annoncer qu'il venait lui dire adieu, il craignait que la nouvelle ne prît une dimension trop pathétique et que ne s'établît entre eux un climat sentimental qu'il jugeait déplacé. Il la soupçonnait depuis longtemps d'être secrètement amoureuse de lui.

Olga sortit deux tasses de l'armoire, y répandit du café moulu et versa l'eau bouillante. Jakub mit un morceau de sucre et remua, puis il entendit Olga qui lui disait : « S'il te plaît, Jakub, quelle sorte d'homme mon père était-il en réalité ?

— Pourquoi ?

— N'avait-il vraiment rien à se reprocher ?

— Qu'est-ce que tu vas imaginer ! » s'étonna Jakub. Le père d'Olga était officiellement réhabilité depuis quelque temps et l'innocence de l'homme politique condamné à mort et exécuté avait été publiquement proclamée. Elle n'était mise en doute par personne.

« Ce n'est pas ce que je voulais dire, dit Olga. Je voulais justement dire le contraire.

— Je ne te comprends pas, dit Jakub.

— Je me suis demandé s'il n'avait pas fait à d'autres exactement ce qu'on lui a fait. Il n'y avait pas l'ombre d'une différence entre lui et ceux qui l'ont envoyé à la potence. Ils avaient la même croyance, c'étaient les mêmes fanatiques. Ils étaient convaincus que même la plus petite divergence faisait courir un danger mortel à la révolution, et ils étaient soupçonneux. Ils l'ont envoyé à la mort au nom de choses sacrées auxquelles il croyait lui-même. Alors pourquoi n'aurait-il pas pu se conduire avec d'autres de la même façon qu'on s'est conduit avec lui ?

— Le temps passe terriblement vite et le passé est de plus en plus incompréhensible, dit Jakub après un instant d'hésitation. Que sais-tu de ton père à part quelques lettres, quelques pages de son journal que l'on t'a charitablement restituées, et quelques souvenirs de ses amis ? »

Mais Olga insistait : « Pourquoi te dérobes-tu ? Je t'ai posé une question parfaitement claire. Mon père était-il comme ceux qui l'ont envoyé à la mort ?

— Ça se peut, fit Jakub avec un haussement d'épaules.

— Alors, pourquoi n'aurait-il pu commettre lui aussi les mêmes cruautés ?

— Théoriquement, répondit Jakub avec une extrême lenteur, théoriquement, il aurait pu faire aux autres exactement la même chose que ce qu'ils lui ont fait. Il n'existe pas ici-bas un seul homme qui ne soit pas capable, d'un cœur relativement léger, d'envoyer son prochain à la mort. En ce qui me concerne, en tout cas, je n'en ai jamais rencontré. Si, de ce point de vue-là, les hommes viennent un jour à changer, ils perdront la qualité humaine fondamentale. Ce ne seront plus des hommes, mais une autre espèce de créature.

— Je vous trouve admirables ! s'écria Olga, interpellant ainsi à la deuxième personne du pluriel des milliers de Jakub. Vous faites de tous les hommes des assassins et, du même coup, vos propres homicides cessent d'être un crime et ne sont plus qu'une caractéristique inéluctable de l'espèce humaine.

— La plupart des gens évoluent dans un cercle idyllique entre leur foyer et leur travail, dit Jakub. Ils vivent dans un territoire paisible par-delà le bien et le mal. Ils sont sincèrement épouvantés à la vue d'un homme qui assassine. Mais en même temps, il suffit de les faire sortir de ce territoire tranquille et ils deviennent des assassins sans savoir comment. Il y a des épreuves et des tentations auxquelles l'humanité n'est soumise qu'à des intervalles éloignés de l'histoire. Et personne n'y résiste. Mais il est absolument vain d'en parler. Ce qui compte pour toi, ce n'est pas ce que ton père était théoriquement capable de faire, parce que de toute façon il n'y a aucun moyen de le prouver. La seule chose qui devrait t'intéresser, c'est ce qu'il a fait ou ce qu'il n'a pas fait. Et, en ce sens, il avait la conscience pure.

— Peux-tu en être absolument certain ?

— Absolument. Personne ne l'a connu mieux que moi.

— Je suis vraiment contente de l'entendre de ta bouche, dit Olga. Parce que la question que je t'ai posée, je ne te l'ai pas posée par hasard. Je reçois des lettres anonymes depuis pas mal de temps. On m'écrit que j'aurais tort de jouer les filles de martyr, parce que mon père, avant d'être exécuté, a lui-même envoyé en prison des innocents dont la seule faute était d'avoir une autre conception du monde que la sienne.

— C'est absurde, dit Jakub.

— Dans ces lettres, on me le dépeint comme un fanatique acharné et comme un homme cruel. Ce sont évidemment des lettres anonymes et méchantes, mais ce ne sont pas les lettres d'un primitif. Elles sont écrites sans exagération, concrètes et précises, et j'ai presque fini par y ajouter foi.

— C'est toujours la même vengeance, dit Jakub. Je vais te dire quelque chose. Quand on a arrêté ton père, les prisons étaient pleines de gens que la révolution y avait envoyés à la suite d'une première vague de terreur. Les détenus ont reconnu en lui un dirigeant communiste, à la première occasion ils se sont jetés sur lui et l'ont roué de coups jusqu'à ce qu'il perde connaissance. Les gardiens observaient la scène avec un sourire sadique.

— Je sais », dit Olga, et Jakub s'avisa qu'il venait de lui raconter un épisode qu'elle avait entendu bien des fois. Il s'était depuis longtemps promis de ne plus jamais parler de ces choses-là, mais il n'y réussissait pas. Les gens qui ont eu un accident d'auto s'interdisent en vain de s'en souvenir.

« Je sais, répéta Olga, mais ça ne m'étonne pas. Ces gens-là avaient été emprisonnés sans jugement, bien souvent sans le moindre motif. Et, tout à coup, ils ont eu en face d'eux l'un des hommes qu'ils considéraient comme responsables !

— A partir du moment où ton père avait revêtu l'uniforme de la prison, il était un détenu parmi d'autres. Ça n'avait aucun sens de lui faire du mal, surtout sous l'œil béat des gardiens. Ce n'était qu'une lâche vengeance. Le plus infâme désir de piétiner une victime sans défense. Et ces lettres que tu reçois sont le fruit de la même vengeance qui, comme je le constate, est plus forte que le temps.

— Mais, Jakub ! Ils étaient quand même une centaine de milliers dans les prisons ! Et des milliers ne sont jamais revenus ! Et jamais un seul responsable n'a été puni ! En réalité, ce désir de vengeance n'est qu'un désir insatisfait de justice !

— Se venger du père sur la fille n'a rien à voir avec la justice. Souviens-toi qu'à cause de ton père tu as perdu ton chez-toi, que tu as été obligée de quitter la ville où tu habitais, que tu n'as pas eu le droit de faire des études. A cause d'un père mort que tu n'as presque pas connu ! Et à cause de ton père, il faut maintenant que tu sois persécutée par les autres ? Je vais te dire la plus triste découverte de ma vie : les persécutés ne valaient pas mieux que les persécuteurs. Je peux fort bien imaginer les rôles inversés. Toi, tu peux voir dans ce raisonnement le désir d'effacer sa responsabilité et de la faire endosser au créateur qui a fait l'homme tel qu'il est. Et c'est peut-être bien que tu voies les choses comme ça. Parce que, parvenir à la conclusion qu'il n'y a pas de différence entre le coupable et la victime, c'est *laisser toute espérance*. Et c'est ça qu'on appelle *l'enfer*, ma petite. »

5

Les deux collègues de Ruzena brûlaient d'impatience. Elles voulaient savoir comment s'était terminé le rendez-vous de la veille avec Klima, mais elles étaient de service à l'autre bout de l'établissement de bains et ce ne fut que vers 3 heures qu'elles purent retrouver leur amie et l'assaillir de questions.

Ruzena hésitait à répondre et finit par dire d'une voix mal assurée : « Il a dit qu'il m'aimait et qu'il allait m'épouser.

— Tu vois ! je te l'avais dit ! fit la maigre. Et va-t-il divorcer ?

— Il a dit que oui.

— Il ne pourra pas faire autrement, dit gaiement la quadragénaire. Tu auras un enfant. Et sa femme n'en a pas. »

Cette fois, Ruzena était obligée d'avouer la vérité : « Il a dit qu'il allait me faire venir à Prague. Il va me trouver du travail là-bas. Il a dit qu'on irait en vacances en Italie. Mais il ne veut pas qu'on ait un enfant tout de suite. Et il a raison. Les premières années sont les plus

106

belles et si on avait un enfant, on ne pourrait pas profiter l'un de l'autre. »

La quadragénaire était abasourdie : « Comment, tu vas te faire avorter ? »

Ruzena acquiesça.

« Tu as perdu la tête ! s'écria la maigre.

— Il t'a entortillée autour de son petit doigt, dit la quadragénaire. Dès que tu te seras débarrassée de l'enfant, il t'enverra paître.

— Et pourquoi ?

— Tu paries ? dit la maigre.

— Puisqu'il m'aime !

— Et comment le sais-tu, qu'il t'aime ? dit la quadragénaire.

— Il me l'a dit !

— Et pourquoi ne t'a-t-il pas donné de ses nouvelles pendant deux mois ?

— Il avait peur de l'amour, dit Ruzena.

— Comment ?

— Comment veux-tu que je t'explique ! Il avait peur d'être amoureux de moi.

— Et c'est pour ça qu'il n'a pas donné signe de vie ?

— C'est une épreuve qu'il s'est imposée ; il voulait être sûr qu'il ne pouvait pas m'oublier. C'est compréhensible, non ?

— Je vois, reprit la quadragénaire. Et quand il a appris qu'il t'avait fait un gosse, il a compris d'un seul coup qu'il ne pourrait pas t'oublier.

— Il dit qu'il est content que je sois enceinte. Pas à cause de l'enfant, mais parce que je lui ai téléphoné. Il a compris qu'il m'aimait.

— Mon dieu, ce que tu es idiote ! s'écria la maigre.

— Je ne vois pas pourquoi je suis idiote.

— Parce que cet enfant est la seule chose que tu possèdes, dit la quadragénaire. Si tu fais passer l'enfant, tu n'auras plus rien et il te crachera dessus.

— Je veux qu'il me veuille pour moi et pas à cause de l'enfant !

— Pour qui te prends-tu ? Pourquoi voudrait-il de toi pour toi ? »

Elles discutèrent longuement et avec passion. Les deux femmes ne cessaient de répéter à Ruzena que l'enfant était son seul atout et qu'elle ne devait pas y renoncer.

« Moi, jamais je ne me ferais avorter. Je te le dis. Jamais, comprends-tu ? Jamais », affirmait la maigre.

Ruzena se faisait soudain l'effet d'une petite fille et elle dit (c'est la même phrase qui, la veille, avait rendu à Klima le désir de vivre) : « Alors, dites-moi ce qu'il faut que je fasse !

— Tenir bon, dit la quadragénaire, puis elle ouvrit un tiroir de son placard et en sortit un tube de comprimés. Tiens, prends-en un ! Tu es à bout. Ça va te calmer. »

Ruzena mit le comprimé dans sa bouche et l'avala.

« Et garde le tube. Tu as les indications ici : un comprimé trois fois par jour, mais prends-en seulement quand tu auras besoin de te calmer. Ne va pas faire de sottises, énervée comme tu es. N'oublie pas que c'est un type madré. Il n'en est pas à son coup d'essai ! Mais cette fois-ci, il ne s'en tirera pas si facilement ! »

De nouveau, elle ne savait que faire. Un instant

plus tôt, elle se croyait décidée, mais les arguments de ses collègues paraissaient convaincants et elle était de nouveau ébranlée. Déchirée, elle descendit l'escalier de l'établissement.

Dans le hall, un jeune homme excité se précipita sur elle, écarlate.

« Je t'ai déjà dit de ne jamais venir m'attendre ici, dit-elle en le regardant d'un air méchant. Et après ce qui s'est passé hier, je ne comprends pas comment tu peux avoir l'audace !

— Ne te fâche pas, s'il te plaît ! s'écria le jeune homme d'un ton désespéré.

— Chut ! s'écria-t-elle. Ne viens pas me faire des scènes *ici* par-dessus le marché, et elle voulut partir.

— Ne pars pas comme ça si tu ne veux pas que je te fasse des scènes ! »

Elle ne pouvait rien faire. Des curistes allaient et venaient dans le hall et, à tout moment, des gens en blouse blanche passaient à proximité. Elle ne voulait pas se faire remarquer et elle était obligée de rester tout en s'efforçant de paraître naturelle : « Alors, qu'est-ce que tu me veux ? dit-elle à mi-voix.

— Rien, je voulais seulement te demander pardon. Je regrette sincèrement ce que j'ai fait. Mais, s'il te plaît, jure qu'il n'y a rien entre vous.

— Je t'ai déjà dit qu'il n'y a rien entre nous.

— Alors, jure !

— Ne sois pas un enfant. Je ne jure pas pour des sottises comme ça.

— Parce qu'il s'est passé quelque chose entre vous.

— Je t'ai déjà dit que non. Et si tu ne me crois pas,

nous n'avons plus rien à nous dire. C'est simplement un ami. Est-ce que je n'ai pas le droit d'avoir des amis ? Je l'estime, je suis contente qu'il soit mon ami.

— Je sais. Je ne te reproche rien, dit le jeune homme.

— Il donne un concert ici demain. J'espère que tu ne vas pas m'espionner.

— Si tu me donnes ta parole d'honneur qu'il n'y a rien entre vous.

— Je t'ai déjà dit que je ne m'abaissais pas à donner ma parole d'honneur pour ces choses-là. Mais je te donne ma parole d'honneur que si tu m'espionnes encore une fois tu ne me verras plus de ta vie.

— Ruzena, c'est parce que je t'aime, dit le jeune homme d'un air malheureux.

— Moi aussi, dit laconiquement Ruzena. Mais moi, je ne vais pas te faire des scènes à cause de ça sur la route nationale.

— C'est parce que tu ne m'aimes pas. Tu as honte de moi.

— Tu dis des bêtises.

— Tu ne me laisses jamais me montrer avec toi, sortir avec toi...

— Chut ! répéta-t-elle, comme il élevait la voix. Mon père me tuerait. Je t'ai déjà expliqué qu'il me surveille. Mais maintenant, ne te fâche pas, il faut que je parte. »

Le jeune homme la saisit par le bras : « Ne pars pas tout de suite. »

Ruzena leva désespérément les yeux au plafond.

Le jeune homme dit : « Si on se mariait, tout serait

différent. Il ne pourrait plus rien dire. On aurait un enfant.

— Je ne veux pas avoir d'enfant, dit vivement Ruzena. J'aimerais mieux me tuer que d'avoir un enfant !

— Pourquoi ?

— Parce que. Je ne veux pas d'enfant.

— Je t'aime, Ruzena », dit encore une fois le jeune homme.

Et Ruzena répondit : « Et à cause de ça tu veux me conduire au suicide, n'est-ce pas ?

— Au suicide ? demanda-t-il avec surprise.

— Oui ! au suicide !

— Ruzena ! dit le jeune homme.

— Tu vas m'y conduire tout droit ! Je te le garantis ! Tu m'y conduis à coup sûr !

— Est-ce que je peux venir ce soir ? demanda-t-il humblement.

— Non, pas ce soir », dit Ruzena. Puis, comprenant qu'il fallait le calmer, elle ajouta d'un ton plus conciliant : « Tu peux me téléphoner ici, Frantisek. Mais pas avant lundi. » Et elle tourna les talons.

« Attends, dit le jeune homme. Je t'ai apporté quelque chose. Pour que tu me pardonnes », et il lui tendit un petit paquet.

Elle le prit et sortit rapidement dans la rue.

6

« Le docteur Skreta est-il à ce point un original, ou fait-il semblant ? demandait Olga à Jakub.

— C'est la question que je me pose depuis que je le connais, répondit Jakub.

— Les originaux ont une assez belle vie quand ils réussissent à faire respecter leur originalité, dit Olga. Le docteur Skreta est incroyablement distrait. Au beau milieu d'une conversation il oublie de quoi il parlait une seconde plus tôt. Quelquefois, il commence à palabrer dans la rue et il arrive à son cabinet avec deux heures de retard. Mais personne n'ose lui en tenir rigueur parce que le docteur est un original officiellement reconnu et seul un rustre pourrait contester son droit à l'originalité.

— Original ou pas, je crois qu'il ne te soigne pas mal.

— Sans doute, mais tout le monde ici a l'impression que son cabinet médical est pour lui quelque chose de secondaire qui l'empêche de se consacrer à un tas de projets beaucoup plus importants. Demain, par exemple, il va tenir la batterie !

— Attends, dit Jakub, interrompant Olga. C'est donc vrai, cette histoire ?

— Bien sûr ! Toute la station est couverte d'affiches qui annoncent que le célèbre trompettiste Klima donnera un concert ici demain et que le docteur Skreta va l'accompagner à la batterie.

— C'est incroyable, dit Jakub. Ça ne m'a pas du tout surpris d'apprendre que Skreta avait l'intention de jouer de la batterie. Skreta est le plus grand rêveur que j'aie jamais connu. Mais je ne l'ai pas encore vu réaliser un seul de ses rêves. Quand nous nous sommes connus, à l'université, Skreta n'avait pas beaucoup d'argent. Il était toujours sans le sou et il imaginait toujours des tas de trucs pour gagner de l'argent. En ce temps-là, il avait formé le projet de se procurer un welsh-terrier femelle, parce qu'on lui avait dit que les chiots de cette race-là se vendaient quatre mille couronnes pièce. Il avait immédiatement fait le calcul. La chienne aurait chaque année deux portées de cinq chiots. Deux fois cinq font dix, dix fois quatre mille font quarante mille couronnes par an. Il avait pensé à tout. Il s'était à grand-peine assuré le concours du directeur du restaurant universitaire qui lui avait promis de lui donner tous les jours pour son chien les restes de la cuisine. Il avait rédigé le diplôme de deux étudiantes pour qu'elles lui sortent son chien tous les jours. Il habitait dans un foyer d'étudiants où il était interdit d'avoir des chiens. Alors, il avait offert toutes les semaines un bouquet de roses à la directrice, jusqu'à ce qu'elle lui promette de faire une exception en sa faveur. Pendant deux mois, il avait préparé le terrain pour sa chienne, mais nous savions tous qu'il ne l'aurait jamais. Il lui fallait quatre mille couronnes pour l'acheter et personne ne voulait les lui prêter. Personne ne le prenait au sérieux. Tout le monde le considérait comme un rêveur, certes exceptionnellement roué et entreprenant mais seulement dans le royaume de l'imaginaire.

— C'est tout à fait charmant, mais je ne comprends quand même pas ton étrange affection pour lui. On ne peut même pas compter sur lui. Il est incapable d'arriver à l'heure et il oublie le lendemain ce qu'il a promis la veille.

— Ce n'est pas tout à fait exact. Il m'a beaucoup aidé autrefois. En réalité, personne ne m'a jamais aidé autant que lui. »

Jakub plongea la main dans la poche de poitrine de sa veste et en sortit un papier de soie plié. Il le déplia et un comprimé bleu pâle apparut.

« Qu'est-ce que c'est ? demanda Olga.

— Du poison. »

Jakub savoura pendant un instant le silence interrogateur de la jeune femme et reprit : « J'ai ce comprimé depuis plus de quinze ans. Après mon année de prison, il y a une chose que j'ai comprise. Il faut avoir au moins une certitude : celle de rester maître de sa mort et de pouvoir en choisir l'heure et le moyen. Avec cette certitude, tu peux supporter bien des choses. Tu sais que tu pourras leur échapper quand tu voudras.

— Tu avais ce comprimé avec toi en prison ?

— Hélas non ! Mais je me le suis procuré dès que je suis sorti.

— Quand tu n'en avais plus besoin ?

— Dans ce pays on ne sait jamais quand on peut avoir besoin de ces choses-là. Et puis, c'est pour moi une question de principe. Tout homme devrait recevoir du poison le jour de sa majorité. Une cérémonie solennelle devrait avoir lieu à cette occasion. Non pour l'inciter au suicide, mais, au contraire, pour qu'il vive avec plus d'assurance et plus de sérénité. Pour qu'il vive en sachant qu'il est le maître de sa vie et de sa mort.

— Et comment te l'es-tu procuré, ce poison ?

— Skreta débutait comme biochimiste dans un laboratoire. Je m'étais d'abord adressé à quelqu'un d'autre, mais cette personne estimait que c'était pour elle un devoir moral de me refuser du poison. Skreta a fabriqué lui-même le comprimé sans hésiter une seconde.

— Peut-être parce que c'est un original.

— Peut-être. Mais surtout parce qu'il m'a compris. Il savait que je ne suis pas un hystérique qui se complaît dans des comédies suicidaires. Il a compris ce qui était en jeu pour moi. Je vais lui rendre ce comprimé aujourd'hui. Je n'en aurai plus besoin.

— Tous les dangers sont donc passés ?

— Demain matin je quitte définitivement ce pays. Je suis invité dans une université et j'ai obtenu des autorités la permission de partir. »

Enfin, c'était dit. Jakub regardait Olga et voyait qu'elle souriait. Elle lui prit la main : « C'est vrai ? C'est une très bonne nouvelle ! Je suis très contente pour toi ! »

Elle manifestait la même joie désintéressée qu'il eût éprouvée lui-même en apprenant qu'Olga allait partir pour l'étranger où elle aurait la vie plus agréable. Il en était surpris, parce qu'il avait toujours craint qu'elle n'eût pour lui un attachement sentimental. Il était heureux qu'il n'en fût pas ainsi, mais il en était, à sa propre surprise, un peu vexé.

Olga était tellement intéressée par la révélation de

Jakub qu'elle en oubliait de l'interroger sur le comprimé bleu pâle qui était posé entre eux sur le papier de soie froissé, et Jakub dut lui exposer en détail toutes les circonstances de sa future carrière.

« Je suis extrêmement contente que tu aies réussi. Ici, tu étais pour toujours quelqu'un de suspect. Ils ne t'ont même pas permis d'exercer ton métier. Et avec ça ils passent leur temps à prêcher l'amour de la patrie. Comment aimer un pays où il vous est interdit de travailler ? Je peux te dire que je n'éprouve aucun amour pour ma patrie. Est-ce mal de ma part ?

— Je n'en sais rien, dit Jakub. Je n'en sais vraiment rien. En ce qui me concerne, j'étais assez attaché à ce pays.

— C'est peut-être mal, reprit Olga, mais je ne m'y sens liée par rien. Qu'est-ce qui pourrait m'y attacher ?

— Même les souvenirs douloureux sont un lien qui nous engage.

— Nous engage à quoi ? A rester dans le même pays où nous sommes nés ? Je ne comprends pas qu'on puisse parler de liberté sans rejeter ce fardeau de ses épaules. Comme si un arbre était chez lui là où il ne peut grandir. L'arbre est chez lui là où il trouve de la fraîcheur.

— Et toi, tu trouves suffisamment de fraîcheur ici ?

— Somme toute, oui. Maintenant qu'on me laisse enfin faire mes études, j'ai ce que je veux. Je vais faire mes sciences nat. et je ne veux entendre parler de rien d'autre. Ce n'est pas moi qui ai inventé ce régime et je n'en suis aucunement responsable. Mais quand pars-tu exactement ?

— Demain.

— Si vite ? » Elle lui prit la main : « Je t'en prie. Puisque tu as été assez gentil pour venir me dire adieu, ne te presse pas tellement. »

C'était toujours différent de ce qu'il avait attendu. Elle ne se comportait ni comme une jeune femme qui l'aimait secrètement, ni comme une fille adoptive qui éprouvait pour lui un amour filial désincarné. Avec une tendresse éloquente elle lui tenait la main, le regardait dans les yeux et répétait : « Ne te presse pas ! Ça n'aurait aucun sens pour moi si tu ne t'étais arrêté ici que pour me dire adieu. »

Jakub en était presque perplexe : « Nous verrons, dit-il. Skreta aussi voudrait me convaincre de rester un peu plus longtemps.

— Il faut certainement que tu restes plus long-temps, dit Olga. De toute façon, nous avons si peu de temps l'un pour l'autre. Maintenant, il va falloir que je retourne aux bains... » Après un instant de réflexion elle affirma qu'elle n'irait nulle part puisque Jakub était ici.

« Non, non, il faut que tu y ailles. Il ne faut pas négliger ton traitement. Je vais t'accompagner.

— C'est vrai ? » demanda Olga d'une voix pleine de bonheur. Puis elle ouvrit l'armoire pour y chercher quelque chose.

Le comprimé bleu pâle était posé sur la table sur le papier déplié et Olga, le seul être au monde à qui Jakub en eût révélé l'existence, était penchée sur l'armoire ouverte et tournait le dos au poison. Jakub pensa que ce comprimé bleu pâle était le drame de sa vie, un drame abandonné, presque oublié et probablement sans intérêt. Il se dit qu'il était grand temps de se débarrasser de ce drame sans intérêt, de lui dire bien vite adieu et de le laisser derrière lui. Il enveloppa le comprimé dans le bout de papier et fourra le tout dans la poche de poitrine de sa veste.

Olga sortit un sac de l'armoire, y mit une serviette, referma l'armoire. « Je suis prête », dit-elle à Jakub.

7

Ruzena était assise depuis dieu sait combien de temps sur un banc du jardin public et elle était incapable d'en bouger, sans doute parce que ses pensées aussi étaient immobiles, fixées sur un point unique.

Hier encore, elle croyait ce que lui disait le trompettiste. Non seulement parce que c'était agréable, mais aussi parce que c'était plus simple : elle pouvait ainsi, avec la conscience tranquille, renoncer à un combat pour lequel elle manquait de forces. Mais depuis que ses collègues s'étaient moquées d'elle, elle se méfiait à nouveau de lui et pensait à lui avec haine, craignant en son for intérieur de n'être ni assez rusée ni assez têtue pour le conquérir.

Elle déchira sans curiosité le papier du paquet que lui avait donné Frantisek. A l'intérieur, il y avait une étoffe bleu pâle et Ruzena comprit qu'il lui avait fait cadeau d'une chemise de nuit ; d'une chemise de nuit dans laquelle il voulait la voir tous les jours ; tous les jours et beaucoup de jours et pendant toute sa vie. Elle contemplait la couleur bleu pâle du tissu et elle croyait voir cette tache bleue baver, s'étendre, se changer en mare, mare de bonté et de dévouement, mare d'amour servile qui finirait par l'engloutir.

Qui haïssait-elle davantage ? Celui qui ne voulait pas d'elle ou celui qui la voulait ?

Elle était ainsi clouée à ce banc par ces deux haines et elle ne savait rien de ce qui se passait autour d'elle. Un mini-bus stoppa au bord du trottoir, suivi d'un camion vert fermé d'où parvenaient à Ruzena des hurlements et des aboiements de chiens. Les portières du mini-bus s'ouvrirent et il en sortit un vieil homme qui portait un brassard rouge sur la manche. Ruzena regardait devant elle d'un air hébété et elle fut un instant sans se rendre compte de ce qu'elle regardait.

Le vieux monsieur cria un ordre vers le mini-bus et un autre vieil homme descendit, qui portait aussi un brassard rouge sur la manche et qui tenait à la main une perche de trois mètres à l'extrémité de laquelle était fixée une boucle en fil de fer. D'autres hommes descendirent et se rangèrent devant le mini-bus. C'étaient tous de vieux messieurs, ils avaient tous un brassard rouge et tenaient tous à la main de longues perches à la pointe armée d'une boucle en fil de fer.

L'homme qui était descendu le premier n'avait pas de perche et donnait des ordres ; les vieux messieurs, comme une escouade d'étranges lanciers, exécutèrent plusieurs garde-à-vous et repos. Ensuite l'homme cria un autre ordre et l'escouade de vieillards s'élança au pas de course dans le jardin public. Là, ils se dispersèrent et chacun courut dans une autre direction, les uns dans les allées, les autres sur les pelouses. Des curistes se promenaient dans le jardin, des enfants jouaient, et tout le monde s'arrêta brusquement pour regarder avec étonnement ces vieux messieurs qui montaient à l'attaque, armés de longues perches.

Ruzena aussi sortit de la stupeur de sa méditation pour observer ce qui se passait. Elle avait reconnu son père parmi les vieux messieurs et l'observait avec dégoût mais sans surprise.

Un chien bâtard trottinait sur une pelouse au pied d'un bouleau. L'un des vieux messieurs s'était mis à courir dans sa direction et le chien le regardait avec étonnement. Le vieillard brandissait la perche et tentait de placer la boucle en fil de fer devant la tête du chien. Mais la perche était longue, les mains séniles étaient faibles, et le vieillard manquait son but. La boucle en fil de fer oscillait autour de la tête du chien et le chien l'observait avec curiosité.

Mais déjà un autre retraité qui avait le bras plus robuste accourait au secours du vieillard, et le petit chien se trouva finalement prisonnier de la boucle de fer. Le vieillard tira sur la perche, le fil de fer s'enfonça dans la gorge velue et le chien poussa un hurlement. Les deux retraités partirent d'un gros rire et traînèrent le chien sur la pelouse jusqu'aux véhicules stationnés. Ils ouvrirent la grande porte du camion d'où sortit la houle sonore des aboiements; ils jetèrent le bâtard dans le camion.

Pour Ruzena, tout ce qu'elle voyait n'était qu'un élément de sa propre histoire: elle était une femme malheureuse prise entre deux mondes: le monde de

Klima la rejetait, et le monde de Frantisek auquel elle voulait échapper (le monde de la banalité et de l'ennui, le monde de l'échec et de la capitulation) venait ici la chercher sous l'aspect de cette troupe d'assaut comme s'il avait voulu l'entraîner dans une de ces boucles en fil de fer.

Dans une allée sablée du jardin public, un garçonnet d'une dizaine d'années appelait désespérément son chien qui s'était égaré dans un buisson. Mais à la place du chien, le père de Ruzena, armé d'une perche, accourut auprès de l'enfant. Celui-ci se tut aussitôt. Il craignait d'appeler son chien, sachant que le vieillard allait le lui enlever. Il s'élança dans l'allée pour s'échapper, mais le vieillard aussi se mit à courir. A présent, ils couraient de front. Le père de Ruzena armé de sa perche et le petit garçon qui sanglotait tout en courant. Puis l'enfant fit demi-tour et, sans cesser de courir, revint sur ses pas. Le père de Ruzena fit aussi demi-tour. Ils couraient à nouveau de front.

Un lévrier sortit d'un buisson. Le père de Ruzena tendit vers lui sa perche, mais le chien s'écarta brusquement et courut auprès de l'enfant qui le souleva de terre et le pressa contre son corps. D'autres vieillards se précipitèrent pour prêter main-forte au père de Ruzena et arracher le lévrier des bras de l'enfant. Celui-ci pleurait, criait et se débattait, de sorte que les vieillards durent lui tordre les bras et lui mettre la main devant la bouche parce que ses cris attiraient par trop l'attention des passants qui se retournaient mais craignaient d'intervenir.

Ruzena ne voulait plus voir son père et ses compagnons. Mais où aller ? Dans sa petite chambre, elle avait un roman policier qu'elle n'avait pas terminé et qui ne l'intéressait pas, au cinéma on jouait un film qu'elle avait déjà vu, et dans le hall du Richmond il y avait une télévision qui fonctionnait en permanence. Elle opta pour la télévision. Elle se leva de son banc et, parmi la clameur des vieillards qui continuait de lui parvenir de tous côtés, elle reprit intensément conscience du contenu de ses entrailles et elle se dit que c'était un contenu sacré. Il la transformait et l'ennoblissait. Il la distinguait de ces forcenés qui faisaient la chasse aux chiens. Elle se disait qu'elle n'avait pas le droit de renoncer, qu'elle n'avait pas le droit de capituler, parce que, dans son ventre, elle portait son unique espoir ; son unique billet d'entrée dans l'avenir.

En arrivant à l'extrémité du jardin public, elle aperçut Jakub. Il était devant le Richmond sur le trottoir et il observait la scène du jardin public. Elle ne l'avait vu qu'une fois, pendant le déjeuner, mais elle se souvenait de lui. La curiste qui était provisoirement sa voisine et qui tapait dans le mur chaque fois qu'elle mettait un peu trop fort sa radio, lui était extrêmement antipathique, de sorte que Ruzena percevait avec une attentive répugnance tout ce qui la concernait.

Le visage de cet homme lui déplaisait. Elle le trouvait ironique et Ruzena détestait l'ironie. Elle pensait toujours que l'ironie (toute forme d'ironie) était comme une sentinelle en armes postée à l'entrée de l'avenir où elle, Ruzena, voulait pénétrer, et que cette sentinelle l'examinait d'un œil inquisiteur et la rejetait d'un hochement de tête. Elle bomba le torse et décida de passer devant cet homme avec toute l'arrogance provocatrice de ses seins, avec tout l'orgueil de son ventre.

Et cet homme (elle ne l'observait que du coin de l'œil) dit soudain d'une voix tendre et douce : « Viens ici... viens avec moi... »

D'abord elle ne comprit pas pourquoi il s'adressait à elle. La tendresse dans sa voix la déconcertait, et elle ne savait que répondre. Mais ensuite, en se retournant, elle s'aperçut qu'un gros boxer à la gueule humainement laide lui trottait sur les talons.

La voix de Jakub attira le chien. Il le prit par le collier : « Viens avec moi, sinon tu n'as aucune chance. » Le chien levait vers Jakub une tête confiante d'où sa langue pendait comme un petit drapeau jovial.

Ce fut une seconde pleine d'une humiliation ridicule, futile, mais évidente : l'homme ne s'était aperçu ni de son arrogance provocatrice ni de son orgueil. Elle croyait qu'il lui parlait et il parlait à un chien. Elle passa devant lui et s'arrêta sur le perron du Richmond.

Deux vieillards armés de perches venaient de traverser la chaussée et se précipitaient sur Jakub. Elle observait la scène avec malveillance et ne pouvait s'empêcher d'être du côté des vieillards.

Jakub conduisait le chien par le collier vers le perron de l'hôtel et un vieillard lui criait : « Lâchez immédiatement ce chien ! »

Et l'autre vieillard : « Au nom de la loi ! »

Jakub feignait de ne pas remarquer les vieillards et continuait d'avancer mais, par-derrière, une perche s'abaissait lentement le long de son corps et la boucle en fil de fer oscillait maladroitement au-dessus de la tête du boxer.

Jakub saisit l'extrémité de la perche et l'écarta vivement.

Un troisième vieillard accourut et cria : « C'est une atteinte à l'ordre public ! Je vais appeler la police ! »

Et la voix aiguë d'un autre vieillard accusait : « Il courait dans le parc ! Il courait sur le terrain de jeux et c'est pourtant interdit ! Il pissait sur le tas de sable des gosses ! Vous aimez mieux les chiens que les enfants. »

Ruzena observait la scène du haut du perron et l'orgueil qu'elle ne ressentait un instant plus tôt que dans son ventre affluait dans tout son corps et l'emplissait d'une force têtue. Jakub et le chien s'approchaient d'elle sur les marches et elle dit à Jakub : « Vous n'avez pas le droit d'entrer ici avec un chien. »

Jakub répliqua d'une voix tranquille, mais elle ne pouvait plus reculer. Elle se campa, les jambes écartées, devant la large porte du Richmond et elle répéta : « C'est un hôtel pour curistes, pas un hôtel pour chiens. C'est interdit aux chiens, ici.

— Pourquoi ne prenez-vous pas une perche avec une boucle, vous aussi, mademoiselle ? » dit Jakub voulant franchir la porte avec le chien.

Ruzena perçut dans la phrase de Jakub l'ironie tant détestée qui la renvoyait là d'où elle venait, là où elle ne voulait pas être. La colère lui brouillait le regard. Elle saisit le chien par le collier. Maintenant ils le tenaient tous les deux. Jakub le tirait vers l'intérieur et elle vers l'extérieur.

Jakub saisit Ruzena au poignet et détacha ses doigts du collier si violemment qu'elle chancela.

« Vous aimeriez mieux voir des caniches que des enfants dans les berceaux ! » lui cria-t-elle.

Jakub se retourna et leurs regards se croisèrent, soudés l'un à l'autre par une haine soudaine et nue.

8

Le boxer trottait dans la pièce avec curiosité et ne soupçonnait nullement qu'il venait d'échapper à un danger. Jakub était allongé sur le divan et se demandait ce qu'il allait en faire. Le chien lui plaisait, il était gai et plein de bonhomie. L'insouciance avec laquelle il s'était, en quelques minutes, acclimaté dans une chambre inconnue et lié d'amitié avec un inconnu était presque suspecte et semblait confiner à la sottise. Après avoir flairé tous les coins de la pièce, il bondit sur le divan et s'étendit à côté de Jakub. Jakub en était surpris, mais il accueillit sans réserve cette marque de camaraderie. Il posa la main sur l'échine du chien et sentit avec délice la chaleur du corps animal. Il avait toujours aimé les chiens. Ils étaient proches, affectueux, dévoués et, en même temps, tout à fait incompréhensibles. On ne saura jamais ce qui se passe en fait dans la tête et dans le cœur de ces confiants et joyeux messagers de l'insaisissable nature.

Il grattait l'échine du chien et pensait à la scène dont il venait d'être témoin. Les vieux messieurs armés de longues perches se confondaient pour lui avec les gardiens de prison, les juges d'instruction et les indicateurs qui épiaient pour voir si le voisin parlait politique en faisant ses courses. Qu'est-ce qui poussait

ces gens-là à leur sinistre activité? La méchanceté?
Certes, mais aussi le désir d'ordre. Parce que le désir
d'ordre veut transformer le monde humain en un règne
inorganique où tout marche, tout fonctionne, tout est
assujetti à une impersonnelle volonté. Le désir d'ordre
est en même temps désir de mort, parce que la vie est
perpétuelle violation de l'ordre. Ou, inversement, le
désir d'ordre est le prétexte vertueux par lequel la
haine de l'homme pour l'homme justifie ses forfaits.

Puis il pensa à la jeune femme blonde qui voulait
l'empêcher d'entrer au Richmond avec le chien, et il
éprouva pour elle une haine douloureuse. Les vieillards armés de perches ne l'irritaient pas, il les
connaissait bien, il en tenait compte, jamais il n'avait
douté qu'ils existaient et devaient exister et qu'ils
seraient toujours ses persécuteurs. Mais cette jeune
femme, c'était sa défaite. Elle était jolie et elle était
apparue sur la scène non pas comme persécuteur mais
comme spectateur qui, fasciné par le spectacle, s'identifie aux persécuteurs. Jakub était toujours saisi d'horreur à l'idée que ceux qui regardent seront prêts à
maintenir la victime pendant l'exécution. Car, avec le
temps, le bourreau est devenu un personnage proche et
familier, tandis que le persécuté a quelque chose qui
pue l'aristocrate. L'âme de la foule qui s'identifiait
jadis aux misérables persécutés s'identifie aujourd'hui
à la misère des persécuteurs. Parce que la chasse à
l'homme est en notre siècle la chasse aux privilégiés : à
ceux qui lisent des livres ou qui ont un chien.

Il sentait sous sa main le corps chaud de l'animal et
se disait que cette jeune femme blonde était venue pour
lui annoncer, d'un signe secret, qu'il ne serait jamais

126

aimé dans ce pays et qu'elle, l'envoyée du peuple, elle serait toujours prête à le maintenir pour l'offrir aux hommes qui le menaceraient de leurs perches à la boucle de fil de fer. Il étreignit le chien et le pressa contre lui. Il songeait qu'il ne pouvait pas le laisser ici livré à merci, qu'il devait l'emmener avec lui loin de ce pays comme un témoignage des persécutions, comme l'un de ceux qui avaient échappé. Puis il se dit qu'il cachait ici ce joyeux clébard comme un proscrit fuyant la police, et cette idée lui parut comique.

On frappa et le docteur Skreta entra : « Tu es enfin rentré, il était temps. Je t'ai cherché tout l'après-midi. Où as-tu traîné ?

— J'ai été voir Olga et après... » il voulait raconter l'épisode du chien, mais Skreta l'interrompit :

« J'aurais bien pu m'en douter. Perdre son temps comme ça quand nous avons tant de choses à discuter ! J'ai déjà dit à Bertlef que tu es ici et je me suis arrangé pour qu'il nous invite tous les deux. »

A ce moment le chien sauta du divan, s'approcha du docteur, se dressa sur ses pattes de derrière et lui posa ses pattes de devant sur la poitrine. Skreta gratta le chien sur la nuque. « Eh bien, Bob, oui, tu es gentil... dit-il, sans s'étonner de rien.

— Il s'appelle Bob ?

— Oui, c'est Bob », dit Skreta et il expliqua que le chien appartenait au patron d'une auberge forestière située non loin de la ville ; tout le monde connaissait le chien, parce qu'il rôdait partout.

Le chien comprenait qu'on parlait de lui, et ça lui faisait plaisir. Il agitait la queue et voulait lécher le visage de Skreta.

« Tu es un fin psychologue, dit le docteur. Il faut que tu me l'étudies à fond aujourd'hui. Je ne sais pas par quel bout le prendre. J'ai sur lui de grands desseins.

— Vendre des images pieuses ?

— Les images pieuses, c'est une ânerie, dit Skreta. Il s'agit de quelque chose de beaucoup plus important. Je veux qu'il m'adopte.

— Qu'il t'adopte ?

— Qu'il m'adopte comme fils. C'est vital pour moi. Si je deviens son fils adoptif, j'acquerrai automatiquement la nationalité américaine.

— Tu veux émigrer ?

— Non. J'ai entrepris ici des expériences de longue haleine et je ne veux pas les interrompre. D'ailleurs, il faut que je t'en parle aujourd'hui, parce que j'aurai besoin de toi pour ces expériences. Mais avec la nationalité américaine, j'obtiendrai aussi un passeport américain et je pourrai voyager librement dans le monde entier. Tu sais bien qu'autrement un homme ordinaire ne peut jamais sortir de ce pays. Et j'ai tellement envie d'aller en Islande.

— Pourquoi justement en Islande ?

— C'est le meilleur coin pour pêcher le saumon », dit Skreta. Et il poursuivit : « Ce qui complique un peu les choses, c'est que Bertlef n'a que sept ans de plus que moi. Il faudra que je lui explique que la paternité adoptive est un état juridique qui n'a rien de commun avec la paternité naturelle et que, théoriquement, il pourrait être mon père adoptif même s'il était plus jeune que moi. Il le comprendra peut-être, mais il a une femme très jeune. C'est une de mes malades.

128

D'ailleurs, elle sera ici après-demain. J'ai envoyé Suzy à Prague pour qu'elle l'accueille à sa descente d'avion.

— Suzy est-elle au courant de ton projet ?

— Bien entendu. Je lui ai enjoint de gagner à tout prix la sympathie de sa future belle-mère.

— Et l'Américain ? Qu'en dit-il ?

— C'est justement ça le plus difficile. Ce type est incapable de comprendre à demi-mot. C'est pourquoi j'ai besoin de toi, pour que tu l'étudies et que tu me dises comment m'y prendre avec lui. »

Skreta regarda sa montre et annonça que Bertlef les attendait.

« Mais qu'allons-nous faire de Bob ? demanda Jakub.

— Comment l'as-tu amené ici ? » dit Skreta.

Jakub expliqua à son ami comment il avait sauvé la vie du chien, mais Skreta était plongé dans ses pensées et l'écoutait distraitement. Quand Jakub acheva, il dit :

« La patronne de l'auberge est une de mes malades. Il y a deux ans, elle a donné le jour à un beau bébé. Ils aiment beaucoup Bob, tu devrais le leur ramener demain. En attendant, on va lui donner un somnifère pour qu'il nous fiche la paix. »

Il sortit un tube d'une poche et en retira un comprimé. Il appela le chien, lui ouvrit la gueule et lui jeta le comprimé dans le gosier.

« Dans une minute, il dormira d'un doux sommeil » dit-il, et il sortit de la chambre avec Jakub.

9

Bertlef souhaita la bienvenue à ses deux visiteurs et Jakub promena son regard à travers la pièce. Puis il s'approcha du tableau qui représentait un saint barbu : « J'ai entendu dire que vous faisiez de la peinture, dit-il à Bertlef.

— Oui, répondit Bertlef, c'est saint Lazare, mon patron.

— Comment se fait-il que vous lui ayez fait une auréole bleue ? dit Jakub, manifestant sa surprise.

— Je suis heureux que vous me posiez cette question. D'habitude, les gens regardent un tableau et ne savent même pas ce qu'ils voient. J'ai fait l'auréole bleue, simplement parce qu'en réalité une auréole est bleue. »

Jakub manifesta de nouveau sa surprise et Bertlef poursuivit : « Les gens qui s'attachent à Dieu par un amour particulièrement puissant éprouvent en récompense une joie sacrée qui se répand dans tout leur être et de là rayonne à l'extérieur. La lumière de cette joie divine est paisible et douce et elle a la couleur de l'azur céleste.

— Attendez, l'interrompit Jakub. Voulez-vous dire que l'auréole est plus qu'un symbole ?

— Certainement, dit Bertlef. Mais ne vous imaginez pas qu'elle émane en permanence de la tête des saints et que les saints vont de par le monde comme des lampions itinérants. Bien sûr que non. Ce n'est qu'à certains moments de joie intérieure intense que leur front darde une lumière bleutée. Dans les premiers siècles qui ont suivi la mort de Jésus, à une époque où les saints étaient nombreux et où il y avait beaucoup de gens qui les connaissaient intimement, personne n'avait le moindre doute au sujet de la couleur de l'auréole, et sur toutes les peintures et les fresques de ce temps-là vous constaterez que l'auréole est bleue. C'est à partir du cinquième siècle seulement que les peintres commencent petit à petit à la représenter sous des couleurs différentes, par exemple en orange ou en jaune. Plus tard, dans la peinture gothique, il n'y a plus que des auréoles dorées. C'était plus décoratif et cela traduisait mieux la puissance terrestre et la gloire de l'Église. Mais cette auréole-là ne ressemblait pas plus à l'auréole véritable que l'Église d'alors au christianisme primitif.

— C'est une chose que j'ignorais », dit Jakub et Bertlef se dirigea vers l'armoire à liqueurs. Il discuta quelques instants avec les deux visiteurs pour savoir à quelle bouteille donner la préférence. Quand il eut versé du cognac dans trois verres, il se tourna vers le médecin :

« N'oubliez pas, je vous en prie, ce malheureux père. J'y tiens beaucoup ! »

Skreta donna à Bertlef l'assurance que tout finirait bien et Jakub demanda de quoi il s'agissait. Quand on l'eut mis au courant (apprécions l'élégante discrétion des deux hommes, qui ne mentionnèrent aucun nom, même devant Jakub), il exprima sa grande pitié pour l'infortuné procréateur :

« Lequel d'entre nous n'a pas vécu ce calvaire !

C'est une des grandes épreuves de la vie. Ceux qui y succombent et deviennent pères malgré eux sont à jamais condamnés par leur défaite. Ils deviennent méchants comme tous les hommes qui ont perdu et ils souhaitent le même sort à tous les autres.

— Mon ami! s'écria Bertlef. Vous parlez devant un heureux père! Si vous restez ici encore un jour ou deux, vous verrez mon fils, qui est un bel enfant, et vous retirerez ce que vous venez de dire!

— Je ne retirerai rien, dit Jakub, car vous n'êtes pas devenu père malgré vous!

— Certes non. Je suis devenu père de mon plein gré et par la grâce du docteur Skreta. »

Le docteur acquiesça d'un air satisfait et déclara qu'il avait lui aussi une autre idée sur la paternité que Jakub, comme en témoignait d'ailleurs l'état béni de sa chère Suzy. « La seule chose, ajouta-t-il, qui me rend un peu perplexe au sujet de la procréation, c'est le choix déraisonnable des parents. Il est incroyable que des individus hideux puissent se décider à procréer. Ils s'imaginent sans doute que le fardeau de la laideur en sera plus léger s'ils le partagent avec leur descendance. »

Bertlef qualifia de racisme esthétique le point de vue du docteur Skreta : « N'oubliez pas, non seulement que Socrate était un laideron, mais que bien des amantes illustres ne se distinguaient nullement par leur perfection physique. Le racisme esthétique est presque toujours une marque d'inexpérience. Ceux qui n'ont pas pénétré assez loin dans le monde des plaisirs amoureux ne peuvent juger les femmes que d'après ce qu'ils voient. Mais ceux qui les connaissent vraiment savent que l'œil ne révèle qu'une infime fraction de ce qu'une femme peut nous offrir. Quand Dieu a invité l'humanité à aimer et à se reproduire, docteur, il pensait à ceux qui sont laids autant qu'à ceux qui sont beaux. Je suis d'ailleurs convaincu que le critère esthétique ne vient pas de Dieu, mais du Diable. Au paradis, personne ne distinguait entre la laideur et la beauté. »

Jakub reprit la parole et affirma que les motifs esthétiques ne jouaient aucun rôle dans la répugnance qu'il éprouvait à procréer. « Mais je pourrais vous citer dix autres raisons de ne pas être père.

— Parlez, je suis curieux de les entendre, dit Bertlef.

— D'abord, je n'aime pas la maternité, dit Jakub, et il s'interrompit, songeur. L'ère moderne a déjà démasqué tous les mythes. L'enfance a depuis long-temps cessé d'être l'âge de l'innocence. Freud a découvert la sexualité du nourrisson et nous a tout dit sur Œdipe. Seule Jocaste reste intouchable, personne n'ose lui arracher son voile. La maternité est l'ultime et le plus grand tabou, celui qui recèle la plus grave malédiction. Il n'y a pas de lien plus fort que celui qui enchaîne la mère à son enfant. Ce lien mutile à jamais l'âme de l'enfant et prépare à la mère, quand son fils a grandi, les plus cruelles de toutes les douleurs de l'amour. Je dis que la maternité est une malédiction et je refuse d'y contribuer.

— Ensuite, dit Bertlef.

— Une autre raison, qui fait que je ne veux pas accroître le nombre des mères, dit Jakub avec un certain embarras, c'est que j'aime le corps féminin et

133

que je ne peux penser sans dégoût que le sein de ma bien-aimée va devenir un sac à lait.

— Ensuite, dit Bertlef.

— Le docteur nous confirmera certainement que les médecins et les infirmières traitent les femmes hospitalisées à la suite d'une interruption de grossesse bien plus durement que les parturientes et leur témoignent ainsi un certain mépris, bien qu'ils auront à leur tour certainement besoin, au moins une fois dans leur vie, d'une semblable intervention. Mais c'est chez eux un réflexe plus fort que toute réflexion, parce que le culte de la procréation est un impératif de la nature. C'est pourquoi il est inutile de chercher le moindre argument rationnel dans la propagande nataliste. Est-ce la voix de Jésus qui se fait entendre, selon vous, dans la morale nataliste de l'Église, ou bien est-ce Marx que vous entendez dans la propagande de l'État communiste en faveur de la procréation ? Guidée par le seul désir de perpétuer l'espèce, l'humanité finira par s'étouffer sur sa petite terre. Mais la propagande nataliste continue de faire tourner son moulin et le public verse des larmes d'émotion quand il voit l'image d'une mère allaitant ou d'un nourrisson grimaçant. Ça me dégoûte. Quand je pense que je pourrais, avec des millions d'autres enthousiastes, me pencher sur un berceau avec un sourire niais, ça me donne froid dans le dos.

— Ensuite, dit Bertlef.

— Et évidemment je dois aussi me demander dans quel monde j'enverrais mon enfant. L'école ne tarderait pas à me l'enlever pour lui bourrer le crâne de contrevérités que j'ai moi-même vainement combattues pendant toute ma vie. Faudrait-il que je voie mon fils devenir sous mes yeux un crétin conformiste ? Ou bien, devrais-je lui inculquer mes propres idées et le voir souffrir parce qu'il serait entraîné dans les mêmes conflits que moi ?

— Ensuite, dit Bertlef.

— Et évidemment, il faut aussi que je pense à moi. Dans ce pays, les enfants payent pour la désobéissance des parents et les parents pour la désobéissance des enfants. Combien de jeunes gens se sont vu interdire de faire des études parce que leurs parents étaient tombés en disgrâce ! Et combien de parents ont définitivement accepté la lâcheté à seule fin de ne pas nuire à leurs enfants ? Ici, qui veut conserver au moins une certaine liberté ne doit pas avoir d'enfants, dit Jakub, et il se tut.

— Il vous reste encore cinq raisons pour compléter le décalogue, dit Bertlef.

— La dernière raison est d'un tel poids qu'elle en vaut cinq à elle seule, dit Jakub. Avoir un enfant, c'est manifester un accord absolu avec l'homme. Si j'ai un enfant, c'est comme si je disais : je suis né, j'ai goûté à la vie et j'ai constaté qu'elle est si bonne qu'elle mérite d'être répétée.

— Et vous ne trouvez pas que la vie est bonne ? » demanda Bertlef.

Jakub voulait être précis et dit avec prudence : « Je ne sais qu'une chose, c'est que je ne pourrai jamais dire avec une totale conviction : l'homme est un être merveilleux et je veux le reproduire.

— C'est parce que tu n'as connu de la vie qu'un seul et le pire aspect, dit le docteur Skreta. Tu n'as jamais su vivre. Tu as toujours pensé que ton devoir était d'être, comme on dit, dans le coup. Au centre de la réalité. Mais qu'est-ce que c'était pour toi la réalité ? La politique. Et la politique, c'est ce qu'il y a dans la vie de moins essentiel et de moins précieux. La politique, c'est l'écume sale sur la surface de la rivière, alors qu'en fait la vie de la rivière s'accomplit à une bien plus grande profondeur. L'étude de la fécondité féminine dure depuis des milliers d'années. C'est une histoire solide et sûre. Et il lui est tout à fait indifférent que tel ou tel gouvernement soit au pouvoir. Moi, quand je mets un gant de caoutchouc et quand j'examine les organes féminins, je suis beaucoup plus près du centre de la vie que tu ne l'es, toi qui as failli perdre la vie parce que tu te préoccupais du bien de l'humanité. »

Au lieu de protester, Jakub approuva les reproches de son ami, et le docteur Skreta, se sentant encouragé, poursuivit : « Archimède devant ses circonférences, Michel-Ange devant son bloc de pierre, Pasteur devant ses tubes à essais, ce sont eux et eux seuls qui ont transformé la vie des hommes et qui ont fait l'histoire réelle, alors que les politiciens... » Skreta marqua une pause et fit de la main un geste dédaigneux.

« Alors que les politiciens ? demanda Jakub, et il poursuivit : Je vais te le dire. Si la science et l'art sont en fait la propre, véritable, arène de l'histoire, la politique est au contraire le laboratoire scientifique clos où l'on procède sur l'homme à des expériences inouïes. Des cobayes humains y sont précipités dans des trappes puis remontés sur la scène, séduits par les applaudissements et épouvantés par la potence, dénoncés et contraints à la délation. J'ai travaillé dans ce centre d'expériences comme laborantin, mais j'y ai aussi servi plusieurs fois de victime pour la vivisection. Je sais que je n'ai créé aucune valeur (pas plus que ceux qui y travaillaient avec moi), mais j'y ai sans doute compris mieux que d'autres ce qu'est l'homme.

— Je vous comprends, dit Bertlef, et je connais aussi ce centre d'expériences, bien que je n'y aie jamais travaillé comme laborantin, mais toujours comme cobaye. J'étais en Allemagne quand la guerre a éclaté. C'est la femme que j'aimais en ce temps-là qui m'a dénoncé à la Gestapo. Ils sont venus la trouver et lui ont montré ma photo au lit avec une autre. Ça lui a fait mal, et vous savez que l'amour prend souvent les traits de la haine. Je suis entré dans la prison avec la sensation étrange d'y avoir été conduit par l'amour. N'est-ce pas admirable de se retrouver entre les mains de la Gestapo et de savoir que c'est là, en réalité, le privilège d'un homme qui est trop aimé ? »

Jakub répondit : « Si quelque chose m'a toujours profondément écœuré chez l'homme, c'est bien de voir comment sa cruauté, sa bassesse et sa bêtise parviennent à revêtir le masque du lyrisme. Elle vous a envoyé à la mort et elle a vécu cela comme l'exploit sentimental d'un amour blessé. Et vous êtes monté à l'échafaud à cause d'une bonne femme bornée, avec le sentiment de jouer un rôle dans une tragédie que Shakespeare aurait écrite pour vous.

— Après la guerre, elle est venue me voir en pleurant, poursuivit Bertlef, comme s'il n'avait pas entendu les objections de Jakub. Je lui ai dit : " Sois sans crainte, Bertlef ne se venge jamais. "

— Vous savez, dit Jakub, je pense souvent au roi Hérode. Vous connaissez l'histoire. On raconte qu'Hérode, ayant appris que le futur roi des Juifs venait de voir le jour, fit assassiner tous les nouveau-nés de crainte de perdre son trône. Personnellement, j'imagine Hérode autrement, tout en sachant que ce n'est qu'un jeu de l'imagination. Selon moi, Hérode était un roi instruit, sage et très généreux qui avait longtemps travaillé dans le laboratoire de la politique et qui avait appris à connaître la vie et les hommes. Il avait compris que l'homme n'aurait pas dû être créé. D'ailleurs, ses doutes n'étaient pas si déplacés et si répréhensibles. Si je ne m'abuse, le Seigneur aussi a douté de l'homme et a conçu l'idée de détruire cette part de son œuvre.

— Oui, acquiesça Bertlef, Moïse en parle au sixième chapitre de la Genèse : *j'exterminerai de la face de la terre l'homme que j'ai créé, car je me repens de l'avoir fait.*

— Et ce n'est peut-être qu'un moment de faiblesse de la part du Seigneur d'avoir finalement permis à Noé de se réfugier sur son arche pour recommencer l'histoire de l'humanité. Pouvons-nous être certains que Dieu n'a jamais regretté cette faiblesse ? Seulement, qu'il l'ait ou non regrettée, il n'y avait plus rien à faire. Dieu ne peut pas se ridiculiser en changeant sans cesse de décisions. Mais si c'était lui qui avait envoyé cette idée dans la tête d'Hérode ? Est-ce que c'est exclu ? »

Bertlef haussa les épaules et ne dit rien.

« Hérode était roi. Il n'était pas responsable que de lui seul. Il ne pouvait se dire comme moi : que les autres fassent ce qu'ils veulent, je refuse de procréer. Hérode était roi et savait qu'il ne devait pas décider

138

pour lui seul mais aussi pour les autres, et il a décidé au nom de toute l'humanité que l'homme ne se reproduirait plus jamais. C'est ainsi qu'a commencé le massacre des nouveau-nés. Ses motifs n'étaient pas aussi vils que ceux que lui attribue la tradition. Hérode était mû par la volonté la plus généreuse de délivrer enfin le monde des griffes de l'homme.

— Votre interprétation d'Hérode me plaît beaucoup, dit Bertlef. Elle me plaît tellement qu'à partir d'aujourd'hui je m'expliquerai comme vous le massacre des Innocents. Mais n'oubliez pas qu'au moment même où Hérode a décidé que l'humanité cesserait d'exister, est né à Bethléem un petit garçon qui a échappé à son couteau. Et cet enfant a grandi et il a dit aux hommes qu'il suffit d'une seule chose pour que la vie vaille la peine d'être vécue : s'aimer les uns les autres. Hérode était sans doute plus instruit et plus expérimenté. Jésus était certainement un blanc-bec et ne savait pas grand-chose de la vie. Tout son enseignement ne s'explique peut-être que par sa jeunesse et son inexpérience. Par sa naïveté, si vous voulez. Et pourtant, il détenait la vérité.

— La vérité ? Qui a démontré cette vérité ? demanda vivement Jakub.

— Personne, dit Bertlef. Personne ne l'a démontrée et ne la démontrera. Jésus aimait tellement son Père qu'il ne pouvait admettre que son œuvre fût mauvaise. Il était conduit à cette conclusion par l'amour, nullement par la raison. C'est pourquoi la querelle entre lui et Hérode, seul notre cœur peut la trancher. Vaut-il la peine d'être homme, oui ou non ? Je n'en ai aucune preuve mais, avec Jésus, je crois que oui. » Ayant dit, il se tourna en souriant vers le docteur Skreta : « C'est pourquoi j'ai envoyé ma femme faire une cure ici sous la direction du docteur Skreta qui est à mes yeux l'un des saints disciples de Jésus, car il sait accomplir des miracles et ramener à la vie les entrailles somnolentes des femmes. Je lève mon verre à sa santé ! »

10

Jakub traitait toujours Olga avec un sérieux paternel et, par jeu, il aimait à se qualifier de « vieux monsieur ». Elle savait pourtant qu'il y avait beaucoup de femmes avec lesquelles il agissait tout autrement, ce qu'elle leur enviait. Mais aujourd'hui, pour la première fois, elle pensa qu'il y avait quand même quelque chose de vieux chez Jakub. Dans sa façon de se comporter avec elle, elle sentait l'odeur moisie qui émane, pour un être jeune, de la génération de ses aînés.

Les vieux messieurs se reconnaissent à l'habitude qu'ils ont de se vanter des souffrances passées et d'en faire un musée où ils invitent des visiteurs (ah, ces tristes musées sont si peu fréquentés !). Olga comprenait qu'elle était le principal objet vivant du musée de Jakub et que l'attitude généreusement altruiste de Jakub à son égard avait pour but de faire monter les larmes aux yeux des visiteurs.

Aujourd'hui, elle avait aussi découvert l'objet

inanimé le plus précieux de ce musée : le comprimé bleu pâle. Tout à l'heure, quand il avait déplié devant elle le papier où était enveloppé le comprimé, elle avait été surprise de ne pas éprouver la moindre émotion. Tout en comprenant que Jakub eût songé au suicide en des temps difficiles, elle trouvait ridicule la solennité avec laquelle il le lui faisait savoir. Elle trouvait ridicule qu'il eût déplié le papier de soie avec tant de précaution, comme s'il s'agissait d'un diamant précieux. Et elle ne voyait pas pourquoi il voulait rendre le poison au docteur Skreta le jour de son départ, alors qu'il affirmait que tout homme adulte devait être en toute circonstance maître de sa mort. Si, une fois à l'étranger, il est atteint d'un cancer, n'aura-t-il pas besoin de poison ? Mais non, pour Jakub, le comprimé n'était pas un simple poison, c'était un accessoire symbolique qu'il voulait maintenant remettre au grand prêtre pendant un office religieux. Il y avait de quoi rire.

Elle sortit des bains et se dirigea vers le Richmond. Malgré toutes ses réflexions désabusées, elle se réjouissait de voir Jakub. Elle avait grande envie de profaner son musée et de s'y conduire, non plus en objet, mais en femme. Elle fut donc un peu déçue de trouver sur sa porte un message où il lui demandait de venir le rejoindre dans une chambre voisine. L'idée de se retrouver en compagnie d'autres personnes lui faisait perdre courage, d'autant plus qu'elle ne connaissait pas Bertlef et que le docteur Skreta la traitait d'ordinaire avec une aimable mais visible indifférence.

Bertlef lui fit bien vite oublier sa timidité. Il se présenta en s'inclinant profondément et blâma le docteur Skreta de ne pas encore lui avoir fait connaître une femme aussi intéressante.

Skreta répondit que Jakub l'avait chargé de veiller sur la jeune femme et qu'il s'était délibérément abstenu de la présenter à Bertlef, sachant qu'aucune femme ne lui résistait.

Bertlef accueillit cette excuse avec une riante satisfaction. Puis il souleva l'écouteur et appela le restaurant pour commander le dîner.

« C'est incroyable, dit le docteur Skreta, à quel point notre ami réussit à vivre dans l'abondance dans ce trou où il n'y a pas un restaurant qui serve un dîner correct. »

Bertlef fouilla dans une boîte à cigares ouverte qui était posée à côté du téléphone et qui était pleine de pièces en argent d'un demi-dollar : « L'avarice est un péché... » dit-il en souriant.

Jakub fit observer qu'il n'avait jamais rencontré quelqu'un qui croyait en Dieu avec tant de ferveur tout en sachant à ce point jouir de la vie.

« C'est sans doute parce que vous n'avez jamais rencontré de vrai chrétien. La parole de l'Évangile, comme vous le savez, est un message de joie. Jouir de la vie, c'est l'enseignement le plus important de Jésus. »

Olga jugea qu'elle avait là une occasion d'intervenir dans la conversation : « Autant que je puisse me fier à ce que disaient nos professeurs, les chrétiens ne voyaient dans la vie terrestre qu'une vallée de larmes et se réjouissaient à l'idée que la vraie vie commencerait pour eux après leur mort.

— Chère mademoiselle, dit Bertlef, ne croyez pas les professeurs.

142

— Et tous les saints, poursuivit Olga, n'ont jamais fait que renoncer à la vie. Au lieu de faire l'amour, ils se flagellaient, au lieu de discuter comme vous et moi, ils se retiraient dans des ermitages, et au lieu de commander leur dîner par téléphone, ils mâchaient des racines.

— Vous ne comprenez rien aux saints, mademoiselle. Ces gens-là étaient infiniment attachés aux plaisirs de la vie. Seulement, ils y accédaient par d'autres moyens. Selon vous, qu'est-ce que le plaisir suprême pour l'homme ? Vous pouvez essayer de deviner, mais vous vous tromperez, parce que vous n'êtes pas assez sincère. Ce n'est pas un reproche, car la sincérité exige la connaissance de soi et la connaissance de soi est le fruit de l'âge. Mais comment une jeune femme qui rayonne comme vous de jeunesse pourrait-elle être sincère ? Elle ne peut pas être sincère parce qu'elle ne sait même pas ce qu'il y a en elle. Mais si elle le savait, elle devrait admettre avec moi que le plus grand plaisir c'est d'être admiré. Vous n'êtes pas de cet avis ? »

Olga répondit qu'elle connaissait de plus grands plaisirs.

« Non, dit Bertlef. Prenez par exemple votre coureur à pied, celui que tous les enfants connaissent parce qu'il a remporté coup sur coup trois victoires olympiques. Pensez-vous qu'il ait renoncé à la vie ? Et pourtant, au lieu de causer, de faire l'amour et de faire bonne chère, il a certainement fallu qu'il passe son temps à tourner sans cesse en rond sur un stade. Son entraînement ressemblait beaucoup à ce que faisaient nos saints les plus célèbres. Saint Macaire d'Alexandrie, quand il était au désert, remplissait régulièrement une corbeille de sable, la mettait sur son dos et parcourait ainsi jour après jour d'interminables étendues jusqu'à l'épuisement total. Mais il existait certainement, pour votre coureur comme pour saint Macaire d'Alexandrie, une grande récompense qui les payait largement de tout leur effort. Savez-vous ce que c'est, entendre les applaudissements d'un immense stade olympique ? Il n'y a pas de plus grande joie ! Saint Macaire d'Alexandrie savait pourquoi il portait une corbeille de sable sur son dos. La gloire de ses marathons dans le désert s'est bientôt répandue dans toute la chrétienté. Et saint Macaire d'Alexandrie était comme votre coureur. Votre coureur aussi a d'abord triomphé au cinq mille mètres, puis au dix mille et finalement ça ne lui a pas suffi et il a aussi remporté le marathon. Le désir d'être admiré est insatiable. Saint Macaire est allé dans un monastère de Thèbes sans se faire reconnaître et a demandé à y être admis comme membre. Mais ensuite, quand l'époque du grand carême est arrivée, ça a été son heure de gloire. Tous les moines jeûnaient assis, mais lui, il est resté debout pendant les quarante jours du jeûne ! Ça a été un triomphe dont vous n'avez aucune idée ! Ou bien, rappelez-vous saint Siméon Stylite ! Il a construit dans le désert une colonne au sommet de laquelle il n'y avait qu'une étroite plate-forme. On ne pouvait pas s'y asseoir, il fallait s'y tenir debout. Et il y est resté debout pendant toute sa vie et toute la chrétienté admirait avec enthousiasme cet incroyable record d'un homme qui semblait dépasser les limites humaines.

144

Saint Siméon Stylite, c'était le Gagarine du cinquième siècle. Pouvez-vous imaginer le bonheur de sainte Geneviève de Paris le jour où une mission commerciale galloise lui a appris que saint Siméon Stylite avait entendu parler d'elle et la bénissait du haut de sa colonne ? Et pourquoi pensez-vous qu'il cherchait à battre un record ? Peut-être parce qu'il ne se souciait ni de la vie ni des hommes ? Ne soyez pas naïve ! Les Pères de l'Église savaient fort bien que saint Siméon Stylite était vaniteux et ils l'ont mis à l'épreuve. Au nom de l'autorité spirituelle, ils lui ont donné l'ordre de descendre de sa colonne et de renoncer à la compétition. Ça a été un rude coup pour saint Siméon Stylite ! Mais, soit par sagesse soit par ruse, il a obéi. Les Pères de l'Église n'étaient pas hostiles à ses records, mais ils voulaient être certains que la vanité de saint Siméon ne l'emportait pas sur son sens de la discipline. Quand ils l'ont vu descendre tristement de son perchoir ils lui ont aussitôt donné l'ordre d'y remonter, de sorte que saint Siméon a pu mourir sur sa colonne entouré de l'amour et de l'admiration du monde. »

Olga écoutait attentivement et, en entendant les derniers mots de Bertlef, elle se mit à rire.

« Ce formidable désir d'admiration n'a rien de risible, je le trouve plutôt émouvant, dit Bertlef. Celui qui désire être admiré est attaché à ses semblables, il tient à eux, il ne peut pas vivre sans eux. Saint Siméon Stylite est seul dans le désert sur un mètre carré de colonne. Et pourtant, il est avec tous les hommes ! Il imagine des millions d'yeux qui se lèvent vers lui. Il est présent dans des millions de pensées et il s'en réjouit.

C'est là un grand exemple d'amour de l'homme et d'amour de la vie. Vous ne vous douteriez pas, chère mademoiselle, à quel point Siméon Stylite continue de vivre en chacun de nous. Et il est, aujourd'hui encore, le pôle le meilleur de notre être. »

On frappa à la porte et un garçon entra dans la chambre en poussant devant lui un chariot chargé de nourriture. Il déplia une nappe sur la table et mit le couvert. Bertlef fouilla dans la boîte à cigares et fourra dans la poche du garçon une poignée de pièces de monnaie. Ensuite, on commença à manger et le garçon était campé derrière la table, versant le vin et servant les différents plats.

Bertlef commentait avec gourmandise la saveur de chaque mets et Skreta fit observer qu'il ne savait depuis combien de temps il n'avait pas fait un aussi bon repas. « Peut-être la dernière fois que ma mère m'a fait la cuisine, mais j'étais encore tout petit. Je suis orphelin depuis l'âge de cinq ans. Le monde qui m'entourait était un monde étranger et la cuisine aussi me paraissait étrangère. L'amour de la nourriture naît de l'amour du prochain.

— C'est tout à fait exact, dit Bertlef, en portant à ses lèvres une bouchée de viande de bœuf.

— L'enfant abandonné perd l'appétit. Croyez-moi, aujourd'hui encore, ça me fait mal de n'avoir ni père ni mère. Croyez-moi, aujourd'hui encore, tout vieux que je suis, je donnerais n'importe quoi pour avoir un papa.

— Vous surestimez les relations familiales, dit Bertlef. Tous les hommes sont vos prochains. N'oubliez pas ce qu'a dit Jésus quand on a voulu le rappeler auprès de sa mère et de ses frères. Il a montré ses disciples et il a dit : c'est ici que sont ma mère et mes frères.

— Et pourtant la Sainte Église, tenta de répliquer le docteur Skreta, n'avait pas la moindre envie d'abolir la famille ou de la remplacer par la libre communauté de tous.

— Il y a une différence entre la Sainte Église et Jésus. Et saint Paul, si vous me permettez de le dire, est à mes yeux le continuateur mais aussi le falsificateur de Jésus. D'abord, il y a ce soudain passage de Saül à Paul ! Comme si nous n'avions pas connu suffisamment de ces fanatiques passionnés qui troquent une foi pour une autre en l'espace d'une nuit ? Et qu'on ne vienne pas me dire que les fanatiques sont guidés par l'amour ! Ce sont des moralistes qui marmonnent leurs dix commandements. Mais Jésus n'était pas un moraliste. Rappelez-vous ce qu'il a dit, quand on lui a reproché de ne pas célébrer le Sabbat. Le Sabbat est pour l'homme et l'homme n'est pas pour le Sabbat. Jésus aimait les femmes ! Et pouvez-vous imaginer saint Paul sous les traits d'un amant ? Saint Paul me condamnerait parce que j'aime les femmes. Mais pas Jésus. Je ne vois rien de mal dans le fait d'aimer les femmes et beaucoup de femmes, et d'être aimé des femmes, de beaucoup de femmes. » Bertlef souriait, et son sourire exprimait une grande autodélection : « Mes amis, je n'ai pas eu la vie facile et j'ai plus d'une fois regardé la mort dans les yeux. Mais il y a une chose pour laquelle Dieu s'est montré généreux envers moi. J'ai eu une multitude de femmes et elles m'ont aimé. »

Les convives avaient terminé leur repas et le garçon

commençait à desservir la table quand on frappa de nouveau à la porte. C'étaient des coups faibles et timides qui semblaient quémander un encouragement. « Entrez ! » dit Bertlef.

La porte s'ouvrait, un enfant entra. C'était une fillette qui pouvait avoir cinq ans ; elle portait une robe blanche à volants, ceinte d'un large ruban blanc attaché dans le dos par un grand nœud dont les pointes ressemblaient à deux ailes. Elle tenait à la main la tige d'une fleur : un grand dahlia. En voyant dans la pièce tant de gens qui semblaient tous stupéfaits et tournaient vers elle leur regard, elle s'arrêta, n'osant pas aller plus loin.

Mais Bertlef se leva, son visage s'illumina, et il dit : « N'aie pas peur, petit ange, viens. »

Et l'enfant, voyant le sourire de Bertlef et comme si elle y prenait appui, rit aux éclats et se mit à courir vers Bertlef qui lui prit la fleur et lui donna un baiser sur le front.

Tous les convives et le garçon observaient cette scène avec surprise. L'enfant, avec le grand nœud blanc dans le dos, ressemblait vraiment à un petit ange. Et Bertlef debout, penché en avant avec le dahlia dans la main, faisait songer aux statues baroques des saints que l'on voit sur les places des petites villes.

« Chers amis, dit-il, en se tournant vers ses invités, j'ai passé avec vous un très agréable moment et j'espère qu'il en va de même pour vous. Je resterais volontiers avec vous jusqu'à une heure avancée de la nuit, mais comme vous le voyez, je ne le peux pas. Ce bel ange est venu pour m'appeler auprès d'une personne qui m'attend. Je vous l'ai dit, la vie m'a frappé de toutes sortes de façons, mais les femmes m'ont aimé. »

Bertlef tenait d'une main la fleur de dahlia contre sa poitrine et de l'autre il touchait l'épaule de la fillette. Il adressa un salut au petit groupe de ses invités. Olga le trouvait ridiculement théâtral et elle se réjouissait de le voir partir et de se retrouver enfin seule avec Jakub.

Bertlef fit demi-tour et se dirigea vers la porte en donnant la main à la fillette. Avant de sortir, il se pencha sur la boîte à cigares et mit dans sa poche une abondante poignée de pièces d'argent.

11

Le garçon rangea les assiettes sales et les bouteilles vides sur le chariot et quand il fut sorti de la pièce, Olga demanda :

« Qui était cette petite fille ?

— Je ne l'ai jamais vue, dit Skreta.

— Elle avait vraiment l'air d'un petit ange, dit Jakub.

— Un ange qui lui procure des maîtresses ? fit Olga.

— Oui, dit Jakub. Un ange proxénète et entremetteur. C'est bien comme ça que je me représente son ange gardien.

— Je ne sais pas si c'était un ange, dit Skreta, mais ce qu'il y a de curieux, c'est que je n'ai encore jamais vu cette petite fille, bien que je connaisse presque tout le monde ici.

— Dans ce cas, je ne trouve qu'une explication, dit Jakub. Elle n'était pas de ce monde.

— Que ce soit un ange ou la fille d'une femme de chambre, je peux vous garantir une chose, dit Olga, il n'est pas allé rejoindre une femme ! Ce type est affreusement vaniteux et il ne fait que se vanter.

— Je le trouve sympathique, dit Jakub.

— C'est possible, dit Olga, mais je persiste à penser que c'est le type le plus vaniteux qui existe. Je vous parie qu'une heure avant notre arrivée il a donné une poignée de pièces de cinquante cents à cette petite fille et qu'il lui a demandé de venir le trouver avec une fleur à l'heure convenue. Les croyants ont un sens aigu de la mise en scène des miracles.

— Je souhaite vivement que vous ayez raison, dit le docteur Skreta. En effet, M. Bertlef est gravement malade et une nuit d'amour lui fait courir un grand danger.

— Vous voyez bien que j'avais raison. Toutes ses allusions aux femmes ne sont que fanfaronnades.

— Chère mademoiselle, dit le docteur Skreta, je suis son médecin et son ami et pourtant je n'en suis pas si sûr. Je me pose la question.

— Est-il vraiment si malade ? demanda Jakub.

— Et pourquoi penses-tu qu'il habite ici depuis près d'un an et que sa jeune femme, à laquelle il est extrêmement attaché, ne vient l'y rejoindre que de temps en temps ?

— Et c'est un peu morne ici sans lui, tout à coup », dit Jakub.

C'était vrai, ils se sentaient tous trois soudain abandonnés et ils n'avaient pas envie de rester plus longtemps dans cette chambre où ils n'étaient pas chez eux.

Skreta se leva de sa chaise : « Nous allons raccompagner Mlle Olga chez elle et ensuite nous ferons un tour. Nous avons beaucoup de choses à discuter. »

Olga protesta : « Je n'ai pas encore envie d'aller me coucher !

— Au contraire, il est grand temps. Je vous l'ordonne en tant que médecin », dit sévèrement Skreta.

Ils sortirent du Richmond et s'engagèrent dans le jardin public. Chemin faisant, Olga trouva l'occasion de dire à mi-voix à Jakub : « Je voulais passer la soirée avec toi... »

Mais Jakub se contenta de hausser les épaules, car Skreta imposait impérieusement sa volonté. Ils reconduisirent la jeune femme au foyer Karl-Marx et, devant son ami, Jakub ne lui caressa même pas les cheveux comme il en avait l'habitude. L'antipathie du docteur pour les seins qui ressemblaient à des prunes le décourageait. Il lisait la déception sur le visage d'Olga et était contrarié de lui faire de la peine.

« Alors, qu'en penses-tu ? demanda Skreta quand il se retrouva seul avec son ami dans l'allée du jardin public. Tu m'as entendu, quand j'ai dit que j'avais besoin d'un père. Une pierre aurait eu pitié de moi. Et lui, il se met à parler de saint Paul ! Est-il vraiment incapable de comprendre ? Voici deux ans que je lui explique que je suis orphelin, deux ans que je lui vante les avantages du passeport américain. J'ai fait mille allusions, en passant, à différents cas d'adoption. D'après mes calculs, toutes ces allusions auraient dû

151

depuis longtemps lui donner l'idée de m'adopter.

— Il est trop fasciné par lui-même, dit Jakub.

— C'est ça, acquiesça Skreta.

— S'il est gravement malade, ce n'est pas surprenant, dit Jakub. Va-t-il vraiment aussi mal que tu le dis ?

— Encore plus mal, dit Skreta. Il y a six mois, il a eu un nouvel et très grave infarctus, et depuis il lui est interdit d'entreprendre un long voyage et il vit ici comme un prisonnier. Sa vie est suspendue à un fil. Et il le sait.

— Tu vois, dit Jakub, en ce cas-là tu aurais dû comprendre depuis longtemps que la méthode des allusions est mauvaise, parce que n'importe quelle allusion ne provoque en lui qu'une réflexion sur lui-même. Tu devrais lui présenter ta demande sans détour. Il y accéderait certainement, parce qu'il aime faire plaisir. Cela correspond à l'idée qu'il se fait de lui-même. Il veut faire plaisir à ses semblables.

— Tu es un génie ! s'écria Skreta et il s'arrêta. C'est simple comme l'œuf de Colomb et c'est exactement ça ! Et, imbécile que je suis, j'ai perdu deux ans de ma vie, parce que je n'ai pas su le déchiffrer ! J'ai passé deux ans de ma vie en détours inutiles ! Et c'est ta faute, parce que tu aurais dû me donner un conseil depuis longtemps.

— Et toi ! Il y a longtemps qu'il fallait me poser la question !

— Tu n'es pas venu me voir depuis deux ans ! »

Les deux amis marchaient dans le parc envahi par l'obscurité et respiraient l'air frais de l'automne commençant.

« Maintenant que je l'ai fait père, je mérite peut-être qu'il fasse de moi son fils ! » dit Skreta.

Jakub acquiesça.

« Le malheur, poursuivit Skreta, après un long silence, c'est qu'on est entouré d'imbéciles. Est-ce qu'il y a quelqu'un dans cette ville à qui je puisse demander conseil ? Pour peu qu'on naisse intelligent, on se trouve d'emblée en exil absolu. Je ne pense à rien d'autre, parce que c'est ma spécialité : l'humanité produit une incroyable quantité d'imbéciles. Plus un individu est bête, plus il a envie de procréer. Les êtres parfaits engendrent au plus un seul enfant, et les meilleurs, comme toi, décident de ne pas procréer du tout. C'est un désastre. Et moi, je passe mon temps à rêver d'un univers où l'homme ne viendrait pas au monde parmi des étrangers mais parmi ses frères. »

Jakub écoutait les paroles de Skreta et n'y trouvait pas grand-chose d'intéressant. Skreta poursuivait :

« Ne crois pas qu'il s'agisse d'une phrase ! Je ne suis pas un homme politique mais un médecin et le mot frère a pour moi un sens précis. Sont frères ceux qui ont au moins une mère ou un père commun. Tous les fils de Salomon, bien qu'ils soient nés de cent mères différentes, étaient frères. Ce devait être magnifique ! Qu'en penses-tu ? »

Jakub aspirait l'air frais et ne trouvait rien à dire.

« Évidemment, reprit Skreta, il est très difficile de contraindre les gens à s'unir sexuellement pour le bien des générations futures. Mais ce n'est pas de cela qu'il s'agit. En notre siècle, il doit quand même y avoir d'autres moyens de résoudre le problème de la procréation rationnelle des enfants. On ne peut pas confondre éternellement amour et procréation. »

Jakub approuva cette idée.

« Seulement, la seule chose qui t'intéresse, toi, c'est de débarrasser l'amour de la procréation, dit Skreta. Pour moi, il s'agit plutôt de débarrasser la procréation de l'amour. Je voulais t'initier à mon projet. C'est ma semence qu'il y a dans l'éprouvette. »

Cette fois, l'attention de Jakub était en éveil.

« Qu'en dis-tu ?

— Je trouve que c'est une idée magnifique ! dit Jakub.

— Extraordinaire ! dit Skreta. Par ce moyen j'ai déjà guéri pas mal de femmes de leur stérilité. N'oublie pas que si beaucoup de femmes ne peuvent pas avoir d'enfants, c'est uniquement parce que le mari est stérile. J'ai une grosse clientèle dans tout le pays et, depuis quatre ans, je suis chargé des examens gynéco-logiques au dispensaire de la ville. C'est une bagatelle d'approcher une seringue à injection de l'éprouvette et d'inoculer ensuite à la femme examinée le liquide fécondant.

— Et combien as-tu d'enfants ?

— Je fais ça depuis plusieurs années, mais je ne tiens qu'une comptabilité très approximative. Je ne peux pas être toujours certain de ma paternité, parce que mes malades me sont, si je puis dire, infidèles avec leurs maris. Et aussi, elles repartent chez elles, et il arrive que je ne sache jamais si le traitement a réussi. Les choses sont plus claires avec les malades d'ici. »

Skreta se tut et Jakub s'abandonnait à une tendre rêverie. Le projet de Skreta l'enchantait et il était ému,

154

car il reconnaissait en lui son vieil ami et l'incorrigible rêveur : « Ce doit être rudement bien d'avoir des enfants de tant de femmes... dit-il.

— Et tous sont frères », ajouta Skreta.

Ils marchaient, respiraient l'air parfumé et se taisaient. Skreta reprit la parole :

« Tu sais, je me dis souvent que même s'il y a ici bien des choses qui nous déplaisent, nous sommes responsables de ce pays. Ça me fiche en rogne de ne pas pouvoir voyager librement à l'étranger, mais je ne pourrais jamais calomnier mon pays. Il faudrait d'abord que je me calomnie moi-même. Et qui d'entre nous a jamais rien fait pour que ce pays soit meilleur ? Qui d'entre nous a jamais rien fait pour qu'on puisse y vivre ? Pour que ce soit un pays où l'on puisse se sentir chez soi ? Seulement, se sentir chez soi... » Skreta baissa la voix et se mit à parler avec tendresse : « Se sentir chez soi c'est se sentir parmi les siens. Et comme tu as dit que tu allais partir, j'ai pensé que je devais te convaincre de participer à mon projet. J'ai une éprouvette pour toi. Tu seras à l'étranger et ici tes enfants viendront au monde. Et d'ici dix ou vingt ans tu verras quel pays splendide ce sera ! »

Il y avait une lune ronde dans le ciel (elle y restera jusqu'à la dernière nuit de notre récit, que nous pouvons pour cette raison qualifier de *récit lunaire*) et le docteur Skreta raccompagna Jakub au Richmond : « Il ne faut pas que tu partes demain, dit-il.

— Il le faut. On m'attend, dit Jakub, mais il savait qu'il se laisserait convaincre.

— Ça ne rime à rien, dit Skreta, je suis content que mon projet te plaise. Demain, on va le discuter à fond. »

Quatrième journée

1

Mᵐᵉ Klima s'apprêtait à sortir, mais son mari était encore couché.

« Tu ne devais pas sortir, ce matin, toi aussi ? demanda-t-elle.

— A quoi bon me dépêcher ! J'ai le temps d'aller retrouver ces crétins », répondit Klima. Il bâilla et se tourna sur l'autre côté.

Il lui avait annoncé l'avant-veille en pleine nuit qu'il avait dû prendre l'engagement, à cette harassante conférence, d'aider les groupes de musiciens amateurs et qu'en conséquence il donnerait un concert en soirée, le jeudi suivant, dans une petite ville d'eaux avec un pharmacien et un médecin qui jouaient du jazz. Il disait tout cela en vociférant, mais Mᵐᵉ Klima le regardait en face et voyait clairement que ces injures n'exprimaient pas une indignation sincère puisqu'il n'y avait pas de concert du tout et que Klima l'avait inventé dans le seul dessein de s'assurer du temps pour une de ses intrigues amoureuses. Elle lisait sur son visage ; il ne pouvait rien lui cacher. Quand il se tourna sur l'autre côté, en jurant, elle comprit aussitôt qu'il n'avait pas sommeil, mais qu'il voulait lui dissimuler son visage et l'empêcher de le scruter.

Puis elle s'en alla au théâtre. Quand la maladie, des années plus tôt, l'avait privée des feux de la rampe, Klima lui avait trouvé une place de secrétaire. Ce n'était pas déplaisant, elle rencontrait quotidiennement des gens intéressants et pouvait aménager assez librement son emploi du temps. Elle s'assit à son bureau pour rédiger plusieurs lettres officielles, mais elle ne parvenait pas à se concentrer.

Il n'est rien comme la jalousie pour absorber un être humain tout entier. Quand Kamila avait perdu sa mère, un an plus tôt, c'était certainement une chose plus tragique qu'une escapade du trompettiste. Pourtant, la mort de sa mère, qu'elle aimait immensément, la faisait moins souffrir. Cette souffrance se parait charitablement de multiples couleurs : en elle, il y avait de la tristesse, de la nostalgie, de l'émotion, du repentir (Kamila avait-elle suffisamment pris soin de sa mère ? ne l'avait-elle pas négligée ?) et aussi un sourire serein. Cette souffrance s'éparpillait charitablement dans toutes les directions : les pensées de Kamila rebondissaient contre le cercueil maternel et s'envolaient vers des souvenirs, vers sa propre enfance, plus loin encore, jusque vers l'enfance de sa mère, elles s'envolaient vers des dizaines de soucis pratiques, elles s'envolaient vers l'avenir qui était ouvert et où, comme une consolation (oui, c'étaient des jours exceptionnels où son mari était pour elle une consolation), se dessinait la silhouette de Klima.

La souffrance de la jalousie, au contraire, n'évoluait pas dans l'espace, elle tournait comme une fraise autour d'un point unique. Il n'y avait pas de dispersion. Si la mort de la mère avait ouvert la porte d'un avenir (différent, plus solitaire et aussi plus adulte), la douleur causée par l'infidélité de l'époux n'ouvrait aucun avenir. Tout était concentré dans l'unique (et immuablement présente) vision du corps infidèle, dans l'unique (et immuablement présent) reproche. Quand elle avait perdu sa mère, elle pouvait écouter de la musique, elle pouvait même lire ; quand elle était jalouse, elle ne pouvait rien faire du tout.

La veille déjà, elle avait eu l'idée de partir pour la ville d'eaux, afin de vérifier l'existence du concert suspect, mais elle avait aussitôt renoncé, parce qu'elle savait que sa jalousie faisait horreur à Klima et qu'elle ne devait pas la lui manifester ouvertement. Mais la jalousie tournait en elle comme un moteur emballé et elle ne put s'empêcher de décrocher le téléphone. Elle se dit, pour se justifier, qu'elle téléphonait à la gare sans intention précise, seulement par distraction, parce qu'elle ne parvenait pas à se concentrer sur la rédaction de la correspondance administrative.

Quand elle sut que le train partait à 11 heures du matin, elle s'imagina parcourant des rues inconnues, cherchant une affiche avec le nom de Klima, allant au syndicat d'initiative demander si l'on était au courant d'un concert où son mari devait se produire, et elle s'entendait répondre qu'il n'y avait pas de concert et elle errait, misérable et trompée, dans une ville déserte et étrangère. Et elle s'imagina ensuite comment Klima, le lendemain, lui parlerait du concert et comment elle l'interrogerait sur les détails. Elle le regarderait en face, elle écouterait ses inventions et elle boirait avec une amère volupté l'infusion vénéneuse de ses mensonges.

Mais elle se dit aussitôt qu'elle ne devait pas se conduire ainsi. Non, elle ne pouvait pas rester pendant des journées et des semaines entières à épier et à nourrir les visions de sa jalousie. Elle redoutait de le perdre, et à cause de cette peur elle finirait par le perdre !

Mais une autre voix répondait aussitôt avec une naïveté rusée : Mais non, elle n'allait pas l'espionner ! Klima lui avait affirmé qu'il allait donner un concert et elle le croyait ! C'était justement parce qu'elle ne voulait plus être jalouse qu'elle prenait au sérieux, qu'elle acceptait sans soupçons ses affirmations ! Ne lui avait-il pas dit qu'il allait là-bas sans plaisir et qu'il craignait de passer une journée et une soirée moroses ! C'était donc uniquement pour lui préparer une agréable surprise qu'elle décidait d'aller le rejoindre là-bas ! Au moment où Klima, à la fin du concert, saluerait avec dégoût en songeant à l'épuisant voyage de retour, elle se glisserait au pied de la scène, il la verrait et ils se mettraient à rire tous les deux !

Elle remit au directeur les lettres écrites avec difficulté. Elle était bien vue au théâtre. On appréciait que la femme d'un musicien célèbre se montre modeste et amicale. La tristesse qui émanait d'elle parfois avait quelque chose de désarmant. Le directeur ne pouvait rien lui refuser. Elle promit d'être de retour le vendredi après-midi et de rester tard au théâtre pour rattraper le temps perdu.

162

2

Il était 10 heures et Olga venait de recevoir des mains de Ruzena, comme chaque jour, un grand drap blanc et une clé. Elle entra dans une cabine, retira ses vêtements, les suspendit à un cintre, jeta sur elle le drap comme une toge antique, ferma la cabine à clé, remit la clé à Ruzena et se dirigea vers la salle du fond où se trouvait la piscine. Elle jeta le drap sur la balustrade et descendit les marches pour entrer dans l'eau où beaucoup d'autres femmes se baignaient déjà. La piscine n'était pas grande, mais Olga était persuadée que la natation était nécessaire à sa santé et elle tenta de faire quelques brasses. Elle agitait l'eau qui gicla dans la bouche volubile d'une dame. « Vous êtes folle ? cria cette dame à Olga d'une voix pincée, ce n'est pas un bassin de natation ! »

Les femmes étaient assises au bord du bassin comme de gros crapauds. Olga en avait peur. Elles étaient toutes plus âgées qu'elle, elles étaient plus robustes, elles avaient davantage de graisse et de peau. Elle s'assit donc parmi elles, humiliée, et resta immobile, le sourcil froncé.

Soudain, elle aperçut un jeune homme à l'entrée de la salle ; il était petit et portait un blue-jean et un pull-over troué.

« Qu'est-ce que ce type fait ici ? » s'écria-t-elle.

Toutes les femmes suivirent la direction du regard d'Olga et se mirent à glousser et à glapir.

163

A ce moment, Ruzena entra dans la salle et cria : « Vous avez la visite de cinéastes. Ils vont vous filmer pour les actualités. »

Les femmes, dans la piscine, firent entendre un gros rire.

Olga protesta : « Qu'est-ce que c'est que cette histoire !

— Ils ont obtenu l'autorisation de la direction, dit Ruzena.

— Je me fiche de la direction, personne ne m'a consultée ! » s'écria Olga.

Le jeune homme au pull-over troué (il portait autour du cou un instrument servant à mesurer l'intensité de la lumière) s'était approché du bassin et regardait Olga avec un rictus qu'elle trouvait obscène : « Mademoiselle, vous allez affoler des milliers de spectateurs, quand ils vous verront sur l'écran ! »

Les femmes répondirent par un nouvel éclat de rire et Olga dissimula sa poitrine avec ses mains (ce n'était pas difficile car, comme nous le savons, ses seins ressemblaient à deux prunes) et elle se recroquevilla derrière les autres.

Deux autres types en blue-jeans s'avancèrent vers la piscine et le plus grand déclara : « S'il vous plaît, conduisez-vous naturellement comme si nous n'étions pas là. »

Olga tendit la main vers la balustrade où son drap était suspendu. Elle l'enroula autour de son corps sans sortir de la piscine puis elle monta les marches et posa le pied sur le sol carrelé de la salle ; le drap était mouillé et dégoulinait.

« Merde ! Ne partez pas comme ça ! cria le jeune homme au pull-over troué.

— Vous devez rester encore un quart d'heure dans le bassin ! cria à son tour Ruzena.

— Elle est pudique ! s'esclaffait la piscine derrière son dos.

— Elle a peur qu'on la lui vole, sa beauté ! dit Ruzena.

— Vous l'avez vue, la princesse ! fit une voix dans la piscine.

— Bien entendu, celles qui ne veulent pas qu'on les filme peuvent s'en aller, dit d'une voix tranquille le grand type en jean.

— Nous n'avons pas honte, nous autres ! Nous sommes de belles femmes ! » dit une grosse dame d'une voix claironnante, et la surface du bassin se tordit de rire.

« Mais il ne faut pas que cette demoiselle s'en aille ! Il lui reste encore un quart d'heure ! » protestait Ruzena en suivant des yeux Olga qui gagnait obstinément le vestiaire.

3

On ne peut pas en vouloir à Ruzena d'être de mauvaise humeur. Mais pourquoi était-elle à ce point irritée qu'Olga refuse de se laisser filmer ? Pourquoi s'identifiait-elle totalement à la foule des grosses femmes qui avaient accueilli l'arrivée des hommes par de joyeux piaillements ?

Et, au fait, pourquoi ces grosses femmes avaient-elles si joyeusement glapi ? N'était-ce pas parce qu'elles voulaient afficher leur beauté devant de jeunes hommes et les séduire ?

Assurément pas. Leur ostensible impudeur venait justement de la certitude de ne disposer d'aucun pouvoir de séduction. Elles étaient pleines de rancune pour la jeunesse des femmes et souhaitaient exposer leurs corps sexuellement inutilisables pour calomnier et tourner en dérision la nudité féminine. Elles voulaient se venger et torpiller avec la disgrâce de leur corps la gloire de la beauté féminine, car elles savaient que les corps, qu'ils soient beaux ou informes, sont en fin de compte les mêmes et que l'informe projette son ombre sur le beau en chuchotant à l'oreille de l'homme : regarde, la voici la vérité de ce corps qui t'ensorcelle ! Regarde, ce gros téton flasque est la même chose que ce sein que tu adores comme un insensé.

La joyeuse impudeur des grosses dames de la piscine était une ronde nécrophile autour de la fugacité de la jeunesse et une ronde d'autant plus joyeuse qu'une jeune femme était présente dans la piscine pour servir de victime. Quand Olga s'était enveloppée dans le drap de bain, elles avaient interprété ce geste comme un sabotage de leur rite cruel et elles s'étaient mises en furie.

Mais Ruzena n'était ni grosse ni vieille, elle était même plus jolie qu'Olga ! Alors, pourquoi ne s'était-elle pas solidarisée avec elle ?

166

Si elle avait décidé d'avorter et si elle avait été persuadée qu'un amour heureux l'attendait avec Klima, elle eût réagi tout autrement. La conscience d'être aimée sépare la femme du troupeau et Ruzena aurait vécu avec ravissement son inimitable singularité. Elle aurait vu dans les grosses dames des ennemies et dans Olga une sœur. Elle lui serait venue en aide, comme la beauté vient en aide à la beauté, le bonheur à un autre bonheur, l'amour à un autre amour.

Mais la nuit passée, Ruzena avait très mal dormi et elle avait décidé qu'elle ne pouvait pas compter sur l'amour de Klima, de sorte que tout ce qui la séparait du troupeau lui faisait l'effet d'une illusion. La seule chose qu'elle possédât, c'était dans son ventre ce germe bourgeonnant protégé par la société et la tradition. La seule chose qu'elle possédât, c'était la glorieuse universalité du destin féminin qui lui promettait de combattre pour elle.

Et ces femmes, dans la piscine, représentaient justement la féminité dans ce qu'elle a d'universel : la féminité de l'enfantement, de l'allaitement, du dépérissement éternels, la féminité qui ricane à la pensée de cette seconde fugace où la femme croit être aimée et où elle a le sentiment d'être une inimitable individualité.

Entre une femme qui est convaincue d'être unique, et les femmes qui ont revêtu le linceul de l'universelle destinée féminine, il n'y a pas de conciliation possible. Après une nuit d'insomnie lourde de réflexions, Ruzena s'était (pauvre trompettiste !) rangée du côté de ces femmes-là.

4

Jakub tenait le volant, et Bob, assis près de lui sur le siège avant, tournait à chaque instant la tête de son côté pour lui lécher le visage. Après les derniers pavillons de la petite ville se dressaient des immeubles-tours. Ils n'étaient pas ici l'année passée et Jakub les trouvait hideux. Au milieu du paysage verdoyant, ils étaient comme des balais sur un pot de fleurs. Jakub caressait Bob qui contemplait le paysage d'un œil satisfait et il songeait que Dieu s'était montré charitable envers les chiens de n'avoir pas inculqué dans leur tête le sens de la beauté.

Le chien lui lécha de nouveau le visage (il sentait peut-être que Jakub pensait constamment à lui) et Jakub se dit que dans son pays les choses ne s'amélioraient pas et n'empiraient pas non plus, mais qu'elles devenaient de plus en plus risibles : il y avait naguère été victime de la chasse à l'homme, et la veille il y avait assisté à une chasse aux chiens, comme si c'était encore et toujours le même spectacle dans une autre distribution. Des retraités y tenaient les rôles de juges d'instruction et de gardiens, les hommes d'État emprisonnés étaient interprétés par un boxer, un bâtard, et un lévrier.

Il se souvint qu'à Prague, quelques années plus tôt, ses voisins avaient trouvé leur chat devant la porte de leur logement avec deux clous plantés dans les yeux, la langue tranchée et les pattes ligotées. Les gosses de la

168

rue jouaient aux adultes. Jakub caressa Bob sur la tête et gara la voiture devant l'auberge.

Quand il descendit, il pensa que le chien allait s'élancer joyeusement jusqu'à la porte de son logis. Mais au lieu de se mettre à courir, Bob bondissait autour de Jakub et voulait jouer. Pourtant, lorsqu'une voix cria *Bob !* le chien partit comme une flèche vers la femme debout sur le seuil.

« Tu es un incorrigible vagabond », dit-elle et elle demanda à Jakub, en lui présentant des excuses, depuis combien de temps le chien l'importunait.

Quand Jakub répondit que le chien avait passé la nuit chez lui et qu'il venait de le ramener en voiture, la femme se confondit en bruyants remerciements et le pria d'entrer. Elle le fit asseoir dans une salle spéciale où avaient sans doute lieu les banquets des sociétés et elle partit en courant chercher son mari.

Elle revint au bout d'un instant, accompagnée d'un homme jeune qui s'assit à côté de Jakub et lui tendit la main : « Vous devez être un bien chic type pour être venu ici en voiture exprès pour ramener Bob. Ce chien est idiot et ne fait que se balader. Mais on l'aime bien. Vous mangerez bien un morceau ?

— Avec plaisir », dit Jakub et la femme courut à la cuisine. Puis Jakub raconta comment il avait sauvé Bob d'une meute de retraités.

« Les salauds ! s'écria l'homme, puis, tournant la tête vers la cuisine, il appela sa femme : Vera ! Viens ici ! Tu as entendu ce qu'ils font, en bas, ces salauds ! »

Vera revint dans la salle avec un plateau où fumait une assiette de potage. Elle s'assit et Jakub dut reprendre le récit de son aventure de la veille. Le chien était assis sous la table et se laissait gratter derrière l'oreille.

Quand Jakub eut terminé son potage, l'homme se leva à son tour, courut à la cuisine et en rapporta du rôti de porc aux knödels.

Jakub était près de la fenêtre et se sentait bien. L'homme maudissait les gens d'en bas (Jakub était fasciné : l'homme considérait son restaurant comme un lieu haut, comme un Olympe, comme un point de recul et de hauteur) et la femme revint en tenant par la main un bambin de deux ans : « Remercie le monsieur, dit-elle, il t'a ramené Bob. »

Le bambin grommela quelques mots incompréhensibles et rit à Jakub. Dehors, il y avait du soleil et le feuillage jaunissant s'inclinait paisiblement vers la fenêtre ouverte. Il n'y avait pas un bruit. L'auberge était bien haut au-dessus du monde et on y trouvait la paix.

Tout en refusant de procréer, Jakub aimait les enfants : « Vous avez un joli petit garçon, dit-il.

— Il est marrant, dit la femme. Je ne sais de qui il tient ce grand pif. »

Jakub se souvint du nez de son ami et dit : « Le docteur Skreta m'a dit qu'il s'est occupé de vous.

— Vous connaissez le docteur ? demanda l'homme gaiement.

— C'est mon ami, dit Jakub.

— Nous lui sommes très reconnaissants », dit la jeune mère, et Jakub pensa que l'enfant était probablement l'une des réussites du projet eugénique de Skreta.

« Ce n'est pas un médecin, c'est un sorcier », dit l'homme avec admiration.

Jakub songea qu'en ce lieu où régnait la paix de Bethléem, ces trois personnages étaient la *sainte famille* et que leur enfant n'était pas né d'un père humain mais de Dieu-Skreta.

De nouveau, le bambin au long nez grommelait des paroles inintelligibles et le jeune père le regardait avec amour. « Je me demande, dit-il à sa femme, lequel de tes lointains ancêtres avait un long nez. »

Jakub sourit. Une curieuse idée venait de lui passer par la tête : le docteur Skreta s'était-il aussi servi d'une seringue pour faire un enfant à sa propre femme ?

« Est-ce que je n'ai pas raison ? demanda le jeune père.

— Certainement, dit Jakub. C'est une grande consolation de penser que lorsque nous dormirons depuis longtemps dans la tombe notre nez se promènera de par le monde. »

Tout le monde éclata de rire et l'idée que Skreta pût être le père du bambin apparaissait maintenant à Jakub comme un rêve fantaisiste.

5

Frantisek reçut l'argent de la dame dont il venait de réparer le réfrigérateur. Il sortit de la maison, prit place sur sa fidèle motocyclette et partit vers l'autre bout de la petite ville afin de remettre le compte de la journée au bureau qui dirigeait les services de dépannage pour l'ensemble du canton. Il était un peu plus de deux heures quand il fut tout à fait libre. Il remit la motocyclette en marche et roula vers l'établissement thermal. Sur le parking, il aperçut la limousine blanche. Il gara la motocyclette à côté de la limousine, prit sous les arcades et se dirigea vers la Maison du peuple parce qu'il supposait que le trompettiste pourrait s'y trouver.

Ce n'étaient ni l'audace ni la combativité qui le conduisaient là. Il ne voulait plus faire de scandale. Au contraire, il était résolu à se dominer, à s'incliner, à se soumettre totalement. Il se disait que son amour était si grand qu'il pouvait, en son nom, tout supporter. Semblable au prince des contes de fées qui endure pour la princesse toutes les souffrances et tous les tourments, affronte le dragon et traverse l'océan, il était prêt à accepter des humiliations d'une fabuleuse démesure.

Pourquoi est-il si humble ? Pourquoi ne se retourne-t-il pas plutôt sur une autre, puisque les jeunes femmes, dans cette petite ville d'eaux, sont en abondance si alléchante ?

Frantisek est plus jeune que Ruzena, il est donc, malheureusement pour lui, très jeune. Quand il sera plus mûr, il découvrira la fugacité des choses et il saura que, derrière l'horizon d'une femme, s'ouvre encore l'horizon d'autres femmes. Seulement, Frantisek ignore encore ce que c'est que le temps. Il vit depuis l'enfance dans un monde qui dure et qui ne change pas, il vit dans une sorte d'éternité immobile, il a toujours le même père et la même mère aussi, et Ruzena, qui a fait de lui un homme, est au-dessus de lui comme le couvercle du firmament, du seul firmament possible. Il ne parvient pas à se représenter la vie sans elle.

La veille, il lui avait docilement promis de ne pas l'espionner, et, en ce moment même, il était sincèrement décidé à ne pas l'importuner. Il se disait qu'il ne s'intéressait qu'au trompettiste et que si c'était lui qu'il suivait, il ne violerait pas vraiment sa promesse. Mais en même temps il savait que ce n'était qu'une excuse et que Ruzena condamnerait sa conduite, mais c'était plus fort en lui que toute réflexion ou que toute résolution, c'était comme une toxicomanie : il fallait qu'il le voie ; il fallait qu'il le voie encore une fois, longuement et de près. Il fallait qu'il regarde en face sa douleur. Il fallait qu'il regarde ce corps, dont l'union avec le corps de Ruzena lui paraissait inimaginable et incroyable. Il fallait qu'il le regarde pour vérifier de ses propres yeux s'il était possible ou non de penser leurs deux corps unis.

Sur l'estrade, ils jouaient déjà : le docteur Skreta à la batterie, un petit homme menu au piano et Klima à la trompette. Quelques jeunes gens fanatiques de jazz, qui s'étaient glissés là pour assister à la répétition, étaient assis dans la salle. Frantisek n'avait pas à redouter que le motif de sa présence pût être découvert. Il était certain que le trompettiste, ébloui par le phare de la motocyclette, n'avait pas vu son visage mardi soir et, grâce à la prudence de Ruzena, personne ne savait grand-chose de ses relations avec la jeune femme.

Le trompettiste interrompit les musiciens et se mit lui-même au piano pour jouer au petit homme un passage qu'il se représentait dans un autre rythme. Frantisek était assis sur une chaise au fond de la salle et se métamorphosait lentement en ombre qui, ce jour-là, n'allait pas quitter une seconde le trompettiste.

6

Il rentrait de l'auberge forestière et regrettait de ne plus avoir à côté de lui le chien jovial qui lui léchait le visage. Puis il pensa que c'était un miracle d'avoir réussi, pendant ses quarante-cinq années de vie, à garder libre cette place à côté de lui, de sorte qu'il pouvait maintenant quitter si facilement ce pays, sans bagage, sans fardeau, seul, avec l'apparence fallacieuse (et belle pourtant) de la jeunesse, comme un étudiant qui commence seulement à jeter les bases de son avenir.

Il tentait de se pénétrer de l'idée qu'il quittait son pays. Il s'efforçait d'évoquer sa vie passée. Il s'efforçait de la voir comme un vaste paysage sur lequel il se retournait avec nostalgie, un paysage vertigineusement lointain. Mais il n'y parvenait pas. Ce qu'il réussissait à voir mentalement derrière lui était minuscule, aplati comme un accordéon fermé. Il dut faire un effort pour évoquer des bribes de souvenirs qui pourraient lui donner l'illusion d'une destinée vécue.

Il regardait les arbres autour de lui. Leur feuillage était vert, rouge, jaune et brun. Les forêts ressemblaient à un incendie. Il se dit qu'il partait au moment où les forêts étaient en feu et que sa vie et ses souvenirs se consumaient dans ces flammes superbes et insensibles. Devait-il avoir mal de ne pas avoir mal ? Devait-il être triste de ne pas être triste ?

Il n'éprouvait pas de tristesse, mais il n'avait pas non plus envie de se hâter. D'après ce qui était convenu avec ses amis de l'étranger, il aurait dû, à ce moment même, passer la frontière, mais il sentait qu'il était de nouveau en proie à une indécise paresse qui était bien connue et tellement raillée dans le cercle de ses relations, parce qu'il y succombait précisément dans les circonstances qui exigeaient une conduite énergique et résolue. Il savait qu'il allait affirmer jusqu'au dernier moment qu'il partirait le jour même, mais il se rendait compte aussi qu'il faisait tout ce qu'il pouvait, depuis le matin, pour retarder le moment de quitter cette charmante ville d'eaux où, depuis des années, il venait voir son ami à de très longs intervalles parfois, mais toujours avec plaisir.

Il gara la voiture (oui, là où sont déjà stationnées l'automobile blanche du trompettiste et la motocyclette rouge de Frantisek) et pénétra dans la brasserie où Olga devait le rejoindre une demi-heure plus tard. Il aperçut une table qui lui plaisait, au fond près de la vitre d'où l'on découvrait les arbres flamboyants du jardin public, mais elle était malheureusement occupée par un homme dans la trentaine. Jakub s'assit à la table voisine. De là, il ne voyait pas les arbres ; en revanche, son regard était captivé par cet homme qui était visiblement nerveux, ne quittait pas des yeux la porte et battait du pied.

7

Elle entra enfin. Klima bondit de sa chaise, s'avança à sa rencontre et la conduisit à la table près de la vitre. Il lui souriait, comme s'il avait voulu, par ce sourire, indiquer que leur accord était toujours valable, qu'ils étaient tous deux calmes et de connivence et qu'ils avaient confiance l'un dans l'autre. Il cherchait dans l'expression de la jeune femme une réponse affirmative à son sourire, mais ne l'y trouvait pas. Il en fut inquiet. Il n'osait parler de ce qui le préoccupait, et il engagea avec la jeune femme une conversation insignifiante qui devait créer un climat d'insouciance. Pourtant, ses paroles étaient répercutées par le mutisme de la jeune femme comme par une paroi de pierre.

Puis elle l'interrompit : « J'ai changé d'avis. Ce serait un crime. Tu serais peut-être capable d'une chose pareille, pas moi. »

Le trompettiste sentit que tout s'écroulait en lui. Il fixait sur Ruzena un regard sans expression et ne savait plus quoi dire. Il ne trouvait en lui qu'une fatigue désespérée. Et Ruzena répétait : « Ce serait un crime. »

Il la regardait et elle lui semblait irréelle. Cette femme, dont il était incapable d'évoquer la physionomie quand il était loin d'elle, se présentait maintenant à

176

lui comme sa condamnation à perpétuité. (Comme chacun de nous, Klima n'attribuait de réalité qu'à ce qui pénétrait dans sa vie par le dedans, progressivement, organiquement, tandis que ce qui venait de l'extérieur, brusquement et fortuitement, il le percevait comme une invasion de l'irréel. Hélas ! il n'est rien de plus réel que cet irréel.)

Puis le serveur qui avait reconnu le trompettiste l'autre jour surgit devant leur table. Il leur apporta deux cognacs sur un plateau et leur dit d'un ton jovial : « Vous voyez, je sais lire vos désirs dans vos yeux. » Et il fit à Ruzena la même remarque que la dernière fois : « Prends garde ! Toutes les filles vont te crever les yeux ! » Et il rit très fort.

Cette fois-ci, Klima était trop absorbé par sa peur pour prêter attention aux paroles du garçon. Il but une gorgée de cognac et se pencha vers Ruzena : « Je t'en prie. Je croyais que nous étions d'accord. Nous nous sommes tout dit. Pourquoi as-tu brusquement changé d'avis ? Tu pensais comme moi qu'il fallait que nous puissions nous consacrer tout entiers l'un à l'autre pendant quelques années. Ruzena ! Si nous faisons ça, c'est uniquement à cause de notre amour et pour avoir un enfant ensemble le jour où nous le désirerons vraiment tous les deux. »

8

Jakub reconnut immédiatement l'infirmière qui voulait livrer le chien Bob aux vieillards. Il la regardait, captivé, très curieux de savoir ce qu'ils se disaient, elle et son interlocuteur. Il ne distinguait pas un seul mot, mais il voyait bien que la conversation était extrêmement tendue.

A l'expression de l'homme, il fut bien vite évident qu'il venait d'apprendre une nouvelle affligeante. Il lui fallut un moment pour retrouver la parole. On voyait à sa mimique qu'il essayait de convaincre la jeune femme et qu'il la suppliait. Mais la jeune femme gardait obstinément le silence.

Jakub ne put s'empêcher de penser qu'une vie était en jeu. La jeune femme blonde lui apparaissait toujours sous les traits de *celle qui est prête à maintenir la victime pendant qu'officie le bourreau,* et il ne doutait pas un instant que l'homme fût du côté de la vie et elle du côté de la mort. L'homme voulait sauver la vie de quelqu'un, il demandait de l'aide mais la blonde refusait et à cause d'elle quelqu'un allait mourir.

Et ensuite, il constata que l'homme avait cessé d'insister, souriait et n'hésitait pas à caresser la joue de la jeune femme. Se seraient-ils mis d'accord ? Nullement. Le visage, sous les cheveux jaunes, regardait obstinément au loin en évitant le regard de l'homme.

Jakub n'avait pas la force de détacher les yeux de la jeune femme qu'il ne pouvait, depuis la veille, se représenter autrement que sous les traits de *l'auxiliaire des bourreaux*. Elle avait un visage joli et vide. Assez joli pour attirer les hommes et assez vide pour que s'y perdent toutes leurs supplications. En outre, ce visage était fier, et Jakub savait : fier non pas de sa joliesse mais de son vide.

Il se disait qu'il voyait dans ce visage venir à sa rencontre des milliers d'autres visages qu'il connaissait bien. Il se disait que sa vie tout entière n'avait été qu'un dialogue ininterrompu avec ce visage-là. Quand il essayait de lui expliquer quelque chose, ce visage se détournait d'un air offensé, répondait à ses preuves en parlant d'autre chose, quand il lui souriait, ce visage lui reprochait sa désinvolture, quand il l'implorait, ce visage l'accusait de supériorité, ce visage qui ne comprenait rien et décidait de tout, visage vide comme un désert et orgueilleux de son désert.

Jakub se dit qu'il regarde aujourd'hui ce visage une dernière fois pour s'en aller demain de son royaume.

9

Ruzena aussi avait remarqué Jakub et l'avait reconnu. Elle sentait ses yeux fixés sur elle et cela lui donnait le trac. Elle se voyait prise dans l'encerclement de deux hommes tacitement complices, dans l'encerclement de deux regards pointés sur elle comme deux canons de fusil.

179

Klima ressassait ses arguments et elle ne savait quoi répondre. Elle préférait se répéter bien vite que lorsqu'il s'agit de la vie d'un enfant à naître, la raison n'a rien à dire et que seuls les sentiments ont droit à la parole. Elle détournait silencieusement son visage pour le mettre hors de portée du double regard et elle regardait fixement par la fenêtre. Alors, grâce à un certain degré de concentration, elle sentit naître en elle la conscience offensée de l'amante et de la mère incomprises, et cette conscience fermentait dans son âme comme une pâte à knödels. Et parce qu'elle était incapable d'exprimer ce sentiment avec des mots, elle le laissait suinter de ses yeux toujours fixés sur le même point dans le jardin public.

Mais justement là où elle fixait ses yeux hébétés, elle aperçut tout à coup une silhouette familière et fut prise de panique. Elle n'entendait plus du tout ce que disait Klima. C'était le troisième regard déjà qui pointait son canon sur elle, et c'était celui-là le plus dangereux. Car au début Ruzena ne pouvait dire avec certitude qui était responsable de sa maternité. Celui qu'elle avait le premier pris en considération était l'homme qui l'observait maintenant en cachette, mal dissimulé par un arbre du jardin public. Cela, ce n'était évidemment qu'au début, car depuis elle s'était montrée de plus en plus favorable au choix du trompettiste comme géniteur, jusqu'au jour où elle avait enfin décidé que c'était très certainement lui. Comprenons bien : elle ne voulait pas lui attribuer sa grossesse par ruse. En prenant sa décision, elle n'avait pas choisi la ruse mais la vérité. Elle avait décidé qu'il en était *vraiment* ainsi.

180

D'ailleurs, la maternité est une chose à ce point sacrée qu'il lui semblait impossible qu'un homme qu'elle méprisait pût en être la cause. Ce n'était nullement un raisonnement logique, mais une sorte d'illumination suprarationnelle qui l'avait persuadée qu'elle n'avait pu devenir enceinte qu'avec un homme qui lui plaisait, qu'elle estimait et qu'elle admirait. Et quand elle avait entendu dans l'écouteur du téléphone que celui qu'elle avait choisi comme père de son enfant était choqué, effrayé et refusait sa mission paternelle, tout avait été définitivement joué, car à partir de ce moment, non seulement elle ne doutait plus de sa vérité, mais elle était prête à engager pour elle le combat.

Klima se tut et caressa la joue de Ruzena. Tirée de ses réflexions, elle remarqua son sourire. Il lui dit qu'ils devraient faire un tour en voiture dans la campagne, comme l'autre fois, car cette table de café les séparait l'un de l'autre comme un mur froid.

Elle eut peur. Frantisek était toujours derrière l'arbre du jardin public et avait les yeux fixés sur la vitre de la brasserie. Que se passerait-il, s'il les prenait à partie au moment où ils sortaient ? Que se passerait-il, s'il faisait une scène comme mardi ?

« Je paie les deux cognacs », dit Klima au garçon.

Ruzena sortit un tube de verre de son sac.

Le trompettiste donna un billet au garçon et refusa généreusement la monnaie.

Ruzena ouvrit le tube, fit glisser un comprimé dans le creux de sa main et l'avala.

Quand elle referma le tube, le trompettiste se tourna vers elle et la regarda en face. Il avançait les deux mains vers les siennes et elle lâcha le tube pour sentir le contact de ses doigts.

« Viens, allons-nous-en », dit-il, et Ruzena se leva. Elle vit le regard de Jakub, fixe et hostile, et elle détourna les yeux.

Une fois dehors, elle regarda avec inquiétude vers le jardin public, mais Frantisek n'y était plus.

10

Jakub se leva, prit son verre encore à moitié plein et s'assit à la table libérée. Par la vitre, il jeta un coup d'œil satisfait sur les arbres rougeoyants du jardin public et il se répéta que ces arbres étaient comme un incendie où il jetait ses quarante-cinq années de vie. Puis son regard glissa sur le plateau de la table et il y aperçut, près du cendrier, le tube de verre oublié. Il le prit dans la main et se mit à l'examiner : sur le tube était inscrit le nom d'un médicament inconnu, et quelqu'un avait ajouté au crayon : *A prendre trois fois par jour*. Les comprimés, à l'intérieur du tube, étaient de couleur bleu pâle. Cela lui parut curieux.

C'étaient les dernières heures qu'il passait dans son pays, et les plus petits événements se chargeaient d'un sens exceptionnel et se changeaient en spectacle allégorique. Que signifie, pensa-t-il, qu'on me laisse sur une table, justement aujourd'hui, un tube de comprimés bleu pâle ? Et pourquoi faut-il que ce soit cette femme qui me le laisse ici, l'Héritière des persécutions politiques et l'Entremetteuse des bourreaux ? Veut-elle me dire par là que la nécessité des comprimés bleu pâle n'est pas encore passée ? Ou bien veut-elle, par cette allusion au comprimé de poison, m'exprimer sa haine impérissable ? Ou bien encore, veut-elle me dire qu'en quittant ce pays je fais preuve de la même résignation que si j'avalais le comprimé bleu pâle que je porte dans une poche de ma veste ?

Il fouilla dans sa poche, en sortit le papier roulé et le déplia. Maintenant qu'il regardait le comprimé, il lui semblait d'une teinte un peu plus sombre que ceux du tube oublié. Il ouvrit le tube et fit tomber un comprimé dans sa main. Oui, le sien était un rien plus foncé et plus petit. Il remit les deux comprimés dans le tube. Maintenant qu'il les regardait, il constatait qu'on ne pouvait à première vue déceler aucune différence. En haut, sur les comprimés inoffensifs destinés sans doute à soigner les troubles les plus bénins reposait la mort masquée.

A ce moment, Olga s'approcha de la table. Jakub referma vite le tube avec le bouchon, le posa près du cendrier et se leva pour accueillir son amie.

« Je viens de croiser Klima, le célèbre trompettiste ! Est-ce possible ! dit-elle en s'asseyant à côté de Jakub. Il était avec cette horrible bonne femme ! Elle m'en a fait voir aujourd'hui, pendant le bain ! »

Mais elle s'interrompit car, à ce moment, Ruzena vint se camper devant leur table et dit : « J'ai laissé mes comprimés ici. »

Avant que Jakub ait le temps de lui répondre, elle aperçut le tube posé près du cendrier et tendit la main.

Mais Jakub fut plus prompt et s'en empara le premier.

« Donnez-moi ça ! dit Ruzena.

— Je voudrais vous demander un service, dit Jakub. Permettez-moi de prendre un comprimé !

— Excusez-moi ! je n'ai pas de temps à perdre !

— Je prends le même médicament et...

— Je ne suis pas une pharmacie ambulante », dit Ruzena.

Jakub voulait enlever le bouchon, mais sans lui en laisser le temps Ruzena avança brusquement la main vers le tube. Aussitôt, Jakub serra le tube dans son poing.

« Qu'est-ce que ça signifie ? donnez-moi ces comprimés ! » lui cria la jeune femme.

Jakub la regardait dans les yeux ; il ouvrait lentement la main.

11

Dans le vacarme des roues, la futilité de son voyage lui apparaissait clairement. Elle était de toute façon certaine que son mari n'était pas dans la ville d'eaux. Alors pourquoi y allait-elle ? Faisait-elle quatre heures de voyage en train seulement pour apprendre ce qu'elle savait d'avance ? Elle n'obéissait pas à une intention rationnelle. C'était un moteur en elle qui s'était mis à tourner et tourner et qu'il n'y avait pas moyen d'arrêter.

(Oui, à cette minute Frantisek et Kamila sont projetés dans l'espace de notre récit comme deux fusées guidées à distance par une jalousie aveugle — mais comment une cécité peut-elle guider qui que ce soit ?)

Les communications entre la capitale et la ville d'eaux n'étaient pas des plus faciles et Mme Klima avait dû changer trois fois avant de descendre, fourbue, dans une gare idyllique couverte de placards publicitaires recommandant les sources curatives et les boues miraculeuses de la localité. Elle s'engagea dans l'allée de peupliers qui conduisait de la gare à l'établissement de bains et, en arrivant aux premières colonnes des arcades, elle fut frappée par une affiche peinte à la main où le nom de son mari était inscrit en lettres rouges. Elle s'arrêta devant l'affiche avec surprise et déchiffra deux autres noms masculins au-dessous du nom de son mari. Elle ne pouvait pas y croire : Klima ne lui avait pas menti ! C'était exactement ce qu'il lui avait dit. Dans les premières secondes elle en éprouva une immense joie, le sentiment d'une confiance depuis longtemps perdue.

Mais la joie ne dura pas longtemps, car elle s'avisa aussitôt que l'existence du concert n'était aucunement la preuve de la fidélité de son mari. S'il avait accepté de se produire dans cette ville d'eaux perdue, c'était certainement pour y retrouver une femme. Et elle songea que la situation était encore pire qu'elle ne l'avait supposé et qu'elle était tombée dans un piège :

Elle était venue ici pour s'assurer que son mari n'y était pas et pour le convaincre ainsi *indirectement* (une fois de plus et pour la énième fois !) d'infidélité. Mais

185

maintenant, les choses avaient changé : Elle n'allait pas le surprendre en flagrant délit de mensonge, mais (et ce *directement* et de ses propres yeux) en délit d'infidélité. Qu'elle le voulût ou non, elle verrait la femme avec laquelle Klima passait la journée. A cette pensée, elle chancelait presque. Bien entendu, elle avait depuis longtemps la certitude de tout *savoir,* mais jusqu'ici elle n'avait rien *vu* (aucune maîtresse de son mari). A vrai dire, elle ne savait rien du tout, elle croyait seulement savoir, et elle attribuait à cette supposition la force de la certitude. Elle croyait à l'infidélité de son mari comme un chrétien croit à l'existence de Dieu. Seulement, le chrétien croit en Dieu avec la certitude absolue de ne jamais l'apercevoir. A la pensée qu'elle allait ce jour-là voir Klima avec une femme, elle éprouvait la même épouvante qu'un chrétien auquel Dieu annoncerait par téléphone qu'il vient chez lui pour déjeuner.

Tout son corps était envahi par l'angoisse. Mais ensuite, elle entendit quelqu'un l'appeler par son nom. Elle se retourna et elle aperçut trois jeunes hommes debout au milieu des arcades. Ils étaient en jean et en pull-over et leur allure bohème tranchait sur le soin morne avec lequel étaient habillés les autres clients de la station qui faisaient leur promenade. Ils la saluèrent par des rires.

« Quelle surprise ! » s'écria-t-elle. C'étaient des cinéastes, des amis qu'elle connaissait du temps où elle se produisait sur scène avec un micro.

Le plus grand, qui était metteur en scène, la prit aussitôt par le bras : « Comme ce serait agréable de penser que tu es venue ici pour nous...

186

— Mais tu es venue pour ton mari... dit tristement l'assistant du metteur en scène.

— Quelle poisse ! dit le metteur en scène. La plus belle femme de la capitale, et un animal de trompettiste la garde en cage, ce qui fait qu'on ne la voit plus nulle part depuis des années...

— Merde ! dit le cameraman (c'était le jeune homme au pull-over troué), il faut célébrer ça ! »

Ils s'imaginaient consacrer leur volubile admiration à une reine radieuse qui s'empressait de la jeter distraitement dans une corbeille d'osier pleine de cadeaux dédaignés. Et elle, pendant ce temps, elle recevait leurs paroles avec gratitude comme une jeune fille boiteuse s'appuie sur un bras bienveillant.

12

Olga parlait et Jakub pensait qu'il venait de remettre le poison à la jeune femme inconnue et qu'elle risquait à tout moment de l'avaler.

Cela avait eu lieu soudainement, cela avait eu lieu si vite qu'il n'avait même pas eu le temps de s'en rendre compte. Cela avait eu lieu à son insu.

Olga parlait toujours, pleine d'indignation, et Jakub se cherchait en pensée des justifications, il se disait qu'il n'avait pas voulu donner le tube à la jeune femme et que c'était elle et elle seule qui l'y avait contraint.

Mais il comprit aussitôt que c'était une excuse facile. Il avait mille possibilités de ne pas lui obéir. A l'insolence de la jeune femme, il pouvait opposer sa propre insolence, faire tranquillement tomber le premier comprimé dans le creux de sa main et le mettre dans sa poche.

Et puisqu'il avait manqué de présence d'esprit et qu'il n'en avait rien fait, il pouvait s'élancer à la poursuite de la jeune femme et lui avouer qu'il y avait du poison dans le tube. Il n'était pourtant pas difficile de lui expliquer ce qui s'était passé.

Mais au lieu d'agir, il reste assis sur sa chaise et regarde Olga qui lui explique quelque chose. Il faut se lever, se mettre à courir pour rattraper l'infirmière. Il est encore temps. Et il a le devoir de tout faire pour lui sauver la vie. Alors, pourquoi reste-t-il assis sur sa chaise, pourquoi ne bouge-t-il pas ?

Olga parlait et il s'étonnait de rester assis sur sa chaise et de ne pas bouger.

Il venait de décider qu'il devait se lever immédiatement et partir à la recherche de l'infirmière. Il se demandait comment il allait expliquer à Olga qu'il devait partir. Fallait-il lui avouer ce qui venait de se passer ? Il conclut qu'il ne pouvait pas le lui avouer. Qu'arriverait-il si l'infirmière prenait le médicament avant qu'il ait pu la rejoindre ? Olga devait-elle savoir que Jakub était un assassin ? Et même s'il la rejoignait à temps, comment pouvait-il se justifier aux yeux d'Olga et lui faire comprendre pourquoi il avait si longuement hésité ? Comment pouvait-il lui expliquer qu'il avait donné le tube à cette femme ? Dès maintenant, à cause de ce moment où il restait sans rien faire, cloué sur sa chaise, il devait passer, aux yeux de tout observateur, pour un assassin !

Non, il ne pouvait pas se confier à Olga, mais que pouvait-il lui dire ? Comment lui expliquer qu'il se levait brusquement pour courir Dieu sait où ?

Mais est-ce que cela importait, ce qu'il allait lui dire ? Comment pouvait-il encore s'occuper de telles bêtises ? Comment pouvait-il, quand il s'agissait de vie ou de mort, se soucier de ce qu'allait penser Olga ?

Il savait que ses réflexions étaient tout à fait déplacées et que chaque seconde d'hésitation aggravait encore le danger qui menaçait l'infirmière. En réalité, il était déjà trop tard. Depuis le temps qu'il hésitait, elle devait être avec son ami si loin déjà de la brasserie que Jakub ne saurait même pas dans quelle direction la chercher. Savait-il seulement où ils étaient allés ? Par où devait-il prendre pour les retrouver ?

Mais aussitôt, il se reprocha cet argument qui n'était qu'une nouvelle excuse. Il était certes difficile de les retrouver rapidement, mais ce n'était pas impossible. Il n'était pas trop tard pour agir, mais il fallait agir immédiatement, sinon il serait trop tard !

« J'ai mal commencé la journée, disait Olga. Je ne me suis pas réveillée, je suis arrivée en retard au petit déjeuner, on a refusé de me servir, et aux bains il y a eu ces stupides cinéastes. Dire que j'avais tellement envie d'avoir une belle journée, puisque c'est la dernière que je passe ici avec toi. C'est tellement important pour moi. Sais-tu seulement, Jakub, à quel point c'est important pour moi ? »

Elle se pencha par-dessus la table et lui saisit les mains.

« Ne crains rien, il n'y a aucune raison pour que tu passes une mauvaise journée », lui dit-il avec effort, parce qu'il était incapable de fixer sur elle son attention. Une voix lui rappelait sans cesse que l'infirmière avait du poison dans son sac et que sa vie et sa mort dépendaient de lui. C'était une voix importune, insistante, mais en même temps étrangement faible, qui semblait lui parvenir de profondeurs par trop lointaines.

13

Klima roulait avec Ruzena le long d'une route forestière et constatait que cette fois la promenade en voiture de luxe ne jouait nullement en sa faveur. Rien ne pouvait distraire Ruzena de son mutisme opiniâtre et le trompettiste resta longtemps sans parler. Quand le silence devint trop pesant, il dit : « Viendras-tu au concert ?

— Je ne sais pas, répondit-elle.

— Viens », dit-il, et le concert de la soirée fournit le prétexte d'une conversation qui les détournait un instant de leur dispute. Klima fit un effort pour parler sur un ton plaisant du médecin qui jouait de la batterie, et il décida de différer jusqu'au soir la rencontre décisive avec Ruzena.

« J'espère que tu m'attendras après le concert, dit

il. Comme la dernière fois... » Dès qu'il eut prononcé ces derniers mots, il en comprit la signification. *Comme la dernière fois,* cela voulait dire qu'ils feraient l'amour ensemble après le concert. Mon Dieu, comment se fait-il qu'il n'ait pas songé à cette éventualité ?

C'était étrange, mais jusqu'à ce moment l'idée qu'il pourrait coucher avec elle ne l'avait même pas effleuré. La grossesse de Ruzena la repoussait doucement et imperceptiblement dans le territoire asexué de l'angoisse. Il s'était certes enjoint de se montrer tendre avec elle, de l'embrasser, de la caresser, et il prenait soin de le faire, mais ce n'était qu'un geste, un signe vide, où les intérêts de son corps étaient complètement absents.

En y songeant à présent, il se disait que cette indifférence à l'égard du corps de Ruzena était la plus grave erreur qu'il avait commise au cours des derniers jours. Oui, c'était maintenant une chose absolument évidente pour lui (et il en voulait aux amis qu'il avait consultés de ne pas avoir attiré son attention là-dessus) : il fallait absolument coucher avec elle ! Parce que cette soudaine étrangeté dont la jeune femme s'était revêtue et qu'il n'y avait pas moyen de percer provenait justement de ce que leurs corps demeuraient éloignés. En refusant l'enfant, la fleur des entrailles de Ruzena, il rejetait d'un même refus blessant le corps gravide. Il fallait donc manifester, envers l'autre corps (non-gravide), un intérêt d'autant plus grand. Il fallait opposer au corps fécond le corps infécond et trouver en lui un allié.

Quand il eut fait ce raisonnement, il sentit en lui un nouvel espoir. Il enlaça l'épaule de Ruzena et se pencha vers elle : « Ça me crève le cœur de penser qu'on se dispute. Écoute, on trouvera bien une solution. Le principal, c'est qu'on soit ensemble. Nous ne laisserons personne nous priver de cette nuit et ce sera une aussi belle nuit que la dernière fois. »

D'une main il tenait le volant, de l'autre il enlaçait les épaules de Ruzena, et tout à coup il crut sentir, au fond de lui, monter le désir de la peau nue de cette jeune femme, et il s'en réjouit car ce désir était en mesure de lui procurer le seul langage commun qu'il pût parler avec elle.

« Et où nous retrouverons-nous ? » demanda-t-elle.

Klima n'ignorait pas que toute la ville d'eaux verrait en quelle compagnie il quitterait le concert. Mais il n'y avait pas d'échappatoire :

« Dès que j'aurai terminé, viens me chercher derrière l'estrade. »

14

Tandis que Klima se hâtait de regagner la Maison du peuple pour y répéter une dernière fois *Saint Louis' Blues* et *When the saints go marching in*, Ruzena jetait autour d'elle des regards inquiets. Quelques instants plus tôt, dans la voiture, elle avait plusieurs fois constaté dans le rétroviseur qu'il les suivait de loin sur sa moto. Mais à présent, elle ne le voyait nulle part.

Elle se faisait l'effet d'un fuyard pourchassé par le

192

temps. Elle savait qu'il lui fallait, d'ici le lendemain, savoir ce qu'elle voulait, mais elle ne savait rien. Il n'y avait pas au monde un seul être en qui elle eût confiance. Sa propre famille lui était étrangère. Frantisek l'aimait, mais c'était justement pourquoi elle se méfiait de lui (comme la biche se méfie du chasseur). De Klima, elle se méfiait (comme le chasseur se méfie de la biche). Elle aimait bien ses collègues, mais elle n'avait pas tout à fait confiance en elles (comme le chasseur se méfie des autres chasseurs). Elle était seule dans la vie et depuis quelques semaines elle avait un étrange compagnon qu'elle portait dans ses entrailles et dont les uns prétendaient qu'il était sa plus grande chance et les autres tout le contraire, et pour lequel elle n'éprouvait elle-même qu'indifférence.

Elle ne savait rien. Elle était pleine à ras bord d'ignorance. Elle n'était qu'ignorance. Elle ignorait même où elle allait.

Elle venait de passer devant le restaurant Slavia, le pire des établissements de la station, café crasseux où les gens du pays venaient boire de la bière et cracher par terre. Autrefois, c'était sans doute le meilleur restaurant de la ville d'eaux et de ce temps il restait encore, dans le petit jardin, trois tables en bois peintes en rouge (la peinture était déjà écaillée) avec des chaises, souvenir du plaisir bourgeois des fanfares en plein air, des réunions dansantes et des ombrelles posées contre les chaises. Mais, que savait-elle de ce temps-là, Ruzena, qui n'allait dans la vie que sur l'étroite passerelle du présent, dépourvue de toute mémoire historique ? Elle ne pouvait voir l'ombre de l'ombrelle rose projetée jusqu'ici d'un temps lointain, elle ne voyait que trois hommes en jean, une jolie femme et une bouteille de vin au milieu d'une table sans nappe.

L'un des hommes l'appela. Elle se retourna et reconnut le cameraman au pull-over troué.

« Venez boire un verre avec nous », lui cria-t-il.

Elle obéit.

« Grâce à cette charmante demoiselle, nous avons pu tourner aujourd'hui un petit film porno », dit le cameraman, présentant ainsi Ruzena à la femme qui lui tendit la main et murmura son nom de façon inintelligible.

Ruzena prit place à côté du cameraman qui posa un verre devant elle et y versa du vin.

Ruzena était reconnaissante, parce qu'il se passait quelque chose. Parce qu'elle n'avait plus à se demander où elle allait ni ce qu'elle devait faire. Parce qu'elle n'avait plus à décider si elle devait ou non garder l'enfant.

15

Il finit pourtant par se décider. Il paya le garçon et dit à Olga qu'il devait la quitter et qu'ils se retrouveraient avant le concert.

Olga lui demanda ce qu'il avait à faire et Jakub eut l'impression désagréable d'être interrogé. Il répondit qu'il avait rendez-vous avec Skreta.

« Très bien, dit-elle, mais ça ne va pas te prendre si longtemps. Je vais me changer et je t'attends ici à 6 heures. Je t'invite à dîner. »

Jakub raccompagna Olga au foyer Karl-Marx. Quand elle eut disparu dans le couloir qui conduisait aux chambres, il s'adressa au concierge :

« S'il vous plaît, Mlle Ruzena est-elle chez elle ?

— Non, dit le concierge. La clé est au tableau.

— J'ai quelque chose d'extrêmement urgent à lui dire, dit Jakub. Vous ne savez pas où je pourrais la trouver ?

— Je n'en ai aucune idée.

— Je l'ai vue il y a un instant avec le trompettiste qui donne un concert ici ce soir.

— Oui, moi aussi j'ai entendu dire qu'elle sort avec lui, dit le concierge. A l'heure qu'il est, il doit répéter à la Maison du peuple. »

Quand le docteur Skreta qui trônait sur l'estrade derrière sa batterie aperçut Jakub dans l'encadrement de la porte, il lui fit signe. Jakub lui sourit et examina les rangées de chaises où se trouvaient une dizaine d'enthousiastes. (Oui, Frantisek, devenu l'ombre de Klima, était parmi eux.) Jakub s'assit à son tour, espérant que l'infirmière allait enfin apparaître.

Il se demandait où il pouvait encore aller la chercher. A cette minute, elle pouvait se trouver dans les lieux les plus divers, dont il n'avait aucune idée. Fallait-il interroger le trompettiste ? Mais comment lui poser la question ? Et s'il était déjà arrivé quelque chose à Ruzena ? Jakub s'était déjà dit que la mort éventuelle de l'infirmière serait tout à fait inexplicable et qu'un assassin qui tuait sans motif ne pouvait être découvert. Fallait-il attirer l'attention sur lui ? Devait-il laisser une trace et s'exposer aux soupçons ?

Il se rappela à l'ordre. Une vie humaine était en danger et il n'avait pas le droit de raisonner aussi lâchement. Il profita d'une interruption entre deux morceaux et monta par-derrière sur l'estrade. Skreta se tourna vers lui, radieux, mais Jakub posa un doigt sur ses lèvres et le pria à mi-voix de demander au trompettiste où se trouvait en ce moment l'infirmière avec laquelle il l'avait aperçu une heure plus tôt à la brasserie.

« Qu'est-ce que vous lui voulez, tous ? ronchonna Skreta d'un air maussade. Où est Ruzena ? » cria-t-il ensuite au trompettiste qui rougit et dit qu'il n'en savait rien.

« Tant pis ! dit Jakub en manière d'excuse. Continuez !

— Comment trouves-tu notre orchestre ? lui demanda le docteur Skreta.

— Excellent », dit Jakub et il redescendit s'asseoir dans la salle. Il savait qu'il agissait très mal. S'il s'était vraiment soucié de la vie de Ruzena, il aurait remué ciel et terre et alerté le monde entier pour qu'on la retrouve au plus vite. Mais il ne s'était mis à sa recherche que pour avoir un alibi devant sa propre conscience.

Il se représenta de nouveau le moment où il lui avait donné le tube contenant le poison. Était-ce vraiment arrivé si vite qu'il n'avait pas eu le temps de s'en rendre compte ? Était-ce vraiment arrivé à son insu ?

Jakub savait que ce n'était pas vrai. Sa conscience

196

n'était pas assoupie. Il évoqua de nouveau le visage sous les cheveux jaunes et il comprit que ce n'était pas par hasard (pas à cause de l'assoupissement de sa conscience) qu'il avait donné à l'infirmière le tube contenant le poison, mais que c'était de sa part un désir ancien qui guettait l'occasion depuis des années, un désir si puissant que l'occasion, enfin, lui obéit et accourut.

Il frémit et se leva de sa chaise. Il repartit en courant vers le foyer Karl-Marx, mais Ruzena n'était toujours pas chez elle.

16

Quelle idylle, quel repos ! Quel entracte au milieu du drame ! Quel voluptueux après-midi avec trois faunes !

Les deux persécutrices du trompettiste (ses deux malheurs) sont assises face à face, elles boivent toutes deux le vin de la même bouteille et elles sont toutes deux pareillement heureuses d'être ici et de pouvoir, même un instant, faire autre chose que de penser à lui. Quelle touchante connivence, quelle harmonie !

Mme Klima regarde les trois hommes. Elle avait fait partie de leur cercle, autrefois, et elle les regarde maintenant comme si elle avait sous les yeux le négatif de sa vie présente. Elle, plongée dans les soucis, la voici assise en face de la pure insouciance, elle, enchaînée à un seul homme, la voici assise en face de trois faunes qui incarnent la virilité dans sa diversité infinie.

Les propos des faunes visent un but évident : passer la nuit avec les deux femmes, passer la nuit à cinq. C'est un but illusoire, parce qu'ils savent que le mari de Mme Klima est ici, mais ce but est si beau qu'ils le poursuivent tout en le sachant inaccessible.

Mme Klima sait où ils veulent en venir, et elle s'abandonne d'autant plus facilement à la poursuite de ce but que ce n'est qu'une fantaisie, qu'un jeu, qu'une tentation du songe. Elle rit de leurs propos équivoques, elle échange des plaisanteries encourageantes avec sa complice inconnue et elle souhaite prolonger le plus longtemps possible cet entracte de la pièce pour retarder longtemps encore le moment de voir sa rivale et de regarder la vérité en face.

Encore une bouteille de vin, tout le monde est gai, tout le monde est un peu ivre, mais moins de vin que de cette atmosphère étrange, de ce désir de prolonger l'instant qui va passer bien vite.

Mme Klima sent le mollet du metteur en scène qui presse sa jambe gauche sous la table. Elle s'en rend bien compte, pourtant elle ne retire pas la jambe. C'est un contact qui établit entre eux une communication sensuelle, mais qui aurait pu aussi se produire tout à fait par hasard, et dont elle aurait pu fort bien ne pas s'apercevoir tant il était insignifiant. C'est donc un contact situé exactement à la frontière de l'innocent et de l'impudique. Kamila ne veut pas franchir cette frontière, mais elle est heureuse de pouvoir s'y maintenir (sur ce mince territoire d'une soudaine liberté) et elle se réjouira davantage encore si cette ligne magique se déplace d'elle-même vers d'autres allusions verbales, d'autres attouchements et d'autres jeux. Protégée par l'innocence ambiguë de cette frontière mouvante, elle désire se laisser emporter loin, loin et encore plus loin.

Alors que la beauté de Kamila, radieuse au point d'en être presque gênante, oblige le metteur en scène à conduire son offensive avec une prudente lenteur, le charme banal de Ruzena attire le cameraman avec violence et sans détour. Il l'enlace, la main sur un sein.

Kamila observe la scène. Voilà longtemps qu'elle n'a vu de près les gestes impudiques des autres ! Elle regarde la main de l'homme qui recouvre le sein de la jeune femme, le pétrit, l'écrase et le caresse à travers les vêtements. Elle observe le visage de Ruzena, immobile, passif, empreint d'un abandon sensuel. La main caresse le sein, le temps s'écoule doucement et Kamila sent contre son autre jambe le genou de l'assistant.

Et à ce moment, elle dit : « Je ferais bien la fête toute la nuit.

— Que le diable emporte ton trompettiste de mari ! rétorqua le metteur en scène.

— Oui ! que le diable l'emporte », répéta l'assistant.

17

A ce moment Ruzena la reconnut. Oui, c'était bien le visage que ses collègues lui avaient montré sur la photographie ! Elle écarta brutalement la main du cameraman.

Celui-ci protesta : « Tu es folle ! »

De nouveau il essaya de l'enlacer et de nouveau il fut repoussé.

« Qu'est-ce que vous vous permettez ! » lui cria-t-elle.

Le metteur en scène et son assistant éclatèrent de rire. « Vous parlez sérieusement ? demanda l'assistant à Ruzena.

— Sûr, que je parle sérieusement », répliqua-t-elle d'un air sévère.

L'assistant regarda sa montre et dit au cameraman : « Il est exactement 6 heures. Ce revirement vient de se produire parce que notre amie se conduit en femme vertueuse toutes les heures paires. Il faut donc que tu patientes jusqu'à 7 heures. »

De nouveau, les rires fusèrent. Ruzena était rouge d'humiliation. Elle s'était laissé surprendre avec la main d'un inconnu sur un sein. Elle s'était laissé surprendre en train de se faire peloter. Elle s'était laissé surprendre par sa pire rivale, en train d'être raillée par tous.

Le metteur en scène dit au cameraman : « Tu devrais peut-être prier mademoiselle de bien vouloir exceptionnellement considérer que 6 heures est une heure impaire.

— Crois-tu qu'il soit théoriquement possible de considérer six comme un nombre impair? demanda l'assistant.

— Oui, dit le metteur en scène. Euclide, dans ses fameux principes, le dit littéralement : Dans certaines circonstances particulières et très mystérieuses, certains nombres pairs se comportent comme des nombres impairs. Il me semble que c'est bien à ces circonstances mystérieuses que nous avons affaire en ce moment.

— En conséquence, acceptez-vous, Ruzena, de considérer que 6 heures est une heure impaire ? »

Ruzena se taisait.

« Tu acceptes ? dit le cameraman en se penchant sur elle.

— Mademoiselle se tait, dit l'assistant. C'est donc à nous de décider si nous devons interpréter son silence comme un consentement ou comme un refus.

— On peut voter, dit le metteur en scène.

— C'est juste, dit l'assistant. Qui est pour que Ruzena accepte que six soit en l'occurrence un nombre impair ? Kamila ! tu votes la première !

— Je pense que Ruzena est absolument d'accord, dit Kamila.

— Et toi, metteur en scène ?

— Je suis convaincu, dit le metteur en scène de sa voix posée, que Mlle Ruzena acceptera de considérer six comme un nombre impair.

— Le cameraman est trop intéressé, donc il ne vote pas. Quant à moi, je vote pour, dit l'assistant.

Nous avons donc décidé, par trois voix, que le silence de Ruzena équivaut à un consentement. Il en découle, cameraman, que tu peux immédiatement poursuivre ton entreprise. »

Le cameraman se pencha sur Ruzena et l'enlaça de telle sorte que sa main touchait à nouveau son sein. Ruzena le repoussa encore plus violemment que tout à l'heure et lui cria : « Retire tes sales pattes ! »

Kamila intercéda :

« Voyons, Ruzena, il n'y peut rien, si vous lui plaisez si fort. Nous étions tous de si bonne humeur... »

Quelques minutes plus tôt, Ruzena était tout à fait passive et s'abandonnait au cours des événements pour qu'ils fissent d'elle ce qu'ils voulaient comme si elle souhaitait lire son sort dans les hasards qui lui adviendraient. Elle se serait laissé enlever, elle se serait laissé séduire et convaincre de n'importe quoi, rien que pour s'échapper de l'impasse où elle se trouvait piégée.

Mais le hasard, vers lequel elle levait un visage suppliant, venait soudain de se révéler hostile, et Ruzena, bafouée devant sa rivale et tournée par tous en dérision, se dit qu'elle n'avait qu'un seul appui solide, une seule consolation, une seule chance de salut : l'embryon dans ses entrailles. Toute son âme (une fois de plus ! une fois de plus !) redescendait vers le bas, vers l'intérieur, vers le tréfonds de son corps, et Ruzena était de plus en plus convaincue qu'elle ne devait jamais se séparer de celui qui bourgeonnait paisiblement en elle. Elle tenait en lui son atout secret qui l'élevait bien haut au-dessus de leurs rires et de leurs mains malpropres. Elle avait mille envies de le

202

leur dire, de le leur crier au visage, de se venger d'eux et de leurs sarcasmes, de se venger d'elle et de son amabilité condescendante.

Surtout du calme ! se dit-elle et elle fouilla dans son sac pour y prendre le tube. Elle venait de le sortir quand elle sentit une main lui serrer fermement le poignet.

18

Personne ne l'avait vu s'approcher. Il avait surgi subitement, et Ruzena, qui venait de tourner la tête, voyait son sourire.

Il lui tenait toujours la main ; Ruzena sentait le contact tendre et vigoureux de ses doigts sur son poignet, et elle obéit : le tube retomba au fond du sac à main.

« Permettez-moi, messieurs, de m'asseoir à votre table. Je m'appelle Bertlef. »

Aucun des hommes n'était enthousiasmé par l'arrivée de l'intrus, aucun ne se présenta et Ruzena n'avait pas assez l'habitude du monde pour lui présenter ses compagnons.

« Mon arrivée inopinée semble vous déconcerter », dit Bertlef. Il prit une chaise à une table voisine et la traîna jusqu'à l'extrémité libre de la table, de sorte qu'il présidait et qu'il avait Ruzena à sa droite. « Excusez-moi, reprit-il. J'ai depuis longtemps la curieuse habitude de ne pas arriver mais d'apparaître.

— Dans ce cas, dit l'assistant, permettez-nous de vous traiter comme une apparition et de ne pas nous occuper de vous.

— Je vous le permets volontiers, dit Bertlef en s'inclinant légèrement. Mais je crains que malgré toute ma bonne volonté vous n'y parveniez pas. »

Puis il se tourna vers la porte éclairée de la salle de café et tapa dans ses mains.

« Qui vous a invité ici, directeur ? demanda le cameraman.

— Voulez-vous me signifier par là que je ne suis pas le bienvenu ? Je pourrais m'en aller tout de suite avec Ruzena, mais l'habitude est l'habitude. Je viens ici tous les jours à cette table en fin d'après-midi pour boire une bouteille de vin. » Il examina l'étiquette de la bouteille posée sur la table : « Mais certainement du vin meilleur que celui que vous êtes en train de boire.

— Je me demande comment vous faites pour trouver du bon vin dans cette gargote, dit l'assistant.

— J'ai l'impression, directeur, que vous vous vantez beaucoup, ajouta le cameraman, cherchant à ridiculiser l'intrus. Il est vrai qu'à partir d'un certain âge, on ne peut guère faire autre chose.

— Vous **vous** trompez, dit Bertlef, comme s'il n'avait pas entendu l'insulte du cameraman, ils ont encore ici derrière les fagots quelques bouteilles bien meilleures que ce qu'on peut trouver dans les plus grands hôtels. »

Il tendait déjà la main au patron, que l'on avait à peine vu pendant tout ce temps, mais qui accueillait maintenant Bertlef et lui demandait : « Faut-il dresser une table pour tout le monde ?

— Certainement, répondit Bertlef, et se tournant vers les autres : Mesdames et messieurs, je vous invite à boire avec moi du vin dont j'ai plusieurs fois apprécié la saveur et que je trouve excellent. Acceptez-vous ? »

Personne ne répondait à Bertlef et le patron dit : « Quand il s'agit de boire et de manger, je peux recommander à ces messieurs dames de faire toute confiance à M. Bertlef.

— Mon ami, dit Bertlef au patron, apportez deux bouteilles avec un grand plateau de fromages. » Puis, se tournant vers les autres : « Vos hésitations sont inutiles, les amis de Ruzena sont mes amis. »

De la salle de café accourut un gamin d'à peine une douzaine d'années qui portait un plateau avec des verres, des soucoupes et une nappe. Il posa le plateau sur la table voisine et se pencha par-dessus les épaules des clients pour enlever leurs verres à moitié pleins. Il les rangea, avec la bouteille entamée, sur la table où il venait de poser le plateau. Puis, avec un torchon, il essuya longuement la table, qui était visiblement sale, pour y étendre une nappe d'une éclatante blancheur. Il reprit ensuite sur la table voisine les verres qu'il venait d'enlever et voulut les poser devant les clients.

« Enlevez ces verres et cette bouteille de piquette, dit Bertlef au gamin. Votre père va nous apporter une bonne bouteille. »

Le cameraman protesta : « Directeur, pourriez-vous être assez gentil pour nous laisser boire ce qui nous fait envie ?

— Comme vous voudrez, monsieur, dit Bertlef. Je ne suis pas partisan d'imposer aux gens le bonheur.

Chacun a droit à son mauvais vin, à sa bêtise et à sa crasse sous les ongles. Écoutez, petit, ajouta-t-il à l'adresse du gamin : Donnez à chacun son ancien verre et un verre vide. Mes invités pourront choisir librement entre un vin qui est le produit des brouillards et un vin né du soleil. »

Donc, à présent, il y avait deux verres par personne, un verre vide et un autre avec un reste de vin. Le patron s'approcha de la table avec deux bouteilles, serra la première entre ses genoux et retira le bouchon d'un grand geste. Puis il versa un peu de vin dans le verre de Bertlef. Celui-ci porta son verre aux lèvres, goûta et se tourna vers le patron : « Il est excellent. C'est du 23 ?

— Du 22, rectifia l'aubergiste.

— Servez ! » dit Bertlef, et le patron fit le tour de la table avec la bouteille et remplit tous les verres vides.

Bertlef prit son verre entre ses doigts. « Mes amis, goûtez ce vin. Il a la douce saveur du passé. Savourez-le, comme si vous aspiriez, en suçant un long os à moelle, un été depuis longtemps oublié. Je voudrais en trinquant marier le passé et le présent et le soleil de 1922 au soleil de cet instant. Ce soleil c'est Ruzena, cette jeune femme toute simple qui est une reine sans le savoir. Elle est, sur la toile de fond de cette ville d'eaux, comme un diamant sur l'habit d'un mendiant. Elle est comme un croissant de lune oublié sur le ciel pâli du jour. Elle est comme un papillon qui voltige sur la neige. »

Le cameraman rit d'un rire forcé : « Vous n'exagérez pas, directeur ?

— Non, je n'exagère pas, dit Bertlef, et il s'adressa

au cameraman. Vous en avez l'impression, parce que vous n'habitez que le sous-sol de l'être, vous, vinaigre anthropomorphisé ! Vous débordez d'acides qui bouillonnent en vous comme dans la marmite d'un alchimiste ! Vous donneriez votre vie pour découvrir autour de vous la laideur que vous portez à l'intérieur de vous-même. C'est pour vous le seul moyen de vous sentir un moment en paix avec le monde. Car le monde, qui est beau, vous fait peur, il vous fait mal et vous repousse sans cesse de son centre. Comme il est intolérable, n'est-ce pas ? d'avoir de la saleté sous les ongles et une jolie femme à côté de soi ! Alors, il faut d'abord salir la femme et en jouir ensuite. N'est-ce pas ainsi, monsieur ? Je suis heureux que vous cachiez vos mains sous la table, j'avais certainement raison de parler de vos ongles.

— Je m'en fous de vos belles manières et je ne suis pas comme vous un clown en col blanc et en cravate, coupa le cameraman.

— Vos ongles sales et votre pull-over troué ne sont pas une chose nouvelle sous le soleil, dit Bertlef. Il y avait autrefois un philosophe cynique qui paradait dans les rues d'Athènes vêtu d'un manteau troué, pour se faire admirer de tous en affichant son mépris des conventions. Un jour, Socrate le rencontre et lui dit : *Je vois ta vanité par le trou de ton manteau.* Votre saleté aussi, monsieur, est une vanité, et votre vanité est sale. »

Ruzena ne pouvait se remettre de sa stupeur. L'homme qu'elle connaissait vaguement comme curiste lui était venu en aide comme s'il était tombé du ciel, et elle était séduite par le naturel charmant de sa conduite et par la cruelle assurance qui réduisait en poussière l'insolence du cameraman.

« Je vois que vous avez perdu l'usage de la parole, dit Bertlef au cameraman après un bref silence, et croyez que je ne voulais nullement vous offenser. J'aime la concorde, pas les disputes, et si je me suis laissé entraîner par l'éloquence, je vous demande de m'excuser. Je ne veux qu'une chose, que vous goûtiez ce vin et que vous trinquiez avec moi à Ruzena pour laquelle je suis venu. »

Bertlef avait levé son verre, mais personne ne se joignait à lui.

« Patron, dit Bertlef, s'adressant à l'aubergiste, vous allez trinquer avec nous !

— Avec ce vin-là, toujours », dit le patron, et il prit un verre vide sur la table voisine et le remplit de vin. « M. Bertlef s'y connaît en bons vins. Il a depuis longtemps senti ma cave comme une hirondelle devine de loin son nid. »

Bertlef fit entendre le rire heureux d'un homme flatté dans son amour-propre.

« Allez-vous trinquer avec nous à Ruzena ? dit-il.

— A Ruzena ? demanda le patron.

— Oui, à Ruzena, dit Bertlef, désignant sa voisine du regard. Est-ce qu'elle vous plaît autant qu'à moi ?

— Avec vous, monsieur Bertlef, on ne voit que de jolies femmes. Ce n'est pas la peine de regarder mademoiselle pour savoir qu'elle est belle, puisqu'elle est assise à côté de vous. »

De nouveau, Bertlef fit entendre son rire heureux, le patron rit à l'unisson et, chose étrange, même Kamila, que l'arrivée de Bertlef amusait depuis le début, rit avec eux. C'était un rire inattendu, mais étonnamment et inexplicablement contagieux. Avec une délicate solidarité, le metteur en scène se joignit à son tour à Kamila, puis l'assistant, et enfin Ruzena, qui se plongea dans ce rire polyphonique comme dans une étreinte bienfaisante. C'était son premier rire de la journée. Son premier instant de détente et de soulagement. Elle riait plus fort que tous les autres et ne pouvait se repaître de son rire.

Bertlef leva son verre : « A Ruzena ! » Le patron leva son verre à son tour, puis Kamila suivie du metteur en scène et de son assistant, et tous répétèrent après Bertlef : « A Ruzena ! » Même le cameraman finit par lever son verre et but sans mot dire.

Le metteur en scène goûta une gorgée et : « C'est vrai que ce vin est excellent, dit-il.

— Je vous l'avais dit ! » fit le patron.

Entre-temps, le gamin avait posé un grand plateau de fromages au milieu de la table et Bertlef dit : « Servez-vous, ils sont excellents ! »

Le metteur en scène était ébahi : « Où avez-vous trouvé cet assortiment de fromages ? On se croirait en France. »

Soudain, la tension céda tout à fait, l'atmosphère se détendit. On parlait avec volubilité, on se servait de fromage, on se demandait où le patron avait pu les trouver (dans ce pays où il y avait si peu de variétés de fromages) et on versait du vin dans les verres.

Et au meilleur moment, Bertlef se leva et salua : « J'ai été très heureux d'être en votre compagnie et je vous remercie. Mon ami le docteur Skreta donne un concert ce soir et Ruzena et moi voulons y assister. »

19

Ruzena et Bertlef venaient de disparaître dans les voiles légers de la nuit tombante et l'élan initial qui avait emporté la compagnie des buveurs vers l'île rêvée de la luxure était bel et bien perdu et rien ne pouvait le faire revenir. Chacun cédait au découragement.

Pour Mme Klima, c'était comme de s'éveiller d'un rêve où elle aurait voulu coûte que coûte s'attarder. Elle songea qu'elle n'était pas forcée d'aller au concert. Que ce serait pour elle-même une surprise fantastique que de découvrir qu'elle n'était pas venue ici pour traquer son mari mais pour vivre une aventure. Que ce serait splendide de rester avec les trois cinéastes et de rentrer chez elle en cachette le lendemain matin. Quelque chose lui chuchotait que c'était ce qu'il fallait faire ; que ce serait un acte ; une délivrance ; une guérison ; un réveil après l'ensorcellement.

Mais elle était déjà trop dégrisée. Tous les sortilèges avaient cessé d'agir. Elle se retrouvait seule avec elle-même, avec son passé, avec sa tête pesante pleine de ses vieilles pensées angoissantes. Elle eût aimé prolonger, même de quelques heures, ce rêve trop court, mais elle savait que le songe était déjà pâli et qu'il se dissipait comme la pénombre matinale.

« Il faut que je parte moi aussi », dit-elle.

Ils tentaient de la dissuader, tout en sachant qu'ils

n'avaient plus assez de force et de confiance en eux-mêmes pour la retenir.

« Merde alors, dit le cameraman. Qu'est-ce que c'était que ce type-là ? »

Ils voulaient interroger le patron, mais depuis que Bertlef était parti il n'y avait de nouveau plus personne pour s'occuper d'eux. De la salle du café leur parvenaient les voix des clients éméchés, et ils étaient assis autour de la table, abandonnés devant les restes de vin et de fromage.

« Quel qu'il soit, il nous a gâché la soirée. Il nous a enlevé une des dames, et maintenant l'autre s'en va toute seule. Nous allons raccompagner Kamila.

— Non, dit celle-ci, restez ici. Je veux être seule. »

Elle n'était plus avec eux. Maintenant, leur présence la dérangeait. La jalousie, comme la mort, était venue la chercher. Elle était en son pouvoir et ne remarquait personne d'autre. Elle se leva et partit dans la direction où Bertlef s'était éloigné avec Ruzena un instant plus tôt. Elle entendit de loin le cameraman qui disait : « Merde alors... »

20

Avant le début du concert, Jakub et Olga, après être allés serrer la main de Skreta dans le local des artistes, pénétrèrent dans la salle. Olga voulait partir à l'entracte pour pouvoir passer toute la soirée seule avec

Jakub. Jakub répliquait que son ami serait fâché, mais Olga affirmait qu'il ne remarquerait même pas leur départ prématuré.

La salle était comble et il ne restait que leurs deux places libres dans leur rangée.

« Cette femme nous suit comme notre ombre », dit Olga en se penchant vers Jakub, comme ils s'asseyaient.

Jakub tourna la tête et vit, à côté d'Olga, Bertlef, et à côté de Bertlef l'infirmière qui avait le poison dans son sac à main. Son cœur s'arrêta un instant de battre, mais comme il s'était efforcé toute sa vie de cacher ce qui se passait au fond de lui, il dit d'une voix tout à fait calme : « Je constate que nous sommes dans la rangée des places gratuites que Skreta a distribuées à ses amis et connaissances. Il sait donc à quel rang nous sommes et il s'apercevra de notre départ.

— Tu lui diras qu'à l'avant l'acoustique est mauvaise et que nous sommes allés nous asseoir au fond de la salle après l'entracte », dit Olga.

Mais déjà Klima s'avançait sur l'estrade avec sa trompette d'or et le public commençait à applaudir. Quand le docteur Skreta apparut derrière lui, les applaudissements gagnèrent encore en intensité et par la salle passa une vague de murmures. Le docteur Skreta se tenait modestement derrière le trompettiste et il agitait maladroitement le bras pour indiquer que le personnage principal du concert était l'invité venu de la capitale. Le public perçut l'exquise maladresse de ce geste et y réagit en applaudissant encore plus fort. Au fond de la salle, quelqu'un cria : « Vive le docteur Skreta ! »

Le pianiste qui était le plus discret des trois et le moins acclamé s'assit au piano sur une chaise basse. Skreta prit place derrière un ensemble imposant de tambours, et le trompettiste, d'une démarche légère et rythmée, allait et venait entre le pianiste et Skreta.

Les applaudissements se turent, le pianiste frappa le clavier et se mit à préluder en solo. Mais Jakub remarquait que son ami semblait nerveux et regardait autour de lui d'un air mécontent. Le trompettiste s'aperçut à son tour des difficultés du médecin et s'approcha de lui. Skreta lui chuchota quelque chose. Les deux hommes se penchèrent. Ils examinèrent le plancher, puis le trompettiste ramassa une petite baguette tombée au pied du piano, et il la tendit à Skreta.

A ce moment, le public qui observait attentivement toute la scène fit retentir de nouveaux applaudissements et le pianiste, considérant ces acclamations comme un hommage à son prélude, se mit à saluer le public sans s'interrompre.

Olga saisit Jakub par la main et lui dit à l'oreille : « C'est formidable ! Tellement formidable qu'à partir de maintenant, je crois que ma poisse est finie pour aujourd'hui. »

La trompette et la batterie venaient enfin d'intervenir. Klima soufflait en allant et venant à petits pas rythmés et Skreta trônait à sa batterie comme un splendide et digne Bouddha.

Jakub imagina que l'infirmière allait, pendant le concert, penser à son médicament, qu'elle allait avaler le comprimé, s'effondrer dans des convulsions et rester morte sur sa chaise, tandis que le docteur Skreta, sur l'estrade, cognait sur ses tambours et que le public applaudissait et hurlait.

Et soudain, il comprit clairement pourquoi la jeune femme était assise au même rang que lui : la rencontre inopinée de tout à l'heure à la brasserie était une tentation, une épreuve. Si elle s'était produite, c'était seulement pour qu'il pût voir sa propre image dans le miroir : l'image d'un homme qui donne à son prochain du poison. Mais celui qui le mettait à l'épreuve (Dieu en qui il ne croyait pas) ne réclamait pas un sacrifice sanglant, il ne réclamait pas le sang des innocents. Au terme de l'épreuve, il ne devait pas y avoir la mort, mais seulement l'autorévélation de Jakub à lui-même, pour que lui fût confisqué à jamais le sentiment inapproprié de supériorité morale. Si l'infirmière était maintenant assise au même rang que lui, c'était pour qu'il pût, au dernier moment, lui sauver la vie. Et c'était aussi pour cela qu'était près d'elle l'homme dont Jakub était devenu l'ami la veille et qui allait l'aider.

Oui, il attendrait la première occasion, peut-être la première pause entre deux airs et il demanderait à Bertlef de sortir avec lui et la jeune femme. Alors, il pourrait tout expliquer et cette incroyable folie prendrait fin.

Les musiciens achevèrent le premier morceau, les applaudissements crépitèrent, l'infirmière dit *excusez-moi* et sortit de la rangée accompagnée de Bertlef. Jakub voulait se lever pour les suivre, mais Olga le saisit par le bras et le retint : « Non, s'il te plaît, pas maintenant. Après l'entracte ! »

Tout s'était passé si vite qu'il n'avait pas eu le temps de s'en rendre compte Déjà, les musiciens attaquaient le morceau suivant et Jakub comprit que celui qui le mettait à l'épreuve n'avait pas fait asseoir Ruzena à côté de lui pour le sauver, mais pour confirmer au-delà de tous les doutes possibles sa défaite et sa condamnation.

Le trompettiste soufflait dans sa trompette, le docteur Skreta se dressait comme un grand Bouddha des tambours, et Jakub était assis sur sa chaise et ne bougeait pas. Il ne voyait à cet instant ni le trompettiste ni le docteur Skreta, il ne voyait que lui-même, il voyait qu'il était assis et qu'il ne bougeait pas, et il ne pouvait détacher son regard de cette effroyable image.

21

Quand le son clair de sa trompette résonna à l'oreille de Klima, il crut que c'était lui-même qui vibrait ainsi et qu'il emplissait à lui seul tout l'espace de la salle. Il se sentait invincible et fort. Ruzena était assise dans la rangée des places gratuites réservées aux invités d'honneur, elle était à côté de Bertlef (et cela aussi c'était un heureux présage) et l'atmosphère de la soirée était charmante. Le public écoutait avidement et, surtout, avec une bonne humeur qui donnait à Klima l'espoir discret que tout finirait bien. Quand les premiers applaudissements crépitèrent, il désigna d'un geste élégant le docteur Skreta qu'il trouvait ce soir-là, on ne sait pourquoi, sympathique et proche.

Le docteur se dressa derrière sa batterie et salua.

Mais après le deuxième morceau, quand il regarda dans la salle, il constata que la chaise de Ruzena était vide. Il eut peur. A partir de ce moment, il joua nerveusement, parcourant des yeux toute la salle, chaise par chaise, vérifiant chaque place, mais ne la trouvant pas. Il pensa qu'elle était partie délibérément pour ne pas entendre une fois de plus ses arguments, résolue à ne pas se présenter devant la commission. Où devait-il la chercher après le concert ? Et qu'arriverait-il s'il ne la trouvait pas ?

Il sentait qu'il jouait mal, machinalement, mentalement absent. Mais le public était incapable de deviner l'humeur maussade du trompettiste, il était satisfait et les ovations gagnaient en intensité après chaque morceau.

Il se rassurait à la pensée qu'elle n'était peut-être allée qu'aux toilettes. Qu'elle avait eu un malaise, comme il arrive aux femmes enceintes. Au bout d'une demi-heure, il se dit qu'elle était allée chercher quelque chose chez elle et qu'elle allait reparaître sur sa chaise. Mais l'entracte était passé, le concert approchait de sa fin et la chaise était toujours vide. Elle n'osait peut-être pas rentrer dans la salle au milieu du concert ? Elle reviendrait peut-être pendant les derniers applaudissements ?

Mais on était aux derniers applaudissements. Ruzena ne se montrait pas et Klima était à bout. Le public se leva et se mit à crier : *Bis !* Klima se tourna vers le docteur Skreta et hocha la tête pour indiquer qu'il ne voulait plus jouer. Mais il rencontra deux yeux radieux qui ne demandaient qu'à tambouriner, à tambouriner encore et toujours, pendant toute la nuit.

Le public interprétait le hochement de tête de Klima comme un signe de l'inévitable coquetterie des vedettes et ne se lassait pas d'applaudir. A ce moment, une belle jeune femme se glissa au pied de l'estrade et, quand il l'aperçut, Klima crut qu'il allait s'effondrer, défaillir et ne plus jamais se réveiller. Elle lui souriait et lui disait (il n'entendait pas sa voix, mais il déchiffrait les paroles sur ses lèvres) : « Eh bien, joue ! joue ! »

Klima leva sa trompette pour montrer qu'il allait jouer. Le public se tut d'un seul coup.

Ses deux compagnons exultaient et bissèrent le dernier morceau. Pour Klima, c'était comme de jouer dans une fanfare funèbre en suivant son propre cercueil. Il jouait et il savait que tout était perdu, qu'il n'avait plus qu'à fermer les yeux, qu'à baisser les bras, qu'à se laisser écraser sous les roues du destin.

22

Sur une petite table, dans l'appartement de Bertlef, étaient posées côte à côte des bouteilles ornées de splendides étiquettes aux noms exotiques. Ruzena ne connaissait rien aux alcools de luxe et demanda du whisky, ne pouvant en désigner d'autres.

Cependant, sa raison s'efforçait de percer le voile de l'étourdissement et de comprendre la situation. Elle demanda plusieurs fois à Bertlef pourquoi il avait cherché à la voir, justement ce jour-là, alors qu'il la connaissait à peine. « Je veux le savoir, répétait-elle, je veux savoir pourquoi vous avez pensé à moi.

— Je pense à vous depuis longtemps, répondit Bertlef, sans cesser de la regarder dans les yeux.

— Alors, pourquoi aujourd'hui plutôt qu'un autre jour ?

— Parce que toute chose vient à son heure. Et notre heure, c'est maintenant. »

Ces paroles étaient énigmatiques, mais Ruzena sentait qu'elles étaient sincères. A force d'être insoluble, sa situation en était devenue si intolérable que quelque chose devait se produire.

« Oui, dit-elle d'un air songeur, ça a été une journée bien étrange.

— Vous voyez, vous savez vous-même que je suis venu à temps », dit Bertlef d'une voix de velours.

Ruzena était envahie par une sensation, confuse mais délicieuse, de soulagement : si Bertlef était apparu précisément aujourd'hui, cela signifiait que tout ce qui arrivait était commandé d'ailleurs et qu'elle pouvait se reposer et s'abandonner à cette force supérieure.

« Oui, c'est vrai, vous êtes venu à temps, dit-elle

— Je le sais. »

Pourtant, il y avait encore quelque chose qui lui échappait : « Mais pourquoi ? Pourquoi avez-vous cherché à me voir ?

— Parce que je vous aime. »

Le mot *aime* avait été prononcé tout doucement, mais la pièce en était soudain remplie.

Ruzena baissa la voix : « Vous m'aimez ? »

— Oui, je vous aime. »

Frantisek et Klima lui avaient déjà dit ce mot, mais ce soir-là, elle le vit pour la première fois tel qu'il est vraiment quand il vient sans qu'on l'invoque, sans qu'on l'attende et qu'il est nu. Ce mot entra dans la pièce comme un miracle. Il était totalement inexplicable mais à Ruzena il semblait d'autant plus réel, car les choses les plus élémentaires existent ici-bas sans explication ni motif, puisant en elles-mêmes leur raison d'être.

« Vraiment? demanda-t-elle, et sa voix trop forte à l'ordinaire n'émettait qu'un chuchotement.

— Oui. Vraiment.

— Mais je suis une fille tout à fait banale.

— Pas du tout.

— Si.

— Vous êtes belle.

— Non.

— Vous êtes tendre.

— Non, dit-elle, hochant la tête.

— Vous irradiez la douceur et la bonté. »

Elle hochait la tête : « Non, non, non.

— Je sais comme vous êtes. Je le sais mieux que vous.

— Vous n'en savez rien du tout.

— Si, je le sais. »

La confiance qui émanait des yeux de Bertlef était comme un bain merveilleux et Ruzena souhaitait que ce regard, qui l'inondait et la caressait, dure le plus longtemps possible.

« C'est vrai? Je suis comme ça?

— Oui. Je le sais. »

219

C'était beau comme le vertige : dans les yeux de Bertlef, elle se sentait délicate, tendre, pure, elle se sentait noble comme une reine. C'était soudain comme d'être farcie de miel et de plantes parfumées. Elle se trouvait elle-même adorable. (Mon dieu ! il ne lui était encore jamais arrivé de se trouver si délicieusement adorable.)

Elle continuait de protester :

« Mais vous me connaissez à peine.

— Je vous connais depuis longtemps. Il y a longtemps que je vous observe et vous ne vous en doutez même pas. Je vous connais par cœur », disait-il et il parcourait des doigts son visage. « Votre nez, votre sourire délicatement dessiné, vos cheveux... »

Ensuite, il commença à déboutonner ses vêtements, et elle ne se défendait même pas, elle se contentait de plonger les yeux dans les siens, dans son regard qui l'entourait comme de l'eau, une eau veloutée. Elle était assise en face de lui avec les seins nus qui se dressaient sous son regard et qui désiraient être vus et glorifiés. Son corps tout entier se tournait vers ses yeux comme un tournesol vers le soleil.

23

Ils étaient dans la chambre de Jakub, Olga parlait et Jakub se répétait qu'il était toujours temps. Il pourrait retourner au foyer Karl-Marx et, si elle n'y était pas, il pourrait déranger Bertlef dans l'appartement voisin et lui demander s'il ne savait pas ce que la jeune femme était devenue.

Olga bavardait et il continuait de vivre mentalement une scène pénible où il expliquait quelque chose à l'infirmière, bégayait, avançait des prétextes, s'excusait et tentait d'obtenir d'elle le tube de comprimés. Puis soudain, comme s'il était fatigué par ces visions qu'il affrontait depuis plusieurs heures, il se sentit saisi d'une intense indifférence.

Ce n'était pas seulement l'indifférence de la fatigue, c'était une indifférence délibérée et combative. Jakub venait en effet de comprendre qu'il lui était absolument égal que la créature aux cheveux jaunes survive, et que ce serait en fait de l'hypocrisie et une comédie indigne s'il tentait de la sauver. Qu'il ne ferait ainsi que tromper celui qui le mettait à l'épreuve. Car celui qui le mettait à l'épreuve (Dieu qui n'existe pas) voulait connaître Jakub tel qu'il était vraiment, et non tel qu'il feignait d'être. Et Jakub avait résolu d'être loyal envers lui ; d'être celui qu'il était vraiment.

Ils étaient assis face à face dans des fauteuils, il y avait entre eux une petite table. Jakub voyait Olga se pencher vers lui par-dessus cette petite table et il entendait sa voix : « Je voudrais que tu m'embrasses. Comment se fait-il que nous nous connaissions depuis si longtemps et que nous ne nous soyons jamais embrassés ? »

24

Mᵐᵉ Klima avait un sourire forcé sur son visage et, au fond d'elle, de l'angoisse, quand elle se glissa derrière son mari dans le local réservé aux exécutants. Elle avait peur de découvrir le vrai visage de la maîtresse de Klima. Mais il n'y avait pas de maîtresse du tout. Il y avait bien quelques fillettes qui s'agitaient pour demander à Klima un autographe, mais elle comprenait (elle avait un œil d'aigle) qu'aucune d'elles ne le connaissait personnellement.

Elle était pourtant certaine que la maîtresse était quelque part ici. Elle le devinait au visage de Klima qui était pâle et absent. Il souriait à sa femme aussi faussement qu'elle lui souriait.

Le docteur Skreta, le pharmacien et quelques autres personnes, sans doute des médecins et leurs épouses, se présentèrent à Mᵐᵉ Klima en s'inclinant. Quelqu'un proposa d'aller s'asseoir dans l'unique bar de la localité. Klima s'excusa, invoquant la fatigue. Mᵐᵉ Klima pensa que la maîtresse devait attendre dans le bar ; c'est pourquoi Klima refusait d'y aller. Et parce que le malheur l'attirait comme un aimant, elle lui demanda de lui faire plaisir et de surmonter sa fatigue.

Mais dans le bar non plus, il n'y avait aucune femme qu'elle pût soupçonner d'une liaison avec Klima. On s'assit à une grande table. Le docteur Skreta était bavard et faisait l'éloge du trompettiste. Le pharmacien était plein d'un bonheur timide qui ne savait pas s'exprimer. Mme Klima voulait être charmante et gaiement volubile : « Docteur, vous êtes splendide, disait-elle à Skreta, et vous aussi, cher pharmacien. Et l'ambiance était authentique, gaie, insouciante, mille fois meilleure que dans les concerts de la capitale. »

Sans le regarder, elle ne cessait pas une seconde de l'observer. Elle sentait qu'il ne dissimulait sa nervosité qu'au prix de la plus grande tension et qu'il faisait un effort pour prononcer un mot de temps à autre et ne pas laisser voir qu'il était mentalement absent. Il était évident qu'elle lui avait gâché quelque chose, et pas quelque chose de banal. S'il ne s'était agi que d'une aventure ordinaire (Klima lui jurait toujours ses grands dieux qu'il ne pourrait jamais s'éprendre d'une autre femme), il ne serait pas tombé dans une aussi profonde dépression. Certes, elle ne voyait pas la maîtresse, mais elle croyait voir l'amour ; l'amour dans le visage de son mari (un amour souffrant et désespéré) et ce spectacle était peut-être encore plus douloureux.

« Qu'avez-vous, monsieur Klima ? demanda tout à coup le pharmacien, d'autant plus aimable et d'autant plus observateur qu'il était taciturne.

— Rien. Rien du tout ! dit Klima, pris de peur. J'ai un peu mal à la tête.

— Vous ne voulez pas un cachet ? demanda le pharmacien.

— Non, non, fit le trompettiste, hochant la tête. Mais je vous prie de m'excuser si nous partons un peu vite. Je suis vraiment très fatigué. »

223

25

Comment se fait-il qu'elle ait enfin osé ?

Depuis qu'elle avait rejoint Jakub à la brasserie, elle trouvait qu'il n'était pas comme d'habitude. Il était silencieux et pourtant aimable, incapable de fixer son attention et pourtant docile, en pensée il était ailleurs et pourtant il faisait tout ce qu'elle désirait. Ce manque de concentration (elle l'attribuait à son départ tout proche) lui était agréable : elle parlait à un visage absent et il lui semblait parler dans des lointains où on ne l'entendait pas. Elle pouvait donc dire ce qu'elle ne lui avait jamais dit.

Maintenant qu'elle l'avait invité à l'embrasser, elle avait l'impression de le déranger, de l'inquiéter. Mais cela ne la décourageait aucunement, au contraire, ça lui faisait plaisir : elle se sentait enfin devenue la femme audacieuse et provocante qu'elle avait toujours souhaité être, la femme qui domine la situation, la met en mouvement, observe avec curiosité le partenaire et le plonge dans l'embarras.

Elle continuait de le regarder fermement dans les yeux et elle dit avec un sourire : « Mais pas ici. Ce serait ridicule de nous pencher par-dessus la table pour nous embrasser. Viens. »

Elle lui tendit la main, le guida vers le divan et savoura la finesse, l'élégance et la tranquille souveraineté de sa conduite. Puis elle l'embrassa et elle agit avec une passion qu'elle ne s'était encore jamais connue. Pourtant, ce n'était pas la passion spontanée du corps qui ne parvient pas à se maîtriser, c'était la passion du cerveau, une passion consciente et délibérée. Elle voulait arracher à Jakub le déguisement de son rôle paternel, elle voulait le scandaliser et s'exciter au spectacle de son trouble, elle voulait le violer et s'observer en train de le violer, elle voulait connaître la saveur de sa langue et sentir ses mains paternelles s'enhardir peu à peu et la couvrir de caresses.

Elle défit le bouton de sa veste et la lui enleva.

26

Il ne le quitta pas des yeux pendant tout le concert puis il se mêla aux enthousiastes qui se précipitaient derrière l'estrade pour que les artistes leur griffonnent en souvenir une signature. Mais Ruzena n'était pas là. Il suivit un petit groupe de gens que le trompettiste conduisait au bar de la ville d'eaux. Il y pénétra avec eux, persuadé que Ruzena y attendait déjà le musicien. C'était une erreur. Il sortit et fit longuement le guet devant l'entrée.

Soudain, il sentit une douleur le transpercer. Le trompettiste venait de sortir du bar et une forme féminine se pressait contre lui. Il crut que c'était Ruzena, mais ce n'était pas elle.

Il les suivit jusqu'au Richmond où Klima entra avec l'inconnue.

Il alla rapidement au foyer Karl-Marx en prenant par le parc. La porte était encore ouverte. Il demanda au concierge si Ruzena était chez elle. Elle n'y était pas.

Il repartit vers le Richmond en courant, craignant que Ruzena n'y ait rejoint Klima. Il faisait les cent pas dans l'allée du parc et gardait les yeux fixés sur l'entrée. Il ne comprenait rien à ce qui arrivait. Plusieurs hypothèses lui vinrent à l'esprit, mais elles ne comptaient pas. Ce qui comptait, c'était qu'il était ici et qu'il guettait, et il savait qu'il guetterait jusqu'à ce qu'il les voie.

Pourquoi ? A quoi bon ? Ne ferait-il pas mieux de rentrer chez lui et dormir ?

Il se répétait qu'il devait enfin découvrir toute la vérité.

Mais voulait-il vraiment connaître la vérité ? Souhaitait-il vraiment si fort s'assurer que Ruzena couchait avec Klima ? Ne voulait-il pas plutôt attendre une preuve de l'innocence de Ruzena ? Pourtant, soupçonneux comme il était, aurait-il ajouté foi à cette preuve ?

Il ne savait pas pourquoi il attendait. Il savait seulement qu'il attendrait longtemps, toute la nuit s'il le fallait et même plusieurs nuits. Car le temps éperonné par la jalousie passe à une allure incroyable. La jalousie occupe l'esprit encore plus complètement qu'un travail intellectuel passionné. L'esprit n'a plus une seconde de loisir. Celui qui est en proie à la jalousie ignore l'ennui.

Frantisek arpente un court tronçon de l'allée, sur une distance d'à peine une centaine de mètres, d'où l'on aperçoit l'entrée du Richmond. Il va faire ainsi les cent pas pendant toute la nuit, jusqu'à ce que tous les autres soient endormis, il va faire ainsi les cent pas jusqu'au lendemain, jusqu'au début du chapitre suivant.

Mais pourquoi ne s'assied-il pas ? Il y a des bancs en face du Richmond !

Il ne peut pas s'asseoir. La jalousie est comme une violente rage de dents. On ne peut rien faire quand on est jaloux, pas même s'asseoir. On ne peut qu'aller et venir. D'un point à un autre.

27

Ils suivaient le même chemin que Bertlef et Ruzena, que Jakub et Olga ; l'escalier jusqu'au premier étage puis le tapis de peluche rouge jusqu'au bout du couloir qui se terminait par la grande porte de l'appartement de Bertlef. A droite se trouvait la porte de la chambre de Jakub, à gauche la chambre que le docteur Skreta prêtait à Klima.

Quand il ouvrit la porte et qu'il alluma la lumière, il remarqua le bref regard inquisiteur que Kamila jetait à travers la pièce. Il savait qu'elle cherchait les traces d'une femme. Il connaissait ce regard. Il savait tout d'elle. Il savait que son amabilité n'était pas sincère. Il savait qu'elle était venue pour l'espionner, il savait qu'elle faisait semblant d'être venue pour lui faire plaisir. Et il savait qu'elle percevait nettement sa gêne et qu'elle avait la certitude de lui gâcher une aventure amoureuse.

« Chéri, ça ne te dérange vraiment pas que je sois venue ? » demande-t-elle.

Et lui : « Comme si ça pouvait me déranger !

— J'avais peur que tu aies le cafard, ici.

— Oui, sans toi j'aurais le cafard. Ça m'a fait plaisir quand je t'ai vue applaudir au pied de l'estrade.

— Tu as l'air fatigué. A moins que tu ne sois contrarié ?

— Non. Non, je ne suis pas contrarié. Seulement fatigué.

— Tu es triste, parce que vous étiez toujours entre hommes ici, et ça te déprime. Mais te voilà avec une belle femme. Est-ce que je ne suis pas une belle femme ?

— Oui, tu es une belle femme », dit Klima, et c'étaient les premières paroles sincères qu'il lui disait ce jour-là. Kamila était d'une beauté céleste et Klima éprouvait une immense douleur à la pensée que cette beauté courait un danger mortel. Mais cette beauté lui souriait et commençait à se déshabiller sous ses yeux. Il regardait son corps se dénuder, et c'était comme de lui dire adieu Les seins, ses beaux seins, purs et intacts, la taille étroite, le ventre d'où le slip venait de glisser. Il l'observait avec nostalgie comme un souvenir. Comme à travers une vitre. Comme on regarde au loin. Sa nudité était si lointaine qu'il n'éprouvait pas la moindre excitation. Et pourtant, il la contemplait d'un regard vorace. Il buvait cette nudité comme un condamné boit son dernier verre avant l'exécution. Il buvait cette nudité comme on boit un passé perdu et une vie perdue.

Kamila s'approcha de lui : « Qu'est-ce qu'il y a ? Tu ne te déshabilles pas ? »

Il ne pouvait faire autrement que se déshabiller et il était affreusement triste.

« Ne va pas croire que tu as le droit d'être fatigué maintenant que je suis venue te rejoindre. Je te veux. »

Il savait que ce n'était pas vrai. Il savait que Kamila n'avait pas la moindre envie de faire l'amour et qu'elle s'imposait ce comportement provocant pour la seule raison qu'elle voyait sa tristesse et qu'elle l'attribuait à son amour pour une autre. Il savait (mon dieu, comme il la connaissait !) qu'elle voulait, par ce défi amoureux, le mettre à l'épreuve, pour savoir jusqu'à quel point son esprit était absorbé par une autre femme, il savait qu'elle voulait se faire mal avec sa tristesse.

« Je suis vraiment fatigué », dit-il.

Elle le prit dans ses bras, puis le conduisit jusqu'au lit : « Tu vas voir comme je vais te la faire oublier, ta fatigue ! » Et elle commença à jouer avec son corps nu.

Il était allongé comme sur une table d'opération. Il savait que toutes les tentatives de sa femme seraient inutiles. Son corps se contractait, vers le dedans, et n'avait plus la moindre faculté d'expansion. Kamila parcourait tout son corps avec ses lèvres humides et il savait qu'elle voulait se faire souffrir et le faire souffrir et il la détestait. Il la détestait de toute l'intensité de son amour : c'était elle et elle seule, avec sa jalousie, ses soupçons, sa méfiance, elle et elle seule avec sa visite d'aujourd'hui qui avait tout gâché, c'était à cause d'elle que leur mariage était miné par une charge déposée dans le ventre d'une autre, une charge qui allait exploser dans sept mois et qui balayerait tout. C'était elle et elle seule, à force de trembler comme une insensée pour leur amour, qui avait tout détruit.

Elle posa la bouche sur son ventre et il sentait son sexe se contracter sous les caresses, rentrer vers l'intérieur, fuir devant elle, de plus en plus petit, de plus en plus anxieux. Et il savait que Kamila mesurait au refus de son corps l'ampleur de son amour pour une autre femme. Il savait qu'elle se faisait affreusement mal et que plus elle avait mal, plus elle le ferait souffrir et plus elle s'obstinerait à toucher de ses lèvres humides son corps sans force.

28

Jamais il n'avait rien moins souhaité que de coucher avec cette fille-là. Il désirait lui apporter la joie et la combler de toute sa bonté, mais cette bonté n'avait rien de commun avec le désir sensuel, mieux encore, elle l'excluait totalement, car elle se voulait pure, désintéressée, détachée de tout plaisir.

Mais que pouvait-il faire maintenant ? Fallait-il, pour ne pas souiller sa bonté, repousser Olga ? Il n'en était pas question. Son refus aurait blessé Olga et l'aurait marquée pour longtemps. Il comprenait que le calice de bonté, il fallait le boire jusqu'à la lie.

Et elle fut soudain nue devant lui et il se disait que son visage était noble et doux. Mais c'était une piètre consolation quand il voyait le visage d'un seul tenant avec le corps qui ressemblait à une longue et mince tige à l'extrémité de laquelle était plantée, démesurément grosse, une fleur chevelue.

Mais belle ou pas, Jakub savait qu'il n'y avait plus moyen d'échapper. D'ailleurs, il sentait que son corps (ce corps servile) était une fois de plus tout à fait disposé à lever sa lance complaisante. Pourtant, son excitation semblait se produire chez un autre, loin, hors de son âme, comme s'il était excité sans y prendre part et qu'il dédaignât en secret cette excitation. Son âme était loin de son corps, obsédée par l'idée du poison dans le sac de l'inconnue. Tout au plus observait-elle avec regret le corps qui, aveuglément et impitoyablement, courait après ses intérêts futiles.

Un fugace souvenir lui passa par la tête : il avait dix ans quand il avait appris comment les enfants viennent au monde et, depuis, cette idée le hantait toujours davantage, d'autant plus qu'il découvrait plus en détail avec les années la matière concrète des organes féminins. Depuis, il avait souvent imaginé sa propre naissance ; il imaginait son corps minuscule qui se glissait par l'étroit tunnel humide, il l'imaginait le nez plein et la bouche pleine de l'étrange mucus dont il était tout entier oint et marqué. Oui, le mucus féminin l'avait marqué pour exercer sur Jakub, pendant toute sa vie, son pouvoir mystérieux, pour avoir le droit de l'appeler à tout moment auprès de lui et de commander aux mécanismes singuliers de son corps. Tout cela lui avait toujours répugné, il se révoltait contre ce servage, du moins en refusant aux femmes son âme, en sauvegardant sa liberté et sa solitude, en restreignant le

231

pouvoir du mucus à des heures déterminées de sa vie. Oui, s'il avait tant d'affection pour Olga, c'était sans doute parce que, pour lui, elle était tout entière au-delà des limites du sexe et qu'il était certain qu'elle ne lui rappellerait jamais, par son corps, le mode honteux de sa venue au monde.

Il repoussa brutalement ces pensées, parce que la situation sur le divan se développait rapidement et parce qu'il allait devoir, d'une seconde à l'autre, entrer dans son corps, et qu'il ne voulait pas le faire avec une idée de répugnance. Il se dit que cette femme, qui s'ouvrait à lui, était l'être auquel il faisait don du seul amour pur de sa vie, et qu'il n'allait maintenant l'aimer que pour qu'elle soit heureuse, pour qu'elle connaisse la joie, pour qu'elle soit sûre d'elle-même et gaie.

Il s'étonnait lui-même : il se mouvait sur elle, comme s'il se balançait sur les flots de la bonté. Il se sentait heureux, il se sentait bien. Son âme s'identifiait humblement avec l'activité de son corps, comme si l'acte d'amour n'était que l'expression physique d'une tendresse bienveillante, d'un sentiment pur envers le prochain. Il n'y avait pas d'obstacle, pas une fausse note. Ils se tenaient étroitement enlacés et leur haleine était confondue.

Ce furent de belles et de longues minutes, puis Olga lui chuchota à l'oreille un mot obscène. Elle le chuchota une première fois, puis une autre et encore une fois, elle-même excitée par ce mot.

Les flots de la bonté refluèrent d'un seul coup et Jakub se retrouva avec la jeune femme au milieu d'un désert.

Non, d'ordinaire, pendant l'amour, il n'avait rien

contre les mots obscènes. Ils éveillaient en lui la
sensualité et la cruauté. Ils rendaient les femmes
agréablement étrangères à son âme, agréablement
désirables à son corps.

Mais le mot obscène, dans la bouche d'Olga,
anéantit brutalement toute la douce illusion. Il l'éveilla
d'un rêve. Le nuage de bonté se dissipa et subitement
il vit Olga dans ses bras, telle qu'il l'avait vue un
instant plus tôt : avec la grosse fleur de la tête sous
laquelle tremblait la mince tige du corps. Cette créature touchante avait des manières provocantes de
putain, sans cesser d'être touchante, ce qui donnait aux
mots obscènes quelque chose de comique et de triste.

Mais Jakub savait qu'il ne devait rien laisser
paraître, qu'il devait se dominer, qu'il devait boire et
boire encore l'amer calice de bonté, parce que cette
étreinte absurde était son unique bonne action, son
unique rédemption (il ne cessait pas un instant de se
souvenir du poison dans le sac de l'autre), son unique
salut.

29

Comme une grosse perle dans la double coquille
d'un mollusque, le luxueux appartement de Bertlef est
encadré de deux côtés par les chambres moins
luxueuses où logent Jakub et Klima. Mais dans les
deux chambres voisines, le silence et le calme règnent

depuis longtemps quand Ruzena, dans les bras de Bertlef, pousse ses derniers soupirs de volupté.

Puis elle reste paisiblement allongée à côté de lui, et il lui caresse le visage. Au bout d'un moment, elle éclate en sanglots. Elle pleure longuement et enfouit la tête dans sa poitrine.

Bertlef la caresse comme une petite fille et elle se sent vraiment toute petite. Petite comme jamais (jamais elle ne s'est cachée comme ça dans la poitrine de personne), mais grande aussi comme jamais (jamais elle n'a éprouvé autant de plaisir qu'aujourd'hui). Et ses pleurs l'emportent, avec des mouvements saccadés, vers des sensations de bien-être qui lui étaient jusqu'ici pareillement inconnues.

Où est Klima en ce moment et où est Frantisek ? Ils sont quelque part dans des brumes lointaines, silhouettes qui s'éloignent à l'horizon, aussi légères qu'un duvet. Et où est le désir obstiné de Ruzena de s'emparer de l'un et de se débarrasser de l'autre ? Qu'est-il advenu de ses colères convulsives, de son silence offensé, où elle s'est enfermée depuis le matin comme dans une cuirasse ?

Elle est allongée, elle sanglote et il lui caresse le visage. Il lui dit de s'endormir, qu'il a sa chambre à coucher dans une pièce contiguë. Et Ruzena ouvre les yeux et le regarde. Bertlef est nu, il va dans la salle de bains (on entend couler l'eau), puis revient, ouvre l'armoire, en sort une couverture et la déplie délicatement sur le corps de Ruzena.

Ruzena voit des veines variqueuses sur ses mollets. Quand il s'est penché sur elle, elle a remarqué que ses cheveux bouclés sont grisonnants et clairsemés et qu'ils laissent transparaître la peau. Oui, Bertlef est sexagénaire, il a même un peu de ventre, mais pour Ruzena, ça ne compte pas. Au contraire, l'âge de Bertlef la tranquillise, projette une lumière radieuse sur sa propre jeunesse, encore grise et inexpressive, et elle se sent pleine de vie et enfin tout au commencement de la route. Et voici qu'elle découvre, en sa présence, qu'elle sera jeune encore longtemps, qu'elle n'a pas besoin de se presser et qu'elle n'a rien à craindre du temps. Bertlef vient de se rasseoir près d'elle, il la caresse et elle a l'impression de trouver refuge, plus que dans le contact réconfortant de ses doigts, dans l'étreinte rassurante de ses années.

Puis elle perd conscience, dans sa tête passent les visions confuses de la première approche du sommeil. Elle s'éveille et toute la pièce lui paraît inondée d'une étrange lumière bleue. Quel est donc cet éclat singulier qu'elle n'a jamais vu ? Est-ce la lune qui est descendue jusqu'ici, enveloppée d'un voile bleu ? A moins que Ruzena ne rêve les yeux ouverts ?

Bertlef lui sourit, sans cesser de lui caresser le visage.

Et maintenant, elle ferme définitivement les yeux, emportée par le sommeil.

Cinquième journée

1

Il faisait encore nuit quand Klima s'éveilla d'un très léger sommeil. Il voulait trouver Ruzena avant qu'elle n'aille à son travail. Mais comment expliquer à Kamila qu'il avait une course à faire avant le lever du jour ?

Il regarda sa montre : il était 5 heures du matin. S'il ne voulait pas manquer Ruzena, il fallait qu'il se lève immédiatement, mais il ne trouvait pas d'excuse. Son cœur battait très fort, mais que faire ! Il se leva et commença à s'habiller doucement de peur de réveiller Kamila. Il boutonnait son veston quand il entendit sa voix. C'était une petite voix aiguë qui lui parvenait du demi-sommeil. « Où vas-tu ? »

Il s'approcha du lit et l'embrassa délicatement sur les lèvres : « Dors, je reviens tout de suite.

— Je t'accompagne », dit Kamila, mais elle se rendormit aussitôt.

Klima sortit rapidement.

2

Est-ce possible ? Fait-il toujours les cent pas ?

Oui. Mais soudain il s'arrêta. Il aperçut Klima à l'entrée du Richmond. Il se dissimula et se mit à le suivre discrètement jusqu'au foyer Karl-Marx. Il passa devant la loge (le concierge dormait) et s'arrêta à l'angle du couloir où se trouvait la chambre de Ruzena. Il voyait le trompettiste frapper à la porte de l'infirmière. Personne ne lui ouvrait. Klima frappa encore plusieurs coups, puis il fit demi-tour et s'en alla.

Frantisek sortit derrière lui de l'immeuble en courant. Il le voyait remonter la longue rue vers l'établissement de bains où Ruzena allait prendre son service dans une demi-heure. Il revint au pas de course au foyer Karl-Marx, tambourina à la porte de Ruzena et dit à voix basse mais distinctement, dans le trou de la serrure : « C'est moi ! Frantisek ! Tu n'as rien à craindre de moi ! A moi, tu peux ouvrir ! »

Personne ne lui répondait.

Quand il revint, le concierge venait de se lever.

« Ruzena est-elle chez elle ? lui demanda Frantisek.

— Elle n'est pas rentrée depuis hier », dit le concierge.

Frantisek sortit dans la rue. Il vit de loin Klima qui entrait dans le bâtiment des bains.

3

Ruzena se réveillait régulièrement à 5 heures et demie. Ce jour-là, après s'être si agréablement assoupie, elle ne dormit pas plus longtemps. Elle se leva, s'habilla et entra sur la pointe des pieds dans la petite chambre contiguë.

Bertlef était couché sur le côté, il respirait profondément et ses cheveux, toujours soigneusement peignés pendant la journée, étaient ébouriffés et découvraient la peau nue sur le crâne. Dans le sommeil, son visage paraissait plus gris et plus vieux. Des flacons de médicaments, qui rappelaient à Ruzena l'hôpital, étaient posés sur la table de nuit. Mais rien de tout cela ne la dérangeait. Elle le regardait et elle en avait les larmes aux yeux. Elle n'avait jamais vécu de soirée plus belle que celle de la veille. Elle éprouvait l'étrange envie de s'agenouiller devant lui. Elle ne le fit pas, mais elle se pencha et lui baisa délicatement le front.

Dehors, en approchant de l'établissement de bains, elle vit Frantisek qui venait au-devant d'elle.

La veille encore, cette rencontre l'aurait bouleversée. Bien qu'elle fût amoureuse du trompettiste, Frantisek comptait beaucoup pour elle. Il formait avec Klima un couple inséparable. L'un incarnait la banalité, l'autre le rêve ; il y en avait un qui la voulait, un autre qui ne la voulait pas ; à l'un elle voulait échapper, et l'autre elle le désirait. Chacun des deux hommes déterminait le sens de l'existence de l'autre. Quand elle

241

avait décidé qu'elle était enceinte de Klima, elle n'avait pas effacé pour autant Frantisek de sa vie ; au contraire : c'était Frantisek qui l'avait poussée à cette décision. Elle était entre ces deux hommes comme entre les deux pôles de sa vie ; ils étaient le nord et le sud de sa planète et elle n'en connaissait aucune autre.

Mais ce matin-là, elle avait soudain compris que ce n'était pas la seule planète habitable. Elle avait compris que l'on pouvait vivre sans Klima et sans Frantisek ; qu'il n'y avait aucune raison de se hâter ; qu'il y avait assez de temps ; que l'on pouvait se laisser conduire par un homme sage et mûr loin de ce territoire ensorcelé où l'on vieillit si vite.

« Où as-tu passé la nuit ? jeta Frantisek.

— Ça ne te regarde pas.

— J'ai été chez toi. Tu n'étais pas dans ta chambre.

— Ça ne te regarde absolument pas, où j'ai passé la nuit, dit Ruzena, et sans s'arrêter elle franchit le portail des bains. Et ne viens plus me voir. Je te l'interdis. »

Frantisek resta planté devant l'établissement et, comme il avait mal aux pieds d'avoir passé la nuit à marcher, il s'assit sur un banc d'où il pouvait surveiller l'entrée.

Ruzena monta l'escalier quatre à quatre et entra au premier étage dans une spacieuse salle d'attente où des bancs et des fauteuils destinés aux malades étaient placés le long des murs. Klima était assis devant la porte du service où elle travaillait.

« Ruzena, dit-il en se levant, et il la regardait avec des yeux désespérés. Je t'en supplie. Je t'en supplie, sois raisonnable ! J'y vais avec toi ! »

Son angoisse était à nu, dépouillée de toute la démagogie sentimentale pour laquelle il avait fait tant d'efforts les jours précédents.

Ruzena lui dit : « Tu veux te débarrasser de moi. »

Il eut peur : « Je ne veux pas me débarrasser de toi, au contraire. Je fais tout cela pour que nous puissions être encore plus heureux ensemble.

— Ne mens pas, dit Ruzena.

— Ruzena, je t'en supplie ! Ce sera un malheur si tu n'y vas pas !

— Qui te dit que je n'irai pas ? Il nous reste encore trois heures. Il n'est que six heures. Tu peux tranquillement rejoindre ta femme au lit ! »

Elle ferma la porte derrière elle, enfila sa blouse blanche et dit à la quadragénaire : « S'il te plaît, il faut que je m'absente à 9 heures. Pourrais-tu me remplacer pour une heure ?

— Alors, tu t'es quand même laissé convaincre, dit sa collègue d'un ton de reproche.

— Non. Je suis tombée amoureuse », dit Ruzena.

4

Jakub s'approcha de la fenêtre et l'ouvrit. Il pensait au comprimé bleu pâle et ne pouvait pas croire qu'il l'eût vraiment donné la veille à cette femme inconnue. Il regardait le bleu du ciel et il aspirait l'air frais de ce matin d'automne. Le monde qu'il voyait par la fenêtre était normal, tranquille, naturel. L'épisode de la veille avec l'infirmière lui semblait tout à coup absurde et invraisemblable.

Il prit l'écouteur et composa le numéro de l'établissement de bains. Il demanda à parler à l'infirmière Ruzena au département des femmes. Il attendit longtemps puis une voix de femme se fit entendre. Il répéta qu'il voulait parler à l'infirmière Ruzena. La voix répondit que l'infirmière Ruzena était en ce moment à la piscine et qu'elle ne pouvait pas venir. Il remercia et raccrocha.

Il éprouva un immense soulagement : l'infirmière était en vie. Les comprimés du tube étaient prescrits trois fois par jour, elle en avait sans doute pris un la veille au soir et un autre le matin, et elle avait donc avalé depuis longtemps le comprimé de Jakub. Soudain, tout lui paraissait absolument clair : le comprimé bleu pâle, qu'il portait dans une poche comme le gage de sa liberté, était une imposture. Son ami lui avait donné le comprimé de l'illusion.

Mon dieu, comment pouvait-il n'y avoir jamais pensé jusqu'ici ? Il évoqua une fois de plus le jour lointain où il avait demandé du poison à ses amis. Il sortait alors de prison et il comprenait maintenant, avec le recul de longues années, que tous ces gens-là ne voyaient sans doute dans sa requête qu'un geste théâtral destiné à attirer après coup l'attention sur les souffrances qu'il avait endurées. Mais Skreta, sans hésiter, lui avait promis ce qu'il lui demandait et, quelques jours plus tard, il lui avait apporté un comprimé bleu pâle et luisant. Pourquoi aurait-il hésité, et pourquoi aurait-il essayé de le dissuader ? Il s'y était pris bien plus habilement que ceux qui l'avaient éconduit. Il lui avait donné l'inoffensive illusion du calme et de la certitude et, en plus, il s'en était fait un ami pour toujours.

Comment cette idée ne lui était-elle jamais venue ? Il avait trouvé un peu curieux, en ce temps-là, que Skreta lui donne du poison sous l'aspect d'un comprimé banal de fabrication industrielle. Tout en sachant que Skreta, en sa qualité de biochimiste, avait accès à des poisons, il ne comprenait pas comment il avait pu disposer d'appareils industriels à presser les comprimés. Mais il ne s'était pas posé de questions. Bien qu'il doutât de toute chose, il croyait à son comprimé comme on croit à l'Évangile.

Maintenant, en ces instants d'immense soulagement, il était évidemment reconnaissant à son ami de son imposture. Il était heureux que l'infirmière soit en vie et que toute cette mésaventure absurde ne soit qu'un cauchemar, qu'un mauvais rêve. Mais ici-bas rien ne dure longtemps et, derrière les ondes faiblissantes du soulagement, montait la voix grêle du regret :

Comme c'était grotesque ! Le comprimé qu'il gardait dans une poche donnait à chacun de ses pas une solennité théâtrale et lui permettait de faire de sa vie un mythe grandiose ! Il était persuadé de porter sur lui la mort dans un bout de papier de soie et ce n'était en réalité que le doux rire de Skreta.

Jakub savait que son ami avait eu, somme toute, raison, mais il ne pouvait s'empêcher de penser que le Skreta qu'il aimait tant était d'un seul coup devenu un médecin ordinaire, comme il y en a des milliers. De lui avoir donné le poison sans hésiter, comme une chose qui allait de soi, le distinguait radicalement des gens que Jakub connaissait. Il y avait dans sa conduite quelque chose d'invraisemblable. Il n'agissait pas comme les gens agissent avec les gens. Il ne s'était aucunement demandé si Jakub ne risquait pas d'abuser du poison dans une crise d'hystérie ou de dépression. Il le traitait comme un homme qui est totalement maître de soi et n'a pas de faiblesses humaines. Ils se comportaient l'un envers l'autre comme deux Dieux qui seraient contraints de vivre parmi les humains — et c'était cela qui était beau. Inoubliable. Et soudain, c'était fini.

Jakub regardait le bleu du ciel et se disait : Il m'a apporté aujourd'hui le soulagement et la paix. Et en même temps il m'a dépouillé de lui-même ; il m'a dépossédé de mon Skreta.

5

Le consentement de Ruzena frappait Klima d'une douce hébétude, mais l'appât de la plus grande récompense n'aurait pu l'attirer hors de la salle d'attente. L'inexplicable disparition de Ruzena s'était, depuis la veille, gravée de façon menaçante dans sa mémoire. Il était résolu à attendre ici patiemment pour que personne ne la dissuade, ne l'emmène, ne l'enlève.

Des curistes commençaient à arriver, elles

ouvraient la porte derrière laquelle Ruzena avait disparu, les unes restaient là-bas, les autres revenaient dans le couloir et s'asseyaient dans les fauteuils le long des murs et toutes examinaient Klima avec curiosité, car on n'avait pas l'habitude de voir des hommes dans la salle d'attente du département des femmes.

Ensuite, une grosse dame en blouse blanche entra et regarda longuement Klima ; puis elle s'approcha de lui et lui demanda s'il attendait Ruzena. Il rougit et il acquiesça.

« Ce n'est pas la peine d'attendre. Vous avez le temps d'ici 9 heures », dit-elle avec une irritante familiarité, et Klima eut l'impression que toutes les femmes présentes dans la pièce l'entendaient et savaient de quoi il retournait.

Il était environ 9 heures moins le quart quand Ruzena reparut, vêtue d'un costume de ville. Il lui emboîta le pas et ils sortirent en silence de l'établissement de bains. Ils étaient tous deux plongés dans leurs pensées et ils ne remarquèrent pas Frantisek qui les suivait, dissimulé par les buissons du jardin public.

6

Il ne reste plus à Jakub qu'à prendre congé d'Olga et de Skreta, mais avant il veut encore se promener seul un moment (pour la dernière fois) dans le jardin public et contempler avec nostalgie les arbres qui ressemblent à des flammes.

Au moment où il sortit dans le couloir, une jeune femme refermait la porte de la chambre d'en face, et sa haute silhouette captiva son regard. Quand elle se retourna, il fut abasourdi par sa beauté.

Il lui adressa la parole : « Êtes-vous une amie du docteur Skreta ? »

La femme sourit aimablement : « Comment le savez-vous ?

— Vous êtes sortie de la chambre que le docteur Skreta réserve à ses amis, dit Jakub, et il se présenta.

— Enchantée. Je suis Mme Klima. Le docteur loge ici mon mari. Je le cherche. Il doit être avec le docteur. Vous ne savez pas où je pourrais le trouver ? »

Jakub contemplait la jeune femme avec un plaisir insatiable et il lui vint à l'esprit (une fois de plus !) que c'était la dernière journée qu'il passait ici et que le moindre événement acquérait de ce fait une signification particulière et devenait un message symbolique.

Mais que devait lui signifier ce message ?

« Je peux vous accompagner chez le docteur Skreta, dit-il.

— Je vous serais très reconnaissante », répondit-elle.

Oui, que devait lui signifier ce message ?

D'abord, ce n'était qu'un message et rien de plus. Dans deux heures Jakub allait partir et de cette belle créature il ne lui resterait rien. Cette femme était apparue devant lui en tant que signe de refus. S'il l'avait rencontrée, c'était seulement pour se convaincre qu'elle ne pouvait pas être à lui. Il l'avait rencontrée en tant qu'image de tout ce que son départ lui faisait perdre.

« C'est extraordinaire, dit-il. Aujourd'hui, je vais sans doute parler au docteur Skreta pour la dernière fois de ma vie. »

Mais le message que cette femme lui apportait disait aussi quelque chose de plus. Il était venu, ce message, pour lui annoncer, au tout dernier moment, la beauté. Oui, la beauté, et Jakub comprit presque avec effroi qu'il ne connaissait presque rien de la beauté, qu'il était passé sans la voir et qu'il n'avait jamais vécu pour elle. La beauté de cette femme le fascinait. Il avait soudain le sentiment que dans tous ses calculs, depuis le début, il y avait toujours eu comme une erreur. Qu'il y avait un élément dont il avait oublié de tenir compte. Il lui semblait que s'il avait connu cette femme, sa décision aurait été différente.

« Comment se fait-il que vous alliez lui parler pour la dernière fois ?

— Je pars pour l'étranger. Et pour longtemps. »

Non qu'il n'ait eu de jolies femmes, mais leur charme était toujours pour lui quelque chose d'accessoire. Ce qui le poussait vers les femmes, c'était un désir de vengeance, c'était la tristesse et l'insatisfaction ou bien c'était la compassion et la pitié, l'univers féminin se confondait pour lui avec le drame amer auquel il participait dans ce pays où il était persécuteur et persécuté et où il vivait bien des combats et aucune idylle. Mais cette femme avait surgi devant lui à l'improviste, détachée de tout cela, détachée de sa vie, elle était venue de l'extérieur, elle lui était apparue, apparue non seulement comme une belle femme mais comme la beauté même et elle lui annonçait qu'on pouvait vivre ici autrement et pour quelque chose d'autre. Elle lui annonçait que la beauté est plus que la justice, que la beauté est plus que la vérité, qu'elle est plus réelle. plus indiscutable et aussi plus accessible, que la beauté est au-dessus de toute chose et qu'elle était, en cet instant, définitivement perdue pour lui. Cette belle femme était venue se montrer à lui pour qu'il n'aille pas croire qu'il avait tout connu et qu'il avait vécu sa vie ici en épuisant toutes les possibilités.

« C'est une chose que je vous envie », dit-elle.

Ils marchaient ensemble à travers le jardin public, le ciel était bleu, les buissons du parc étaient jaunes et rouges et Jakub se répéta que le feuillage était l'image du feu où brûlaient toutes les aventures, tous les souvenirs, toutes les chances de son passé.

« Il n'y a pas de quoi m'envier. J'ai l'impression, en ce moment, que je ne devrais pas m'en aller.

— Pourquoi ? Vous commencez à vous plaire ici, au dernier moment ?

— C'est vous qui me plaisez. Vous me plaisez terriblement. Vous êtes infiniment belle. »

Il dit cela sans savoir comment, puis il pensa qu'il avait le droit de tout lui dire parce qu'il allait partir dans quelques heures et que ses paroles n'avaient de conséquence ni pour lui ni pour elle. Cette liberté soudainement découverte l'enivrait.

« J'ai vécu en aveugle. En aveugle. Aujourd'hui pour la première fois, j'ai compris que la beauté existe. Et que je suis passé à côté. »

Elle se confondait pour lui avec la musique et les tableaux, avec ce royaume où il n'avait jamais posé le pied, elle se confondait avec les arbres multicolores autour de lui, et subitement il ne voyait plus en eux des messages ou des significations (l'image d'un incendie ou d'une incinération) mais rien d'autre que l'extase de la beauté mystérieusement réveillée au contact des pas de cette femme, au contact de sa voix.

« Je voudrais tout faire pour vous attacher à moi. Je voudrais tout abandonner et vivre différemment toute ma vie, rien que pour vous et à cause de vous. Mais je ne le peux pas, parce qu'en ce moment je ne suis plus vraiment ici. Je devais partir hier et aujourd'hui je ne suis plus ici que mon ombre attardée. »

Ah oui ! Il venait de comprendre pourquoi il lui avait été donné de la rencontrer. Cette rencontre avait eu lieu en dehors de sa vie, quelque part sur la face cachée de son destin, au revers de sa biographie. Mais il lui parlait d'autant plus librement, jusqu'au moment où il sentit soudain qu'il serait de toute façon incapable de lui dire tout ce qu'il voulait.

Il lui toucha le bras : « C'est ici que le docteur Skreta a son cabinet. Au premier. »

Mme Klima le regardait longuement et Jakub plongeait les yeux dans son regard humide et tendre comme les lointains. Il lui toucha encore une fois le bras, fit demi-tour et s'éloigna.

Un peu plus tard, il se retourna et il vit que Mme Klima était toujours au même endroit et le suivait des yeux. Il se retourna plusieurs fois ; elle le regardait toujours.

7

Une vingtaine de femmes inquiètes étaient assises dans la salle d'attente ; Ruzena et Klima n'avaient pas trouvé de sièges. En face d'eux, sur le mur, étaient accrochées de grandes affiches dont les images et les slogans devaient dissuader les femmes d'avorter.

Maman, pourquoi ne veux-tu pas de moi ? pouvait-on lire en gros caractères sur une affiche qui montrait un enfant souriant sur une courtepointe ; au-dessous de l'enfant était imprimé en lettres grasses un poème où l'embryon implorait sa maman de ne pas se faire faire un curetage et lui promettait en récompense des milliers de joies : *Dans les bras de qui veux-tu mourir, maman, si tu ne me laisses pas vivre ?*

Sur d'autres affiches, il y avait de grandes photographies de mères souriantes qui tenaient la barre de voitures d'enfant et des photographies de petits garçons en train de faire pipi. (Klima pensa qu'un petit garçon qui fait pipi est un argument irréfutable en faveur de la naissance d'un enfant. Il se souvint qu'il avait vu un jour, aux actualités, un gamin en train de faire pipi et que toute la salle avait frémi de bienheureux soupirs féminins.)

Après avoir attendu une minute, Klima frappa à la porte ; une infirmière sortit et Klima prononça le nom du docteur Skreta. Celui-ci arriva au bout d'un instant, tendit un formulaire à Klima et l'invita à le remplir puis à attendre patiemment.

Klima appuya le formulaire contre le mur et commença à remplir les différentes rubriques : nom, date de naissance, lieu de naissance. Ruzena lui soufflait les réponses. Puis, quand il arriva à la rubrique où était inscrit : *nom du père*, il hésita. Il trouvait affreux de voir écrit noir sur blanc ce titre infamant et d'y accoler son nom.

Ruzena regardait la main de Klima et elle remarqua qu'il tremblait. Ça lui fit plaisir : « Eh bien, écris ! dit-elle.

— Quel nom faut-il inscrire ? » chuchota Klima.

Elle le trouvait veule et lâche et le méprisait. Il avait peur de tout, il avait peur des responsabilités et peur de sa propre signature sur un formulaire officiel.

« Dis donc ! Il me semble qu'on le sait, qui est le père ! dit-elle.

— Je croyais que ça n'avait pas d'importance », dit Klima.

Elle ne tenait plus à lui, mais dans son for intérieur elle était persuadée que ce type veule était coupable envers elle ; elle se réjouissait de le punir : « Si tu veux mentir, je doute qu'on s'entende. » Quand il eut inscrit son nom dans la case, elle ajouta avec un soupir : « De toute façon, je ne sais pas encore ce que je vais faire...

— Comment ? »

Elle regardait son visage épouvanté : « Jusqu'au curetage, je peux changer d'avis. »

8

Elle était assise dans un fauteuil, elle avait les jambes étendues sur la table et elle parcourait le roman policier qu'elle avait acheté pour les mornes journées de la ville d'eaux. Mais elle lisait sans se concentrer, parce que les situations et les propos de la soirée de la veille lui revenaient sans cesse à l'esprit. Tout ce qui s'était passé ce soir-là lui plaisait et, surtout, elle était contente d'elle. Elle était enfin telle qu'elle avait toujours souhaité être ; elle n'était plus la victime des intentions masculines, mais elle était elle-même l'auteur de son aventure. Elle avait définitivement rejeté le rôle de pupille innocente que Jakub lui faisait jouer et, au contraire, elle l'avait elle-même remodelé selon son désir.

Elle se trouvait élégante, indépendante et audacieuse. Elle regardait ses jambes, qu'elle avait posées sur la table, gainées dans un jean blanc collant, et quand on frappa à la porte, elle cria gaiement : « Viens, je t'attends ! »

Jakub entra, il avait l'air affligé.

« Salut ! » dit-elle et elle garda encore un moment les jambes sur la table. Elle trouva à Jakub un air perplexe, et elle s'en réjouit. Puis elle s'approcha de lui et l'embrassa légèrement sur la joue : « Tu restes un peu ?

— Non, dit Jakub d'une voix triste. Cette fois, je viens te dire adieu pour de bon. Je pars dans un instant. J'ai pensé que je pourrais t'accompagner une dernière fois jusqu'aux bains.

— Entendu, dit gaiement Olga. Allons nous promener. »

9

Jakub était plein à ras bord de l'image de la belle Mme Klima et il lui fallut surmonter une sorte d'aversion pour venir dire adieu à Olga qui ne lui avait laissé dans l'âme, depuis la veille, que gêne et souillure. Mais à aucun prix il ne le lui aurait laissé voir. Il s'était enjoint de se conduire avec un tact exceptionnel pour qu'elle ne pût soupçonner à quel point leurs ébats lui avaient apporté peu de plaisir et peu de joie, et pour qu'elle garde de lui le meilleur souvenir. Il prenait l'air grave, prononçait avec un accent mélancolique des phrases insignifiantes, lui frôlait vaguement la main, lui caressait de temps à autre les cheveux et, quand elle le regardait dans les yeux, il s'efforçait de paraître triste.

En chemin, elle lui proposa d'aller boire encore un verre de vin, mais Jakub voulait abréger le plus possible leur dernière rencontre qui était laborieuse pour lui. « Ça fait trop mal, les adieux. Je ne veux pas les prolonger », dit-il.

Devant l'entrée de l'établissement de bains, il lui

prit les deux mains et la regarda longuement dans les yeux.

Olga dit : « Jakub, tu es extrêmement gentil d'être venu. Hier, j'ai passé une soirée délicieuse. Je suis contente que tu aies enfin renoncé à jouer les papas et que tu sois devenu Jakub. C'était formidable, hier. N'est-ce pas que c'était formidable ? »

Jakub comprit qu'il ne comprenait rien. Cette fille délicate n'aurait-elle vu dans leur soirée amoureuse de la veille qu'un simple divertissement ? Aurait-elle été poussée vers lui par une sensualité exempte de tout sentiment ? Le souvenir plaisant d'une seule nuit d'amour pesait-il plus lourd pour elle que la tristesse d'une séparation définitive ?

Il lui donna un baiser. Elle lui souhaita bon voyage et disparut dans le grand portail.

10

Il allait et venait depuis près de deux heures devant l'immeuble de la polyclinique et commençait à perdre patience. Il se rappelait à l'ordre, se répétant qu'il ne devait pas faire d'esclandre, mais il sentait qu'il n'aurait bientôt plus la force de se maîtriser.

Il entra dans le bâtiment. La station thermale n'était pas grande et tout le monde le connaissait. Il demanda au concierge s'il avait vu entrer Ruzena. Le concierge acquiesça et dit qu'il l'avait vue prendre l'ascenseur. Comme l'ascenseur ne s'arrêtait qu'au troisième et qu'on prenait l'escalier pour aller aux étages inférieurs, Frantisek pouvait limiter ses soupçons aux deux couloirs de l'étage supérieur du bâtiment. D'un côté il y avait des bureaux, dans l'autre couloir le service de gynécologie. Il prit d'abord le premier couloir (il était désert) puis s'engagea dans le second avec la sensation désagréable que l'entrée en était interdite aux hommes. Il aperçut une infirmière qu'il connaissait de vue. Il l'interrogea au sujet de Ruzena. Elle montra une porte au bout du couloir. La porte était ouverte, quelques femmes et quelques hommes attendaient debout sur le seuil. Frantisek entra dans la salle d'attente, il vit d'autres femmes assises, mais ni Ruzena ni le trompettiste n'y étaient.

« Vous n'avez pas vu une jeune femme, une blonde ? »

Une dame montra la porte du bureau : « Ils sont entrés. »

Frantisek leva les yeux sur les affiches : *Maman, pourquoi ne veux-tu pas de moi ?* Et sur d'autres il pouvait voir la photographie de petits garçons urinant et de nouveau-nés. Il commençait à comprendre de quoi il retournait.

11

Dans la pièce, il y avait une longue table. Klima avait pris place à côté de Ruzena et, en face d'eux, trônait le docteur Skreta flanqué de deux dames opulentes.

Le docteur Skreta leva les yeux sur les requérants et hocha la tête avec dégoût : « Ça me fait mal, rien que de vous regarder. Savez-vous toute la peine que nous nous donnons, ici, pour rendre la fécondité à des infortunées qui ne peuvent pas avoir d'enfants ? Et voilà que des jeunes gens comme vous, qui sont bien portants, bien bâtis, veulent se débarrasser de leur plein gré du plus précieux présent que la vie peut nous offrir. Je vous avertis catégoriquement que cette commission n'est pas ici pour encourager les avortements, mais pour les réglementer. »

Les deux femmes émirent un grognement approbateur et le docteur Skreta continua sa leçon de morale à l'intention des deux requérants. Le cœur de Klima battait très fort. S'il devinait que les paroles du docteur ne s'adressaient pas à lui, mais à ses deux assesseurs qui haïssaient de toute la vigueur de leur ventre maternel les jeunes femmes qui refusaient d'enfanter, il redoutait pourtant que Ruzena ne se laisse ébranler par ce discours. Ne lui avait-elle pas dit un instant plus tôt qu'elle ne savait pas encore ce qu'elle ferait ?

« Pour quoi voulez-vous vivre ? reprit le docteur Skreta. La vie sans enfants est comme un arbre sans feuillage. Si j'étais au pouvoir, ici, j'interdirais les avortements. N'êtes-vous pas angoissés à l'idée que la population diminue chaque année ? Et cela, chez nous, où la mère et l'enfant sont mieux protégés que partout au monde ! Ici, où personne n'a à craindre pour son avenir ? »

Les deux femmes émirent de nouveau un grognement approbateur et le docteur Skreta poursuivit : « Le camarade est marié et craint d'assumer toutes les conséquences d'un rapport sexuel irresponsable. Seulement, il fallait y songer avant, camarade ! »

Le docteur Skreta marqua une pause puis, s'adressant de nouveau à Klima : « Vous n'avez pas d'enfants. Vous ne pouvez vraiment pas divorcer au nom de l'avenir de ce fœtus ?

— C'est impossible, dit Klima.

— Je sais, soupira le docteur Skreta. J'ai reçu l'avis du psychiatre qui me signale que Mme Klima souffre de tendances suicidaires. La naissance de l'enfant mettrait sa vie en danger, détruirait un foyer, et l'infirmière Ruzena serait une mère célibataire. Que pouvons-nous faire ? » dit-il avec un nouveau soupir, et il poussa le formulaire devant les deux femmes qui soupirèrent à leur tour et tracèrent leur signature dans la case voulue.

« Vous viendrez ici lundi prochain à 8 heures du matin pour subir l'intervention », dit le docteur Skreta à Ruzena et il lui fit signe qu'elle pouvait se retirer.

« Mais vous, restez ici ! » dit à Klima l'une des grosses dames. Ruzena sortit et la femme reprit : « Une interruption de grossesse n'est pas une intervention aussi anodine que vous le croyez. Elle s'accompagne d'une grosse hémorragie. Par votre irresponsabilité, vous faites perdre son sang à la camarade et il n'est que juste que vous donniez le vôtre. » Elle poussa un formulaire devant Klima et lui dit : « Signez ici. »

Klima, plein de confusion, signa docilement.

« C'est un bulletin d'adhésion à l'association bénévole pour le don du sang. Passez à côté, l'infirmière va tout de suite vous prendre votre sang. »

12

Ruzena traversa la salle d'attente les yeux baissés et ne vit Frantisek qu'au moment où il lui adressa la parole dans le couloir.

« D'où viens-tu ? »

Elle eut peur de son expression furieuse et pressa le pas.

« Je te demande d'où tu viens.

— Ça ne te regarde pas.

— Je le sais, d'où tu viens.

— Alors, ne me le demande pas. »

Ils descendaient l'escalier et Ruzena dégringolait les marches pour échapper à Frantisek et à la conversation.

« C'était la commission des avortements », dit Frantisek.

Ruzena se taisait. Ils sortirent de l'immeuble.

« C'était la commission des avortements. Je le sais. Et tu veux te faire avorter.

— Je ferai ce que je voudrai.

— Tu ne feras pas ce que tu voudras. Ça me regarde aussi. »

Ruzena pressait le pas, elle courait presque. Frantisek courait derrière elle. Quand ils arrivèrent à la porte des bains, elle dit : « Je te défends de me suivre. Je travaille, maintenant. Tu n'as pas le droit de me déranger dans mon travail. »

Frantisek était très excité : « Je t'interdis de me donner des ordres !

— Tu n'as pas le droit !

— C'est toi qui n'avais pas le droit ! »

Ruzena s'engouffra dans l'immeuble, suivie de Frantisek.

13

Jakub se réjouissait que tout fût fini et de ne plus avoir qu'une chose à faire : dire adieu à Skreta. Depuis les bains, il prit lentement par le jardin public jusqu'au foyer Karl-Marx.

De loin, venaient à sa rencontre dans la grande allée du jardin public une institutrice et, derrière elle, une vingtaine de gamins de l'école maternelle. L'institutrice avait dans la main une longue corde rouge à laquelle se tenaient tous les enfants qui la suivaient à la queue leu leu. Les enfants marchaient doucement et l'institutrice leur montrait les arbustes et les arbres en les désignant par leur nom. Jakub s'arrêta parce qu'il n'avait jamais rien su de la botanique et qu'il oubliait toujours qu'un érable s'appelle un érable et un charme un charme.

L'institutrice montrait un arbre touffu aux feuilles jaunies : « C'est un tilleul. »

Jakub regardait les enfants. Ils portaient tous un petit manteau bleu et un béret rouge. On aurait dit des petits frères. Il les regardait en face et trouva qu'ils se ressemblaient, pas à cause des vêtements, plutôt à cause de leur physionomie. Il nota chez sept d'entre eux un nez nettement proéminent et une grande bouche. Ils ressemblaient au docteur Skreta.

Il se rappela le gamin au long nez de l'auberge forestière. Le rêve eugénique du docteur serait-il autre chose qu'une fantaisie ? Se pouvait-il vraiment que viennent au monde dans ce pays des enfants ayant pour père le grand Skreta ?

Jakub trouvait cela ridicule. Tous ces gosses se ressemblaient parce que tous les enfants du monde se ressemblent.

Quand même, il ne put s'empêcher de penser : et si Skreta réalisait vraiment son singulier projet ? Pourquoi est-ce que des projets bizarres ne pourraient pas se réaliser ?

« Et ça, qu'est-ce que c'est, mes enfants ?

— C'est un bouleau ! » répondit un petit Skreta ; oui, c'était tout le portrait de Skreta ; non seulement il avait un long nez, mais il portait aussi de petites lunettes et il avait la prononciation nasillarde qui rendait d'un comique si touchant le parler du docteur Skreta.

« Très bien, Oldrich ! » dit l'institutrice.

Jakub pensa : dans dix, dans vingt ans, il y aura dans ce pays des milliers de Skreta. Et de nouveau, il eut le sentiment étrange d'avoir vécu dans son pays sans savoir ce qui s'y passait. Il avait vécu, pour ainsi dire, au cœur de l'action. Il avait vécu le moindre événement de l'actualité. Il s'était mêlé à la politique, il avait failli y perdre la vie, et même quand il avait été mis à l'écart la politique était restée sa principale préoccupation. Il croyait toujours écouter le cœur qui battait dans la poitrine du pays. Mais qui sait ce qu'il entendait vraiment ? Était-ce un cœur ? N'était-ce pas qu'un vieux réveil ? Un vieux réveil au rebut, qui mesurait un temps factice ? Tous ses combats politiques étaient-ils autre chose que des feux follets qui le détournaient de ce qui comptait ?

L'institutrice conduisait les enfants dans la grande allée du jardin public, et Jakub sentait qu'il était toujours plein de l'image de la belle femme. Le souvenir de cette beauté lui ramenait sans cesse à l'esprit une question : Et s'il avait vécu dans un monde entièrement différent de ce qu'il imaginait ? Et s'il voyait toute chose à l'envers ? Et si la beauté signifiait plus que la vérité, et si c'était vraiment un ange, l'autre jour, qui avait apporté à Bertlef le dahlia ?

Il entendit l'institutrice qui demandait : « Et ça, qu'est-ce que c'est ? »

Le petit Skreta à lunettes répondit : « C'est un érable. »

14

Ruzena montait l'escalier quatre à quatre et s'efforçait de ne pas se retourner. Elle claqua la porte de la salle de service et gagna rapidement le vestiaire. Elle enfila directement sur la peau sa blouse blanche d'infirmière et poussa un soupir de soulagement. La scène avec Frantisek la troublait, mais en même temps l'apaisait étrangement. Elle sentait qu'ils lui étaient maintenant tous les deux, Frantisek et Klima, étrangers et lointains.

Elle sortit de la cabine et entra dans la salle où des femmes étaient étendues sur des lits après leur bain.

La quadragénaire était assise à une petite table près de la porte. « Alors, tu as l'autorisation ? demanda-t-elle froidement.

— Oui. Je te remercie », dit Ruzena et elle tendit elle-même une clé et un grand drap à une nouvelle patiente.

Dès que la collègue fut sortie, la porte s'entrouvrit et la tête de Frantisek apparut.

« Ce n'est pas vrai que ça ne regarde que toi. Ça nous regarde tous les deux. Moi aussi, j'ai mon mot à dire !

— Je t'en prie, fiche le camp ! répliqua-t-elle. C'est le département des femmes, les hommes n'ont rien à faire ici ! File immédiatement, sinon je te fais emmener ! »

Frantisek avait le visage cramoisi, et les paroles

menaçantes de Ruzena le rendirent furieux, à tel point qu'il s'avança dans la pièce et claqua la porte derrière lui. « Ça m'est complètement égal que tu me fasses emmener ! Complètement égal ! criait-il.

— Je te dis de filer immédiatement ! dit Ruzena.

— Je vous ai percés à jour, tous les deux ! C'est ce type ! Ce trompettiste ! Tout ça, c'est des mensonges et du piston ! Il a tout arrangé pour toi avec le docteur parce qu'il a donné un concert avec lui hier ! Mais moi, j'y vois clair et j'empêcherai qu'on tue mon enfant ! Je suis le père et j'ai mon mot à dire ! Je t'interdis de tuer mon enfant ! »

Frantisek hurlait et les femmes qui étaient allongées sur les lits, enveloppées dans des couvertures, levaient la tête avec curiosité.

Cette fois, Ruzena était à son tour complètement bouleversée parce que Frantisek hurlait et qu'elle ne savait que faire pour apaiser la querelle.

« Ce n'est pas ton enfant, dit-elle. C'est toi qui inventes ça. L'enfant n'est pas de toi.

— Quoi ? hurla Frantisek et il s'avança à l'intérieur de la salle pour faire le tour de la table et s'approcher de Ruzena : Comment ! Ce n'est pas mon enfant ! Je suis bien placé pour le savoir ! Je le sais, moi ! »

A ce moment, une dame nue et mouillée, qui sortait de la piscine, s'avança vers Ruzena pour qu'elle l'enveloppe dans un drap et la conduise à un lit. Elle sursauta en apercevant à quelques mètres d'elle Frantisek qui la dévisageait avec des yeux qui ne voyaient pas.

Pour Ruzena, c'était un instant de répit ; elle

s'approcha de la femme, la couvrit d'un drap et la conduisit à un lit.

« Qu'est-ce que fait ce type ici ? demanda la dame en se retournant vers Frantisek.

— C'est un fou ! Ce type a perdu la tête et je ne sais pas comment le faire sortir d'ici. Je ne sais plus que faire avec ce type ! » dit Ruzena tout en enveloppant la dame dans une couverture chaude.

Une dame couchée cria à Frantisek : « Dites donc, monsieur ! Vous n'avez rien à faire ici ! Allez-vous-en !

— Je vous crois que j'ai à faire ici ! » répliqua Frantisek, têtu, sans bouger d'un pouce. Quand Ruzena revint près de lui, il n'était plus cramoisi, mais blême ; il ne criait plus mais parlait à voix basse et d'un ton résolu : « Je vais te dire une chose. Si tu te débarrasses de l'enfant, je ne serai plus là moi non plus. Si tu tues cet enfant, eh bien, tu auras deux morts sur la conscience. »

Ruzena poussa un profond soupir et regarda sa table. Là, était posé son sac, avec le tube de comprimés bleu pâle. Elle en prit un dans le creux de sa main et l'avala.

Et Frantisek disait d'une voix qui ne criait plus mais qui implorait : « Je t'en supplie, Ruzena. Je t'en supplie. Je ne peux pas vivre sans toi. Je me suiciderai. »

A ce moment, Ruzena éprouva une violente douleur dans les entrailles et Frantisek vit son visage devenir méconnaissable, convulsé par la douleur, ses yeux s'ouvrir tout grands, mais sans un regard, son corps se tordre, se courber en deux, ses mains presser son ventre. Puis il la vit s'écrouler sur le sol.

15

Olga pataugeait dans la piscine et tout à coup elle entendit... Qu'entendit-elle au juste ? Elle ne savait pas ce qu'elle entendait. La salle était pleine de confusion. Les femmes à côté d'elle sortaient de la piscine et regardaient vers la pièce voisine qui semblait aspirer toute chose à proximité. Olga aussi se trouva prise dans le flux de cette irrésistible aspiration et sans penser à rien, mais pleine d'une anxieuse curiosité, elle suivait les autres.

Dans la pièce voisine, elle voyait une grappe de femmes près de la porte. Elle les voyait de dos : elles étaient nues et mouillées et, la croupe saillante, se penchaient vers le sol. Planté en face d'elles, était un jeune homme.

D'autres femmes nues rejoignaient le groupe en se bousculant et Olga se fraya à son tour un chemin dans la cohue et constata que l'infirmière Ruzena gisait sur le sol et ne bougeait pas. Le jeune homme se mit à genoux et commença à hurler : « C'est moi qui l'ai tuée ! C'est moi qui l'ai tuée. Je suis un assassin ! »

Les femmes étaient dégoulinantes d'eau. L'une d'elles se pencha sur le corps gisant de Ruzena pour lui prendre le pouls. Mais c'était un geste inutile, parce que la mort était là et ne faisait de doute pour

267

personne. Les corps nus et mouillés des femmes se bousculaient impatiemment pour voir de près la mort, pour la voir sur un visage familier.

Frantisek était toujours agenouillé. Il serrait Ruzena dans ses bras et baisait son visage.

Les femmes étaient campées autour de lui et Frantisek levait les yeux vers elle et répétait : « C'est moi qui l'ai tuée ! C'est moi ! Faites-moi arrêter !

— Il faut faire quelque chose ! » dit une femme, et une autre sortit dans le couloir en courant et se mit à appeler. Au bout d'un instant, les deux collègues de Ruzena accoururent suivies d'un médecin en blouse blanche.

Alors seulement Olga s'aperçut qu'elle était nue, qu'elle se bousculait parmi d'autres femmes nues devant un jeune homme et un médecin qu'elle ne connaissait pas et cette situation lui parut soudain ridicule. Mais elle savait que ça ne l'empêcherait pas de rester ici dans la cohue et de regarder la mort qui la fascinait.

Le médecin tenait la main de Ruzena, gisante, cherchant vainement à sentir le pouls, et Frantisek ne cessait de répéter : « C'est moi qui l'ai tuée ! Appelez la police, faites-moi arrêter ! »

16

Jakub trouva son ami à son cabinet, au moment où il rentrait de la polyclinique. Il le félicita de sa performance de la veille à la batterie et s'excusa de ne pas l'avoir attendu après le concert.

« Ça m'a beaucoup contrarié, dit le docteur. C'est le dernier jour que tu passes ici et dieu sait où tu vas traîner le soir. Nous avions tant de choses à discuter. Et ce qu'il y a de pire, c'est que tu étais certainement avec cette petite maigrelette. Je constate que la reconnaissance est un vilain sentiment.

— Quelle reconnaissance ? De quoi lui serais-je reconnaissant ?

— Tu m'as écrit que son père avait fait beaucoup pour toi. »

Ce jour-là, le docteur Skreta n'avait pas de consultations et la table gynécologique était vide au fond de la pièce. Les deux amis s'assirent face à face dans des fauteuils.

« Mais non, dit Jakub. Je voulais seulement que tu t'occupes d'elle et ça m'a paru plus simple de te dire que j'avais une dette de reconnaissance envers son père. Mais en fait, ce n'est pas ça du tout. Maintenant que je mets un point final à tout, je peux te le dire. Quand j'ai été arrêté, c'est avec l'accord total de son père. C'est son père qui m'a envoyé à la mort. Six mois plus tard il s'est retrouvé sous la potence, tandis que moi, j'ai eu de la chance et j'en suis sorti.

— Autrement dit, c'est la fille d'un salaud », dit le docteur.

Jakub haussa les épaules : « Il a cru que j'étais un ennemi de la révolution. Tout le monde le lui répétait et il s'est laissé convaincre.

— Et pourquoi m'as-tu dit que c'était ton ami ?

— Nous étions amis. Et il n'en était que plus important pour lui de voter pour mon arrestation. Il démontrait par là qu'il plaçait l'idéal au-dessus de l'amitié. Quand il m'a dénoncé comme traître de la révolution, il a eu le sentiment de faire taire son intérêt personnel au nom de quelque chose de plus sublime et il a vécu cela comme la grande action de sa vie.

— Et est-ce une raison pour que tu aimes cette fille laide ?

— Elle n'a rien à voir avec ça. Elle est innocente.

— Des innocentes comme elle, il y en a des milliers. Si tu l'as choisie parmi toutes, c'est sans doute parce qu'elle est la fille de son père »

Jakub haussa les épaules et le docteur Skreta poursuivit : « Tu es aussi perverti que lui. Je crois que toi aussi tu considères ton amitié pour cette fille comme la plus grande action de ta vie. Tu as étouffé en toi la haine naturelle, ton aversion naturelle pour te prouver que tu es généreux. C'est beau, mais en même temps c'est contre nature et tout à fait inutile.

— Ce n'est pas vrai, protesta Jakub. Je n'ai rien voulu étouffer en moi et je n'ai pas cherché à me montrer généreux. J'ai simplement eu pitié d'elle. Dès que je l'ai vue, la première fois. C'était encore une enfant quand on l'a chassée de sa maison, elle habitait avec sa mère quelque part dans un village de montagne, les gens avaient peur de leur parler. Pendant longtemps elle n'a pu obtenir l'autorisation de faire des études, bien que ce soit une fille douée. C'est ignoble de persécuter les enfants à cause de leurs parents. Tu aurais voulu que je la déteste, moi aussi, à cause de son père ? J'ai eu pitié d'elle. J'ai eu pitié d'elle parce que son père avait été exécuté, et j'ai eu pitié d'elle parce que son père avait envoyé un ami à la mort. »

A ce moment le téléphone sonna. Skreta décrocha et écouta un instant. Il se rembrunit et dit : « J'ai du travail ici en ce moment. Faut-il vraiment que je vienne ? » Puis il y eut un instant de silence et Skreta dit : « Bon. Très bien. J'arrive. » Il raccrocha et jura.

« Si on t'appelle ne t'en fais pas pour moi, il faut de toute façon que je parte, dit Jakub en se levant de son fauteuil.

— Non, tu ne vas pas partir ! Nous n'avons discuté de rien du tout. Et nous devions discuter de quelque chose aujourd'hui, n'est-ce pas ? On m'a coupé le fil de mes idées. Et il s'agissait d'une chose importante. J'y pense depuis ce matin. Tu ne te souviens pas de quoi il s'agissait ?

— Non, dit Jakub.

— Bon Dieu, et moi il faut que je coure à l'établissement de bains...

— Ça vaut mieux de se quitter comme ça. Au milieu d'une conversation », dit Jakub et il serra la main de son ami.

17

Le corps sans vie de Ruzena reposait dans une petite pièce habituellement destinée aux médecins du service de nuit. Plusieurs personnes s'y affairaient, l'inspecteur de la brigade criminelle était déjà là, il venait d'interroger Frantisek et inscrivait sa déclaration. Frantisek exprima une fois de plus le désir d'être arrêté.

« Est-ce vous qui lui avez donné ce comprimé, oui ou non ? dit l'inspecteur

— Non !

— Alors, ne dites pas que vous l'avez tuée.

— Elle m'a toujours dit qu'elle se suiciderait, dit Frantisek.

— Pourquoi vous disait-elle qu'elle se suiciderait ?

— Elle disait qu'elle se suiciderait si je continuais à lui gâcher la vie. Elle disait qu'elle ne voulait pas d'enfant Qu'elle préférerait se suicider plutôt que d'avoir un enfant ! »

Le docteur Skreta entra dans la pièce. Il salua amicalement l'inspecteur et s'approcha de la défunte ; il lui souleva la paupière pour voir la teinte des conjonctives.

« Docteur, vous étiez le supérieur hiérarchique de cette infirmière, dit l'inspecteur.

— Oui.

— Pensez-vous qu'elle ait pu utiliser un poison habituellement accessible dans votre service ? »

Skreta se tourna de nouveau vers le corps de Ruzena et se fit expliquer les détails de sa mort. Puis il dit : « Ça ne m'a l'air ni d'un médicament ni d'une substance qu'elle aurait pu se procurer dans nos cabinets de consultation. C'était sans doute un alcaloïde. Lequel, l'autopsie le dira.

— Mais comment a-t-elle pu se le procurer ?

— Les alcaloïdes sont des poisons d'origine végétale. Comment se l'est-elle procuré, je peux difficilement vous le dire.

— Pour l'instant, tout cela est bien énigmatique, dit l'inspecteur. Le motif aussi. Ce jeune homme vient de me confier qu'elle attendait un enfant de lui et qu'elle voulait se faire avorter.

— C'est ce type qui l'y a contraint, cria Frantisek.

— Qui ? demanda l'inspecteur.

— Le trompettiste. Il voulait me la prendre et l'obliger à avorter de mon enfant ! Je les ai suivis ! Il était avec elle à la commission.

— Je peux le confirmer, dit le docteur Skreta. Il est exact que nous avons examiné ce matin une demande d'avortement de cette infirmière.

— Ce trompettiste était-il avec elle ? demanda l'inspecteur.

— Oui, dit Skreta. Ruzena l'a déclaré comme père de son enfant.

— C'est un mensonge ! L'enfant est de moi ! cria Frantisek.

— Personne n'en doute, dit le docteur Skreta, mais il fallait que Ruzena déclare comme père un homme marié pour que la commission autorise l'interruption de grossesse.

— Alors vous saviez que c'est un mensonge ! cria Frantisek au docteur Skreta.

— D'après la loi, nous devons ajouter foi aux déclarations de la femme. Étant donné que Ruzena nous a dit qu'elle était enceinte de M. Klima et que celui-ci a confirmé ses déclarations, aucun d'entre nous n'avait le droit de prétendre le contraire.

— Mais vous n'avez pas cru que M. Klima était le père ? demanda l'inspecteur.

— Non.

— Et sur quoi se fonde votre opinion ?

— M. Klima est venu dans cette ville d'eaux deux fois en tout et pour tout, et pour très peu de temps. Il est peu probable qu'un rapport sexuel ait pu avoir lieu entre lui et notre infirmière. Cette station thermale est une trop petite ville pour que la chose ne m'ait pas été rapportée. La paternité de M. Klima était, selon toute probabilité, un camouflage auquel Ruzena l'a convaincu de recourir pour que la commission autorise l'avortement. En effet, ce monsieur n'aurait certainement pas consenti à un avortement. »

Mais Frantisek n'entendait plus ce que disait Skreta. Il restait planté là et ne voyait rien. Il n'entendait que les paroles de Ruzena : *tu vas me conduire au suicide, tu vas certainement me conduire au suicide,* et il savait qu'il était la cause de sa mort et pourtant il ne comprenait pas pourquoi et tout lui paraissait inexplicable. Il était là comme un sauvage confronté à un miracle, il était là comme devant l'irréel et il était subitement sourd et aveugle parce que sa raison ne parvenait pas à concevoir l'incompréhensible qui s'était abattu sur lui.

(Mon pauvre Frantisek, tu passeras toute ta vie sans rien comprendre sauf une chose, que ton amour a tué la femme que tu aimais, tu porteras cette certitude comme le signe secret de l'horreur, tu erreras comme un lépreux qui apporte aux êtres aimés d'inexplicables désastres, tu erreras toute ta vie comme le facteur du malheur.)

Il était pâle, il se tenait immobile comme une statue de sel et il ne vit même pas qu'un autre homme, bouleversé, venait d'entrer dans la pièce ; le nouveau venu s'approcha de la morte, la regarda longuement et lui caressa les cheveux.

Le docteur Skreta chuchota : « Un suicide. Du poison. »

Le nouveau venu hocha violemment la tête : « Un suicide ? Je peux vous jurer sur ma tête que cette femme n'a pas mis fin à ses jours. Et si elle a avalé du poison, ce ne peut être qu'un assassinat. »

L'inspecteur regardait le nouveau venu avec surprise. C'était Bertlef, et ses yeux brûlaient d'une flamme coléreuse.

18

Jakub tourna la clé de contact et la voiture démarra. Il passa les dernières villas de la station et se trouva dans un vaste paysage. Il savait qu'il avait environ quatre heures de route jusqu'à la frontière et il ne voulait pas se presser. L'idée qu'il roulait par ici pour la dernière fois rendait ce paysage cher à son cœur et insolite. Il avait à tout moment l'impression qu'il ne le connaissait pas, qu'il était différent de ce qu'il imaginait et qu'il était dommage de ne pouvoir y demeurer plus longtemps.

Mais il se dit aussitôt que tout ajournement de son départ, que ce soit d'un jour ou de plusieurs années, ne pourrait de toute façon rien changer à ce qui le faisait maintenant souffrir; il ne connaîtrait pas ce paysage plus intimement qu'il le connaissait aujourd'hui. Il devait accepter l'idée qu'il allait le quitter sans le connaître, sans en avoir épuisé les charmes, qu'il allait le quitter à la fois comme un débiteur et comme un créancier.

Ensuite, il se reprit à penser à la jeune femme à laquelle il avait donné le poison fictif, en le glissant dans un tube de médicaments, et il se dit que sa carrière d'assassin avait été la plus brève de toutes ses carrières. J'ai été un assassin pendant environ dix-huit heures, se dit-il, et il sourit.

Mais aussitôt, il se fit une objection. Ce n'était pas vrai, il n'avait pas été un assassin pendant si peu de temps. Il était un assassin et le resterait jusqu'à sa mort. Car peu importait que le comprimé bleu pâle fût ou non du poison, ce qui comptait, c'était qu'il le croyait et qu'il l'avait malgré cela donné à l'inconnue et qu'il n'avait rien fait pour la sauver.

Et il se mit à réfléchir à tout cela avec l'insouciance d'un homme qui a compris que son acte se situe sur le plan de la pure expérimentation :

Son meurtre était étrange. C'était un meurtre sans

mobile. Il n'avait pas pour but un avantage quelconque au profit du meurtrier. Quel en était donc exactement le sens? Le seul sens de son meurtre était manifestement de lui apprendre qu'il était un meurtrier.

Le meurtre en tant qu'expérimentation, acte de connaissance de soi, cela lui rappelait quelque chose; oui, c'était Raskolnikov. Raskolnikov qui avait tué pour savoir si l'homme a le droit de tuer un être inférieur et s'il aurait la force de supporter ce meurtre; par ce meurtre, il s'interrogeait sur lui-même.

Oui, il y avait quelque chose qui le rapprochait de Raskolnikov : l'inutilité du meurtre, son caractère théorique. Mais il y avait aussi des différences : Raskolnikov se demandait si l'homme de talent a le droit de sacrifier une vie inférieure au nom de son propre intérêt. Quand Jakub avait donné à l'infirmière le tube qui contenait le poison, il n'avait à l'esprit rien de semblable. Jakub ne se demandait pas si l'homme a le droit de sacrifier la vie d'autrui. Au contraire, Jakub était depuis toujours convaincu que l'homme n'a pas ce droit. Ce que Jakub craignait, c'était plutôt que le premier venu ne se l'arroge. Jakub vivait dans un monde où des gens sacrifient la vie des autres à des idées abstraites. Jakub connaissait bien les visages de ces gens, visages tantôt insolemment innocents, tantôt tristement lâches, visages qui exécutaient sur leur prochain, avec des excuses, mais soigneusement, un verdict dont ils savaient la cruauté. Jakub connaissait bien ces visages, et il les détestait. En outre, Jakub savait que tout homme souhaite la mort d'un autre et que deux choses seulement le détournent du meurtre : la peur du châtiment et la difficulté physique de la mise à mort.

Jakub savait que si tout homme avait la possibilité de tuer en secret et à distance, l'humanité disparaîtrait en quelques minutes. Il lui fallait donc conclure à la totale vanité de l'expérimentation de Raskolnikov.

Mais alors pourquoi avait-il donné le poison à l'infirmière ? N'était-ce pas un simple hasard ? Raskolnikov avait en effet longuement ourdi et préparé son crime, tandis que Jakub avait agi sous l'empire d'une impulsion instantanée. Mais Jakub savait qu'il s'était lui aussi inconsciemment préparé à son meurtre pendant de longues années et que la seconde où il avait donné le poison à Ruzena était la fissure où s'enfonça, comme un levier, toute sa vie passée, tout son dégoût de l'homme.

Raskolnikov, quand il avait assassiné à la hache la vieille usurière, savait bien qu'il franchissait un seuil effroyable ; qu'il transgressait la loi divine ; il savait que la vieille femme bien que sans valeur était une créature de Dieu. Cette peur qu'éprouvait Raskolnikov, Jakub l'ignorait. Pour lui, les êtres humains n'étaient pas des créatures divines. Jakub aimait la délicatesse et la grandeur d'âme, mais il s'était persuadé que ce ne sont point là des qualités humaines. Jakub connaissait bien les hommes, c'est pourquoi il ne les aimait pas. Jakub avait de la grandeur d'âme, c'est pourquoi il leur donnait du poison.

Je suis donc un assassin par grandeur d'âme, se dit-il, et cette idée lui parut ridicule et triste.

Raskolnikov, après avoir tué la vieille usurière, n'avait pas eu la force de maîtriser le formidable orage du remords. Tandis que Jakub, qui était profondément convaincu que l'homme n'a pas le droit de sacrifier la vie des autres, n'éprouvait pas de remords.

Il tenta d'imaginer que l'infirmière était vraiment morte pour voir s'il éprouvait un sentiment de culpabilité. Non, il n'éprouvait rien de tel. Il roulait l'esprit tranquille et paisible à travers une contrée douce et souriante qui lui faisait ses adieux.

Raskolnikov a vécu son crime comme une tragédie et il a fini par succomber sous le poids de son acte. Et Jakub s'étonne que son acte soit si léger, qu'il ne pèse rien, qu'il ne l'accable pas. Et il se demande si cette légèreté n'est pas autrement terrifiante que les sentiments hystériques du héros russe.

Il roulait lentement et il interrompait ses réflexions pour regarder le paysage. Il se disait que tout l'épisode du comprimé n'était qu'un jeu, un jeu sans conséquence, comme toute sa vie dans ce pays où il ne laissait aucune trace, aucune racine, aucun sillon et d'où il s'en allait maintenant comme s'en irait une brise, une bulle d'air.

19

Allégé d'un quart de litre de sang, Klima attendait le docteur Skreta avec une grande impatience dans la salle d'attente. Il ne voulait pas quitter la station sans avoir pris congé de lui et sans l'avoir prié de s'occuper un peu de Ruzena. *Jusqu'au curetage je peux changer d'avis.* Il entendait encore les paroles de l'infirmière et elles lui faisaient peur. Il redoutait qu'après son départ, Ruzena n'échappe à son influence et ne revienne sur sa décision au dernier moment.

Le docteur Skreta parut enfin. Klima se précipita vers lui, prit congé et le remercia de sa belle performance à la batterie.

« Ça a été un grand concert, dit le docteur Skreta, vous avez joué magnifiquement. Pourvu qu'on puisse recommencer ! Il va falloir réfléchir aux moyens d'organiser des concerts comme celui-ci dans d'autres villes d'eaux.

— Oui, bien volontiers, j'ai été très heureux de jouer avec vous ! dit avec empressement le trompettiste et il ajouta : Je voulais vous demander encore un service. Si vous pouviez vous occuper un peu de Ruzena. J'ai peur qu'elle ne se monte encore la tête. Les femmes sont tellement imprévisibles.

— Elle ne se montera pas la tête, à présent, soyez sans crainte, dit le docteur Skreta. Ruzena n'est plus en vie. »

Klima fut un instant sans comprendre et le docteur Skreta expliqua ce qui s'était passé. Puis il dit : « C'est un suicide, mais ça a quand même l'air assez énigmatique. Certaines personnes pourraient trouver curieux qu'elle ait mis fin à ses jours une heure après s'être présentée avec vous devant la commission. Non, non, non, ne craignez rien, ajouta-t-il et il saisit la main du trompettiste, car il le voyait pâlir. Heureusement pour vous, Ruzena avait pour petit ami un jeune mécanicien qui est persuadé que l'enfant était de lui. J'ai déclaré qu'il n'y a jamais rien eu entre vous et l'infirmière et qu'elle vous a simplement convaincu de vous faire passer pour le père de l'enfant, parce que la commission n'autorise pas les avortements quand les parents sont tous deux célibataires. Alors, n'allez pas manger le morceau, si jamais on vous interroge. Vous êtes à bout de nerfs, ça se voit et c'est dommage. Il faut vous remettre, parce que nous avons encore devant nous pas mal de concerts. »

Klima avait perdu l'usage de la parole. Plusieurs fois il s'inclina devant le docteur Skreta, et plusieurs fois il lui serra la main. Kamila l'attendait dans la chambre d'hôtel. Klima la prit dans ses bras sans mot dire et l'embrassa sur la joue. Il baisa chaque point de son visage, puis il s'agenouilla et baisa sa robe de haut en bas jusqu'aux genoux.

« Qu'est-ce qui te prend ?

— Rien. Je suis tellement heureux de t'avoir. Je suis tellement heureux que tu sois au monde. »

Ils mirent leurs affaires dans leurs sacs de voyage et gagnèrent la voiture. Klima dit qu'il était fatigué et la pria de conduire.

Ils roulaient en silence. Klima, littéralement épuisé, éprouvait pourtant un grand soulagement. Il était bien encore un peu inquiet à l'idée qu'il risquait d'être interrogé. Alors, Kamila pourrait quand même avoir vent de quelque chose. Mais il se répétait ce que lui avait dit le docteur Skreta. Si on l'interrogeait, il jouerait le rôle innocent (et assez banal dans ce pays) du galant homme qui s'est fait passer pour le père afin de rendre service. Personne ne pourrait lui en vouloir, même Kamila si par hasard elle l'apprenait.

Il la regardait. Sa beauté emplissait l'espace exigu de la voiture comme un parfum entêtant. Il se disait qu'il ne voulait plus respirer que ce parfum pendant toute sa vie. Puis il crut entendre la musique lointaine et douce de sa trompette et il se promit de jouer de cette musique pendant toute sa vie pour le seul plaisir de cette femme, l'unique et la plus chère.

20

Chaque fois qu'elle était au volant, elle se sentait plus forte et plus indépendante. Mais cette fois-ci, ce n'était pas seulement le volant qui lui donnait de l'assurance. C'étaient aussi les paroles de l'inconnu rencontré dans le couloir du Richmond. Elle ne pouvait pas les oublier. Et elle ne pouvait pas oublier non plus son visage, tellement plus viril que le visage lisse de son mari. Kamila songea qu'elle n'avait jamais connu un homme vraiment digne de ce nom.

Elle regardait de biais le visage fatigué du trompettiste où se peignaient à tout moment d'incompréhensibles sourires béats, tandis que sa main lui caressait amoureusement l'épaule.

Cette tendresse excessive ne lui faisait pas plaisir et ne la touchait pas. Par ce qu'elle avait d'inexplicable, elle ne faisait que confirmer une fois de plus que le trompettiste avait ses secrets, sa vie propre qu'il lui cachait, et où elle n'était pas admise. Mais à présent, cette constatation, au lieu de lui faire mal, la laissait indifférente.

Qu'avait dit cet homme ? Qu'il partait pour toujours. Une longue et douce nostalgie lui serra le cœur. Pas seulement la nostalgie de cet homme, mais aussi de l'occasion perdue. Et pas seulement de cette occasion-là, mais aussi de l'occasion comme telle. Elle avait la nostalgie de toutes les occasions qu'elle avait laissé passer, échapper, auxquelles elle s'était dérobée, même de celles qu'elle n'avait jamais eues.

Cet homme lui disait qu'il avait vécu toute sa vie comme un aveugle et qu'il ne soupçonnait même pas que la beauté existe. Elle le comprenait. Parce que c'était la même chose pour elle. Elle vivait, elle aussi, dans l'aveuglement. Elle ne voyait qu'un être unique éclairé par le phare violent de la jalousie. Et que se passerait-il si ce phare s'éteignait brusquement ? Dans la lumière diffuse du jour d'autres êtres surgiraient par milliers, et l'homme qu'elle croyait jusqu'ici le seul au monde deviendrait un parmi beaucoup.

Elle tenait le volant, se sentait sûre d'elle-même et belle, et se disait encore : était-ce vraiment l'amour qui l'enchaînait à Klima ou seulement la peur de le perdre ? Et si cette peur était au début la forme anxieuse de l'amour, est-ce qu'avec le temps l'amour (fatigué et épuisé) ne s'était pas échappé de cette forme ? Est-ce qu'il n'était pas finalement resté que cette peur, la peur sans l'amour ? Et que resterait-il, si cette peur disparaissait ?

Le trompettiste, à côté d'elle, souriait inexplicablement.

Elle se tourna vers lui et se dit que si elle cessait d'être jalouse il ne resterait rien. Elle roulait à grande vitesse, et elle songea que quelque part en avant, sur le chemin de la vie, un trait était tracé qui signifiait la rupture avec le trompettiste. Et pour la première fois, cette idée ne lui inspirait ni angoisse ni peur.

21

Olga entra dans l'appartement de Bertlef et s'excusa : « Pardonnez-moi de faire irruption chez vous sans être annoncée. Mais je suis dans un tel état que je ne peux pas rester seule. C'est vrai, je ne vous dérange pas ? »

Dans la pièce se trouvaient Bertlef, le docteur Skreta et l'inspecteur ; ce fut lui qui répondit à Olga : « Vous ne nous dérangez pas. Notre conversation n'a plus rien d'officiel.

— Monsieur l'inspecteur est un vieil ami à moi, expliqua le docteur à Olga.

— S'il vous plaît, pourquoi a-t-elle fait ça ? demanda Olga.

— Elle a eu une scène avec son petit ami, et au milieu de la dispute elle a cherché quelque chose dans son sac et elle a avalé un poison. Nous ne savons rien de plus et je crains que nous n'en sachions jamais davantage.

— Monsieur l'inspecteur, dit énergiquement Bertlef, je vous prie de prêter attention à ce que je vous ai dit dans ma déclaration. J'ai passé avec Ruzena, ici même, dans cette pièce, la dernière nuit de sa vie. Je n'ai peut-être pas assez insisté sur l'essentiel. Ça a été une nuit merveilleuse et Ruzena était infiniment heureuse. Cette fille discrète n'avait besoin que de rejeter le carcan dans lequel l'enfermait son entourage indifférent et maussade pour devenir un être radieux empli d'amour, de délicatesse et de grandeur d'âme, la créature que vous ne pouviez soupçonner en elle. Je vous affirme que, pendant notre nuit d'hier, je lui ai ouvert les portes d'une autre vie et que c'est justement hier qu'elle a commencé à avoir envie de vivre. Mais ensuite, quelqu'un s'est mis en travers du chemin... dit Bertlef, soudain songeur, et il ajouta à mi-voix : je pressens là une intervention de l'enfer.

— La police criminelle n'a guère de prise sur les puissances infernales », dit l'inspecteur.

Bertlef ne releva pas cette ironie : « L'hypothèse du suicide n'a vraiment aucun sens, reprit-il, comprenez-le, je vous en conjure ! Il est impossible qu'elle se soit tuée au moment même où elle voulait commencer à vivre ! Je vous le répète, je n'admets pas qu'elle soit accusée de suicide.

— Cher monsieur, dit l'inspecteur, personne ne l'accuse de suicide, pour la bonne raison que le suicide n'est pas un crime. Le suicide n'est pas une affaire qui concerne la justice. Ce n'est pas notre affaire.

— Oui, dit Bertlef, pour vous le suicide n'est pas une faute parce que pour vous la vie n'a pas de valeur. Mais moi, monsieur l'inspecteur, je ne connais pas de plus grand péché. Le suicide est pire que le meurtre. On peut assassiner par vengeance ou par cupidité, mais même la cupidité est l'expression d'un amour perverti de la vie. Mais se suicider, c'est jeter sa vie aux pieds de

Dieu, comme une dérision. Se suicider, c'est cracher à la face du Créateur. Je vous dis que je ferai tout pour prouver que cette jeune femme est innocente. Puisque vous prétendez qu'elle a mis fin à ses jours, expliquez-moi pourquoi ? Quel motif avez-vous découvert ?

— Les motifs des suicides sont toujours mystérieux, dit l'inspecteur. En plus, la recherche de ces motifs n'entre pas dans mes attributions. Ne m'en veuillez pas de me limiter à mes fonctions. J'en ai suffisamment et j'ai à peine le temps d'y faire face. Le dossier n'est évidemment pas classé, mais je peux vous dire d'avance que je n'envisage pas l'hypothèse de l'homicide.

— J'admire, dit Bertlef d'une voix extrêmement acide, j'admire la rapidité avec laquelle vous vous apprêtez à tracer un trait sur la vie d'un être humain. »

Olga s'aperçut que l'inspecteur avait le sang aux joues. Mais il se maîtrisa et dit, après un bref silence, d'une voix presque trop aimable : « Très bien, j'admets donc votre hypothèse, c'est-à-dire qu'un meurtre a été commis. Demandons-nous par quel moyen il a pu être perpétré. Nous avons trouvé un tube de tranquillisants dans le sac de la victime. On peut supposer que l'infirmière voulait prendre un comprimé pour se calmer, mais que quelqu'un lui avait auparavant glissé dans son tube de médicaments un autre comprimé qui avait le même aspect et qui contenait du poison.

— Pensez-vous que Ruzena ait pris le poison dans son tube de tranquillisants ? demanda le docteur Skreta.

— Bien entendu, Ruzena a pu prendre un poison

286

qu'elle avait rangé dans son sac à un endroit spécial, en dehors du tube. C'est ce qui se serait passé dans le cas d'un suicide. Mais si l'on retient l'hypothèse du meurtre, il faut admettre que quelqu'un a glissé dans le tube de médicaments un poison qui ressemblait à s'y méprendre aux comprimés de Ruzena. C'est la seule possibilité.

— Excusez-moi de vous contredire, dit le docteur Skreta, mais il n'est pas si facile de fabriquer avec un alcaloïde un comprimé d'apparence normale. Pour ça, il faut avoir accès à un laboratoire pharmaceutique, ce qui n'est possible pour personne dans cette ville.

— Voulez-vous dire qu'il est impossible pour un particulier de se procurer un tel comprimé?

— Ce n'est pas impossible, mais c'est extrêmement difficile.

— Il me suffit de savoir que c'est possible, dit l'inspecteur, et il poursuivit : Il faut maintenant nous demander qui pouvait avoir intérêt à tuer cette femme. Elle n'était pas riche, on peut donc exclure le mobile financier. On peut aussi éliminer les mobiles politiques ou l'espionnage. Il ne reste donc que des mobiles de caractère personnel. Quels sont les suspects? D'abord, l'amant de Ruzena qui a eu une violente discussion avec elle, juste avant sa mort. Croyez-vous que ce soit lui qui lui ait donné le poison? »

Personne ne répondait à la question de l'inspecteur et celui-ci reprit : « Je ne le pense pas. Ce jeune homme tenait à Ruzena. Il voulait l'épouser. Elle était enceinte de lui, et même si l'enfant était d'un autre, ce qui compte c'est que ce garçon était convaincu qu'elle était enceinte de lui. Quand il a appris qu'elle voulait se faire avorter, il s'est senti désespéré. Mais il faut comprendre, c'est très important, que Ruzena revenait de la commission responsable des interruptions de grossesse, et nullement d'un avortement ! Pour notre désespéré, rien n'était encore perdu. Le fœtus était toujours en vie et le jeune homme était prêt à tout faire pour le préserver. Il est absurde de penser qu'il ait pu lui donner du poison à ce moment-là, alors qu'il ne souhaitait rien tant que de vivre avec elle et d'avoir d'elle un enfant. D'ailleurs, le docteur nous a expliqué qu'il n'est pas à la portée du premier venu de se procurer du poison qui a l'apparence d'un comprimé normal. Où ce garçon naïf qui n'a pas de relations sociales aurait-il pu s'en procurer ? Voulez-vous me l'expliquer ? »

Bertlef, auquel l'inspecteur continuait de s'adresser, haussa les épaules.

« Mais passons aux autres suspects. Il y a ce trompettiste de la capitale. C'est ici qu'il a lié connaissance avec la défunte et nous ne saurons jamais jusqu'où sont allées leurs relations. En tout cas, ils étaient assez intimes pour que la défunte n'hésite pas à lui demander de se faire passer pour le père du fœtus et pour qu'il l'accompagne devant la commission responsable des interruptions de grossesse. Mais pourquoi s'adresser à lui plutôt qu'à quelqu'un d'ici ? Ce n'est pas difficile à deviner. Tout homme marié habitant cette petite ville d'eaux aurait craint d'avoir des ennuis avec sa femme si la chose s'était ébruitée. Seul quelqu'un qui n'était pas d'ici pouvait rendre un tel service à Ruzena. De plus, le bruit qu'elle attendait un enfant d'un artiste célèbre ne pouvait que flatter

l'infirmière et ne pouvait pas faire de tort au trompettiste. On peut donc supposer que M. Klima a accepté
avec une totale insouciance de lui rendre ce service.
Était-ce une raison pour assassiner la malheureuse
infirmière ? Il est fort peu probable, comme le docteur
nous l'a expliqué, que Klima ait été le véritable père de
l'enfant. Mais admettons cette éventualité. Supposons
que Klima soit le père et que cela lui soit extrêmement
désagréable. Pouvez-vous m'expliquer pourquoi il
aurait tué l'infirmière, alors qu'elle avait accepté
l'interruption de grossesse et que l'intervention était
déjà officiellement autorisée ? Ou bien, monsieur Bertlef, devons-nous considérer que Klima est l'assassin ?

— Vous ne me comprenez pas, dit paisiblement
Bertlef. Je ne veux envoyer personne à la chaise
électrique. Je veux seulement innocenter Ruzena.
Parce que le suicide est le plus grand péché. Même une
vie de souffrances a une valeur secrète. Même une vie
au seuil de la mort est une chose splendide. Celui qui
n'a jamais regardé la mort en face l'ignore, mais moi,
monsieur l'inspecteur, je le sais et c'est pourquoi je
vous dis que je ferai tout pour prouver que cette jeune
femme est innocente.

— Mais moi aussi, je veux essayer, dit l'inspecteur. En effet, il y a encore un troisième suspect.
M. Bertlef, homme d'affaires américain. Il a avoué lui-
même que la défunte avait passé avec lui la dernière
nuit de sa vie. On pourrait objecter que s'il était
l'assassin ce ne serait sans doute pas une chose qu'il
nous aurait avouée spontanément. Mais cette objec-
tion-là ne résiste pas à l'examen. Pendant le concert
d'hier soir, toute la salle a vu que M. Bertlef était assis

à côté de Ruzena et qu'il était parti avec elle avant la fin du concert. M. Bertlef sait fort bien que dans ces conditions il vaut mieux avouer promptement que d'être démasqué par les autres. M. Bertlef nous affirme que l'infirmière Ruzena était satisfaite de cette nuit. Ce n'est pas pour nous surprendre ! Outre que M. Bertlef est un homme séduisant, c'est surtout un homme d'affaires américain, qui a des dollars et un passeport avec lequel on peut voyager dans le monde entier. Ruzena vit emmurée dans ce trou et cherche vainement le moyen d'en sortir. Elle a un petit ami qui ne demande qu'à l'épouser, mais ce n'est qu'un jeune mécanicien d'ici. Si elle l'épouse, son destin sera scellé à tout jamais, et elle ne sortira jamais d'ici. Elle n'a ici personne d'autre, donc elle ne rompt pas avec lui. Mais en même temps elle évite de se lier à lui définitivement, parce qu'elle ne veut pas renoncer à ses espérances. Et tout à coup apparaît un homme exotique aux manières raffinées, et il lui tourne la tête. Elle croit déjà qu'il va l'épouser et qu'elle va quitter définitivement ce coin perdu du monde. Au début, elle sait se conduire en maîtresse discrète, mais ensuite elle devient de plus en plus gênante. Elle lui fait comprendre qu'elle ne renoncera pas à lui et elle commence à lui faire du chantage. Mais Bertlef est marié et sa femme, si je ne me trompe, une femme aimée, mère d'un petit garçon d'un an, doit arriver demain d'Amérique. Bertlef veut à tout prix éviter le scandale. Il sait que Ruzena a toujours sur elle un tube de tranquillisants et il sait à quoi ressemblent ces comprimés. Il a de vastes relations à l'étranger et il a aussi beaucoup d'argent. C'est une bagatelle, pour lui, de faire fabriquer un comprimé toxique qui a le même aspect que le médicament de Ruzena. Au cours de cette nuit merveilleuse, pendant que sa maîtresse dort, il glisse le poison dans le tube. Je pense, monsieur Bertlef, conclut l'inspecteur en élevant solennellement la voix, que vous êtes la seule personne qui avait un mobile pour assassiner l'infirmière et aussi la seule personne qui en avait le moyen. Je vous invite à passer aux aveux. »

Le silence s'établit dans la pièce. L'inspecteur regardait longuement Bertlef dans les yeux et Bertlef lui rendait un regard tout aussi patient et silencieux. Son visage n'exprimait ni stupeur ni dépit. Il dit enfin :

« Je ne suis pas surpris de vos conclusions. Comme vous êtes incapable de découvrir l'assassin, il faut que vous trouviez quelqu'un pour lui faire endosser la faute. C'est l'un des étranges mystères de la vie que les innocents doivent payer pour les coupables. Je vous en prie, arrêtez-moi. »

22

La campagne était envahie d'une pénombre molle. Jakub arrêta la voiture dans un village situé à quelques kilomètres seulement du poste frontière. Il voulait prolonger encore les derniers instants qu'il passait dans son pays. Il descendit de la voiture et fit quelques pas dans la rue du village.

Cette rue n'était pas belle. Le long des maisons basses traînaient des rouleaux de fil de fer rouillé, une roue de tracteur abandonnée, des morceaux de vieux métal. C'était un village négligé et laid. Jakub se dit que cette décharge parsemée de fil de fer rouillé était comme un mot obscène que son pays natal lui adressait en guise d'adieu. Il marcha jusqu'à l'extrémité de la rue où il y avait une place avec une mare. La mare aussi était négligée, recouverte de lentilles d'eau. Au bord barbotaient quelques oies qu'un jeune garçon tentait de pousser devant lui avec une baguette.

Jakub fit demi-tour pour regagner la voiture. Il aperçut un gamin debout derrière la vitre d'une maison. Le gamin, auquel on donnait à peine cinq ans, regardait à travers la vitre en direction de la mare. Il observait peut-être les oies, peut-être le jeune garçon qui cinglait les oies du bout de sa baguette. Il était derrière la vitre et Jakub ne pouvait détacher de lui son regard. C'était un visage enfantin, mais ce qui captivait Jakub, c'étaient les lunettes. L'enfant portait de grandes lunettes dont on devinait les verres épais. La tête était petite et les lunettes étaient grandes. L'enfant les portait comme un fardeau. Il les portait comme son destin. Il regardait à travers les anneaux de ses lunettes comme à travers un grillage. Oui, il portait ces deux anneaux comme un grillage qu'il lui faudrait traîner avec lui toute sa vie. Et Jakub regardait les yeux du gamin à travers le grillage des lunettes et il se sentait tout à coup plein d'une grande tristesse.

Ce fut soudain comme d'une rivière dont les berges viennent de céder et l'eau se répand dans la campagne. Il y avait si longtemps que Jakub n'avait été triste

Tant d'années. Il ne connaissait que l'aigreur, l'amertume, mais pas la tristesse. Et voici qu'il en était assailli et qu'il ne pouvait plus bouger.

Il voyait devant lui l'enfant vêtu d'un grillage et il avait pitié de cet enfant et de tout son pays, et il songeait que ce pays il l'avait peu aimé et mal aimé et il était triste à cause de cet amour mauvais et raté.

Et l'idée lui vint tout à coup que c'était l'orgueil qui l'avait empêché d'aimer ce pays, l'orgueil de la noblesse, de la grandeur d'âme, de la délicatesse ; un orgueil insensé qui faisait qu'il n'aimait pas ses semblables et qu'il les détestait parce qu'il voyait en eux des assassins. Et il se souvint qu'il avait glissé du poison dans le tube de médicaments d'une inconnue et qu'il était lui-même un assassin. Il était un assassin et son orgueil était réduit en poussière. Il était devenu l'un d'eux. Il était le frère de ces assassins navrants.

Le gamin aux grandes lunettes était debout contre la fenêtre, comme pétrifié, le regard fixé sur la mare. Et Jakub s'avisa que ce gamin n'y était pour rien, qu'il n'était coupable de rien et qu'il était venu au monde, pour toujours, avec de mauvais yeux. Et il songea encore que ce pour quoi il en voulait aux autres était quelque chose de donné, avec quoi ils venaient au monde et qu'ils portaient avec eux comme un lourd grillage. Et il songea qu'il n'avait lui-même aucun droit privilégié à la grandeur d'âme et que la suprême grandeur d'âme c'est d'aimer les hommes bien qu'ils soient des assassins.

Et il revit encore une fois le comprimé bleu pâle, et il se dit qu'il l'avait glissé dans le tube de l'infirmière antipathique comme une excuse ; comme une demande d'admission dans leurs rangs ; comme une prière les implorant de l'accepter parmi eux, bien qu'il eût toujours refusé d'être compté comme l'un des leurs.

Il se dirigea d'un pas rapide vers la voiture, ouvrit, se mit au volant et repartit vers la frontière. La veille encore, il pensait que ce serait un instant de soulagement. Qu'il partirait d'ici avec joie. Qu'il quitterait un lieu où il était venu au monde par erreur et où, en fait, il n'était pas chez lui. Mais à cet instant, il savait qu'il quittait son unique patrie et qu'il n'y en avait pas d'autre.

23

« Ne vous réjouissez pas, dit l'inspecteur. La prison ne vous ouvrira pas ses portes glorieuses pour que vous les franchissiez comme Jésus-Christ montant au Golgotha. Jamais l'idée que vous ayez pu tuer cette jeune femme ne m'a effleuré. Si je vous ai accusé, c'est seulement pour que vous ne vous obstiniez pas à prétendre qu'elle a été assassinée.

— Je suis heureux que vous ne preniez pas au sérieux votre accusation, dit Bertlef d'un ton conciliant. Et vous avez raison, ce n'était pas raisonnable de ma part de vouloir obtenir de vous justice pour Ruzena.

— Je constate avec plaisir que vous êtes réconciliés, dit le docteur Skreta. Il y a une chose qui peut au moins nous réconforter. Quelle qu'ait été la mort de Ruzena, sa dernière nuit a été une belle nuit.

— Regardez la lune, dit Bertlef. Elle est tout à fait comme hier et elle transforme cette chambre en jardin. Il y a vingt-quatre heures à peine, Ruzena était la fée de ce jardin.

— Et la justice n'a rien qui puisse nous intéresser tellement, dit le docteur Skreta. La justice n'est pas une chose humaine. Il y a la justice des lois aveugles et cruelles, et il y a peut-être une autre justice, une justice supérieure, mais celle-là m'est incompréhensible. J'ai toujours l'impression de vivre ici-bas *en dehors de la justice*.

— Comment ? s'étonna Olga.

— La justice ne me concerne pas, dit le docteur Skreta. C'est quelque chose qui se trouve en dehors et au-dessus de moi. En tout cas, c'est quelque chose d'inhumain. Je ne collaborerai jamais avec cette puissance répugnante.

— Voulez-vous dire par là, demanda Olga, que vous n'admettez aucune valeur universelle ?

— Les valeurs que j'admets n'ont rien de commun avec la justice.

— Par exemple ? demanda Olga.

— Par exemple, l'amitié », répondit doucement le docteur Skreta.

Tout le monde se tut et le commissaire se leva pour prendre congé. A ce moment, Olga eut une idée soudaine :

« De quelle couleur étaient les comprimés que prenait Ruzena ?

— Bleu pâle, dit l'inspecteur et il ajouta avec un

regain d'intérêt : Mais pourquoi avez-vous posé cette question ? »

Olga craignait que l'inspecteur ne déchiffre ses pensées et s'empressa de faire machine arrière : « Je l'ai vue avec un tube de comprimés. Je me demandais si c'était le tube que j'avais vu... »

L'inspecteur ne déchiffra pas ses pensées, il était fatigué et souhaita bonne nuit à tout le monde.

Quand il fut sorti, Bertlef dit au docteur : « Nos femmes doivent arriver d'une minute à l'autre. Voulez-vous que nous allions à leur rencontre ?

— Certainement. Vous prendrez aujourd'hui une double dose de médicaments », dit le docteur avec sollicitude et Bertlef se retira dans la petite chambre contiguë.

« Vous avez donné un poison à Jakub, autrefois, dit Olga. C'était un comprimé bleu pâle. Et il l'avait toujours sur lui. Je le sais.

— N'inventez pas de sottises. Je ne lui ai jamais rien donné de semblable », dit très énergiquement le docteur.

Puis Bertlef, paré d'une nouvelle cravate, revint de la petite chambre contiguë et Olga prit congé des deux hommes.

24

Bertlef et le docteur Skreta allaient à la gare par l'allée des peupliers.

« Regardez cette lune, disait Bertlef. Croyez-moi, docteur, la soirée et la nuit d'hier ont été miraculeuses.

— Je vous crois, mais il faut vous ménager. Les mouvements, dont s'accompagne fatalement une si belle nuit, vous font vraiment courir un grand danger. »

Bertlef ne répondait pas et son visage rayonnait d'une heureuse fierté.

« Vous me semblez d'excellente humeur, dit le docteur Skreta.

— Vous ne vous trompez pas. Si, grâce à moi, la dernière nuit de sa vie a été une belle nuit, je suis heureux.

— Vous savez, dit soudain le docteur Skreta, il y a une chose étrange que je veux vous demander, mais je n'ai jamais osé. Pourtant, j'ai l'impression que nous vivons aujourd'hui une journée si exceptionnelle que je pourrais avoir l'audace...

— Parlez, docteur !

— Je voudrais que vous m'adoptiez pour votre fils. »

Bertlef s'arrêta, abasourdi, et le docteur Skreta lui expliqua les motifs de sa demande.

« Que ne ferais-je pour vous, docteur ! dit Bertlef. Je crains seulement que ma femme ne trouve ça

297

bizarre. Elle aurait quinze ans de moins que son fils. Est-ce seulement possible, du point de vue juridique ?

— Il n'est écrit nulle part qu'un fils adoptif doive être plus jeune que ses parents. Ce n'est pas un fils par le sang, mais précisément un fils adoptif.

— En êtes-vous certain ?

— J'ai depuis longtemps consulté des juristes, dit le docteur Skreta avec une sereine timidité.

— Vous savez, c'est une drôle d'idée et je suis un peu étonné, dit Bertlef, mais aujourd'hui je suis dans un tel état d'enchantement que je ne voudrais qu'une chose, apporter le bonheur au monde entier. Si cela peut vous apporter le bonheur... mon fils... »

Et les deux hommes s'étreignirent au milieu de la rue.

25

Olga était allongée dans son lit (la radio de la chambre voisine était silencieuse) et il était évident pour elle que Jakub avait tué Ruzena et qu'à part elle et le docteur Skreta, personne n'était au courant. Pourquoi avait-il fait cela, elle ne l'apprendrait sans doute jamais. Un frisson d'épouvante lui courait sur la peau, mais ensuite (comme nous le savons, elle savait bien s'observer), elle constata avec surprise que ce frisson était délicieux et cette épouvante pleine d'orgueil.

La veille, elle avait fait l'amour avec Jakub à un

moment où il devait être en proie aux plus atroces
pensées et elle l'avait absorbé en elle tout entier, même
avec ces pensées.

Comment se fait-il que ça ne me répugne pas ?
pensait-elle. Comment se fait-il que je n'aille pas (et
que je n'irai jamais) le dénoncer ? Est-ce que moi aussi
je vis en dehors de la justice ?

Mais plus elle s'interrogeait ainsi, plus elle sentait
croître en elle cet étrange et heureux orgueil et elle était
comme une jeune fille que l'on viole et qui est
brusquement saisie d'un plaisir étourdissant, d'autant
plus puissant qu'il est plus fortement repoussé...

26

Le train arriva dans la gare et deux femmes en
descendirent.

L'une avait dans les trente-cinq ans et reçut un
baiser du docteur Skreta, l'autre était plus jeune, elle
était habillée avec recherche, elle tenait un bébé dans
ses bras, et ce fut Bertlef qui lui donna un baiser.

« Montrez-nous, chère madame, votre petit garçon, dit le docteur, je ne l'ai pas encore vu !

— Si je ne te connaissais pas si bien, j'aurais des
soupçons, dit Mme Skreta en riant. Regarde, il a un
grain de beauté sur la lèvre supérieure, exactement au
même endroit que toi ! »

Mme Bertlef examina le visage de Skreta et dit,

criant presque : « C'est vrai ! Je ne l'avais jamais remarqué sur vous quand je faisais ma cure ici ! »

Bertlef dit : « C'est un hasard si surprenant que je me permets de le ranger parmi les miracles. Le docteur Skreta, qui rend aux femmes la santé, appartient à la catégorie des anges et, comme un ange, il marque de son signe les enfants qu'il aide à venir au monde. Ce n'est pas un grain de beauté, mais le signe d'un ange. »

Toutes les personnes présentes étaient ravies des explications de Bertlef et elles rirent allégrement.

« D'ailleurs, reprit Bertlef s'adressant à sa charmante épouse, je t'annonce solennellement que depuis quelques minutes le docteur est le frère de notre petit John. Il est donc tout à fait normal, puisqu'ils sont frères, qu'ils aient le même signe.

— Enfin ! Tu t'es enfin décidé... dit Mme Skreta avec un soupir de bonheur.

— Je n'y comprends rien, je n'y comprends rien ! disait Mme Bertlef, exigeant des explications.

— Je t'expliquerai tout. Nous avons tant de choses à nous dire aujourd'hui, tant de choses à célébrer. Nous avons devant nous un magnifique week-end », dit Bertlef prenant le bras de sa femme. Puis, sous les lampadaires du quai, ils sortirent tous les quatre de la gare.

ŒUVRES DE MILAN KUNDERA

Aux Éditions Gallimard

Traduit du tchèque :

LA PLAISANTERIE, *roman.*

RISIBLES AMOURS, *nouvelles.*

LA VIE EST AILLEURS, *roman.*

LA VALSE AUX ADIEUX, *roman.*

LE LIVRE DU RIRE ET DE L'OUBLI, *roman.*

L'INSOUTENABLE LÉGÈRETÉ DE L'ÊTRE, *roman.*
   Entre 1985 et 1987 les traductions des ouvrages ci-dessus ont été
   entièrement revues par l'auteur et, dès lors, ont la même valeur
   d'authenticité que le texte tchèque.

L'IMMORTALITÉ, *roman.*
   La traduction de *L'Immortalité*, entièrement revue par l'auteur, a
   la même valeur d'authenticité que le texte tchèque.

Écrit en français :

JACQUES ET SON MAÎTRE, HOMMAGE À
   DENIS DIDEROT, *théâtre.*

L'ART DU ROMAN, *essai.*

LES TESTAMENTS TRAHIS, *essai.*

LA LENTEUR, *roman.*

SUR L'ŒUVRE DE MILAN KUNDERA

Maria Nemcova Banerjee : PARADOXES TERMINAUX.
Kvetoslav Chvatik : LE MONDE ROMANESQUE DE
   MILAN KUNDERA.
Éva Le Grand : KUNDERA OU LA MÉMOIRE DU
   DÉSIR, *XYZ/L'Harmattan.*

COLLECTION FOLIO

Dernières parutions

2427.	Vladimir Nabokov	*Regarde, regarde les arlequins !*
2428.	Jean-Noël Pancrazi	*Les quartiers d'hiver.*
2429.	François Sureau	*L'infortune.*
2430.	Daniel Boulanger	*Un arbre dans Babylone.*
2431.	Anatole France	*Le Lys rouge.*
2432.	James Joyce	*Portrait de l'artiste en jeune homme.*
2433.	Stendhal	*Vie de Rossini.*
2434.	Albert Cohen	*Carnets 1978.*
2435.	Julio Cortázar	*Cronopes et Fameux.*
2436.	Jean d'Ormesson	*Histoire du Juif errant.*
2437.	Philippe Djian	*Lent dehors.*
2438.	Peter Handke	*Le colporteur.*
2439.	James Joyce	*Dublinois.*
2441.	Jean Tardieu	*La comédie du drame.*
2442.	Don Tracy	*La bête qui sommeille.*
2443.	Bussy-Rabutin	*Histoire amoureuse des Gaules.*
2444.	François-Marie Banier	*Les résidences secondaires.*
2445.	Thomas Bernhard	*Le naufragé.*
2446.	Pierre Bourgeade	*L'armoire.*
2447.	Milan Kundera	*L'immortalité.*
2448.	Pierre Magnan	*Pour saluer Giono.*
2449.	Vladimir Nabokov	*Machenka.*
2450.	Guy Rachet	*Les 12 travaux d'Hercule.*
2451.	Reiser	*La famille Oboulot en vacances.*
2452.	Gonzalo Torrente Ballester	*L'île des jacinthes coupées.*
2453.	Jacques Tournier	*Jeanne de Luynes, comtesse de Verue.*
2454.	Mikhaïl Boulgakov	*Le roman de monsieur de Molière.*
2455.	Jacques Almira	*Le bal de la guerre.*
2456.	René Depestre	*Éros dans un train chinois.*
2457.	Réjean Ducharme	*Le nez qui voque.*
2458.	Jack Kerouac	*Satori à Paris.*
2459.	Pierre Mac Orlan	*Le camp Domineau.*
2460.	Naguib Mahfouz	*Miramar.*
2461.	Patrick Mosconi	*Louise Brooks est morte.*

Impression Bussière Camedan Imprimeries
à Saint-Amand (Cher),
le 3 mai 1996.
Dépôt légal : mai 1996.
1ᵉʳ dépôt légal dans la collection : juillet 1978.
Numéro d'imprimeur : 1/1029.

ISBN 2-07-037043-7./Imprimé en France.